ハヤカワ・ミステリ文庫

〈HM104-29〉

クロス・ボーダー

〔下〕

サラ・パレツキー

山本やよい訳

早川書房

8716

日本語版翻訳権独占
早　川　書　房

SHELL GAME

by

Sara Paretsky

Translated by
Yayoi Yamamoto
First published 2021 in Japan by
HAYAKAWA PUBLISHING, INC.
This book is published in Japan by
arrangement with
SARA AND TWO C-DOGS INC.
c/o DOMINICK ABEL LITERARY AGENCY, INC.
through THE ENGLISH AGENCY (JAPAN) LTD.

目次

クロス・ボーダー
〔下〕

登場人物

V・I・ウォーショースキー…………私立探偵
フェリックス・ハーシェル…………イリノイ工科大学の学生
ロティ・ハーシェル……………………V・Iの友人。医師
リノ・シール……………………………行方不明の少女。V・Iの姪
ハーモニー・シール……………………リノの妹
ディック・ヤーボロー…………………V・Iの元夫。弁護士
テリー・ヤーボロー……………………ディックの妻
ルロイ・マイクル・フォーサン……シカゴ大学の学生
メアリ＝キャロル・クーイ…………シカゴ大学の学生
チャンドラ・ファン・フリート……オリエント研究所教授
ピーター・サンセン……………………オリエント研究所所長
タリク・カタバ…………………………シリアの詩人
ラーシマ・カタバ………………………タリクの娘
ニコ・クルックシャンク………………V・Iの〝パソコン・コンサルタント〟
ジャーヴェス・ケティ…………………不動産・建設業界の有力者
アルノー・ミナブル……………………ディックの共同経営者
ドナ・リュータス………………………〈レストEZ〉の支店長
グリニス・ハッデン……………………ディックの秘書
マッギヴニー……………………………シカゴ保安官事務所の警部補
テリー・フィンチレー…………………シェイクスピア署の警部補
フランシーン・エイブリュー………シェイクスピア署の部長刑事
ミスタ・コントレーラス………………V・Iの隣人

33　不意打ち

ポーズデュア学部長とのアポイントに間に合うよう、工学部の建物まで全力疾走しなくてはならなかった。巨大な倉庫のように見えるものの前を通りすぎ、ステート通りを走る車のあいだを縫って突き進み、工学部の建物の天井から下がった時計が1：24を表示するころ、ポーズデュアのアシスタントにわたしの名刺を差しだしていた。九分遅刻、まあいいだろう――ポーズデュア自身がそのあと十分もわたしを待たせたのだから。

ポーズデュアのオフィスは二階の角部屋で、ステート通りの向こうに高架鉄道のホームが見えた。駅舎はまるで波形の材料で作った太い筒といった感じ。斬新奇抜な建築物というイメージを狙っているのかもしれないが、どうにもみすぼらしくて、電車から降りてくる学生たちに襲いかかろうとして強盗どもが待ち伏せしているような雰囲気だ。

オフィスに入ると、ポーズデュアがわたしを迎えるために立ちあがったが、またしても以前の警告を口にした。「せっかくお越しいただいたが、わたしがどれだけお役に立てるかわかりません。当大学と関係のない方や、ご家族以外の方の前で、学生の学業や私生活についてお話しする気はありませんので」

ポーズデュアは四十代と思われる男性だった。薄くなりつつある金髪と角ばった顔は、人々の目には権力の証《あかし》と映ることだろう。いかにも管理職のオフィスらしく、デスクに書類が散乱し、必需品であるパソコンが置かれ、家族の写真が飾ってある――にこにこ顔の金髪の子供が三人、笑みを浮かべた妻、元気なテリア犬――そして、さまざまな建物と機械の模型。フェリックスが作ったような精巧なものはひとつもない。

わたしは椅子にすわった。「とにかく話をさせてください、ドクター・ポーズデュア。フェリックス・ハーシェルが遺体の身元確認のために、警官にキャップ・サウアーズ・ホールディングへ連れていかれたとき、わたしも付き添いました。ですから、わたしは身内のようなものと言っていいでしょう」

「けれども――」

「けれども、フェリックスは男の身元確認ができませんでした。保安官事務所の警官たちが彼を何度も尋問しています。先生が重んじておられるプライバシーなど、警官たちがフェリックスに与えるはずはありません。これはわたしの推測ですが、フェリックスの尋問をめぐる警察の態度について、警察の誰かに何かおっしゃったんじゃありません？」

ポーズデュアは眉をひそめた。「誰からそのようなことを？」

「それは憤慨に満ちた否定でしょうか？　フェリックスの件で警察と話をしたことはないと言われるのですか？」

「フェリックスは当学部の学生です。彼が罪を犯したのなら、当学部はなんらかの行動に出なくてはならない責任を全学に対して負っています。だが、フェリックスが誰にも何も言おうとしない以上、われわれは彼を弁護したくてもできないのです」

「フェリックスから聞きましたが、バウンダリー・ウォーターズで休暇中に何をしていたかを彼が警官に話そうとしないため、先生は心配しておられたとか。退学してカナダに戻るよう、フェリックスにおっしゃったそうですね。本当ですか？」

ポーズデュアは下の通りを見つめた。学生たちがステート通りを渡って、倉庫に似た建物に入ったり、コーヒーカップとサンドイッチを持ってこちらに戻ってきたりしている。

「フェリックスは才能ある若者です」ようやくポーズデュアが言った。「もちろん、当学部の学生はみな、なんらかの才能に恵まれているが、フェリックスは金属分野でずば抜けた才能を示しています。彫刻家が金属を前にしたとき、どんな技法を用いてどういう形にすればいいかを感じとるのに似ています。また、圧力や合金などに対して数学的な見地から関心を持っている。金属分野ですぐれたエンジニアになる可能性のある男です」

「それを当人におっしゃったことは？」

「ありますよ」ポーズデュアはちらっと微笑を浮かべた。「陰で褒めたところで、誰の役にも立ちはしない。陰で非難しても効果がないのと同じことです。ただ、フェリックスは学業を怠っていた。移民・関税執行局《ICE》がキャンパスにやってきた十一月のあの悲惨な日以来、怠慢な学生になってしまった。最初の学期がそんな有様だったら、おそらく落第していたでしょう。だが、秋のあいだはみごとな才能を発揮していたし、平均を上回っていたので、わたしは大目に見ることにしました。しかし、警察の尋問や、ＩＣＥのやり方に対する怒りのせいで――優秀な学生になれる資質があり、その必要もあったのに、フェリックスはすっかりだめになってしまいました」

「フェリックスが――例えば、そのう――過激なことをしているとお思いにはなりませんか？」

ポーズデュアは唇をゆがめた。「爆弾作りとか？　たとえそうだとしても、キャンパスではやっていませんね。仲間と一緒に、人間の排泄《はいせつ》物を飲料水と電力に変える装置の試作モデルを設計している。すでに製造されているものもありますが、そちらは大型装置です。

フェリックスたちは持ち運べるタイプを作ろうとしている。持ち運びができ《ポータブル》、飲用できる《ポウタブル》ものを」ポーズデュアは得意げな笑みを浮かべた。何度も使っているお気に入りのジョークに違いない。

「わたしもフェリックスに模型を見せてもらいました。精巧に作ってありましたが、動かせるのかどうか、わたしにはもちろんわかりません。ロレンス・フォーサンがこの大学と過去に関わりを持ったことはなかったでしょうか？」

「フォーサン？」ポーズデュアは怪訝《けげん》な顔をした。「ああ、森で死んでいた男か。そうですね？　もしイリノイ工科大学《IIT》と何か関わりがあったとしても、わたしはなんの噂も聞いていません。格好の噂になりそうなものだが。なぜそんな質問を？　その男がうちの学生だったという証拠でもあるのですか？」

「ありません。でも、警察がなぜフェリックスを疑っているかは、先生もたぶんご存じのことと思います。フォーサンのポケットから、フェリックスの電話番号を書いた紙が出てきたのです。フェリックスは会ったこともないと言っていますが、だったらフォーサンはなぜ彼の電話番号を持っていたのでしょう？　フォーサンがかつて、なんらかの形でこのキャンパスにいたとすれば、フェリックスと出会った可能性がある——わたしはそう考えました。確認してもらえないでしょうか？」

ポーズデュアが何やらつぶやいた。わたしは聞こえないふりをしたが、アシスタントに電話して、フォーサンのことを調べるよう頼んでくれた。

待つあいだに、わたしは言った。「どうしてカナダに帰ったほうがフェリックスのためになると先生が思われたのか、わたしには理解できません。アメリカはカナダとのあいだに犯罪人引渡し条約を結んでいます。しかも、フェリックスがシカゴを離れたりすれば、警察は有罪の証拠ととるでしょう」

「彼がこちらに残っていて、警察に協力するのを拒めば、きわめてまずいことになる——逮捕、キャンパスへの注目、学生の抗議運動。わたしが避けようとしていることが次々と起きるでしょう」

「がっかりだわ——フェリックスを助ける計画を何かお持ちではないかと期待していたのに、学校を救うためにフェリックスを切り捨てようというんですね」

「わたしには、ただ一人の学生ではなく工学部全体に対する責任があります——しかも、その学生は扱いにくい——よし、ありがとう、キム」ポーズデュアは電話を切った。「フォーサンなる人物がここにいたことはないそうです。学生としても、用務員としても、さらには、ラクロスのコーチとしても。ほかに何か？」

「どうして〝用務員〟と言われたんです？」わたしは鋭く尋ねた。

ポーズデュアはわたしをにらみつけた。「その言葉が最初に浮かんだからです。ほかに何もないようなら、工学関係のまっとうな質問をするために待っている学生がいますので」

「わかりました。最後にもうひとつ質問させてください。ここにカタバという名の人物がいないでしょうか？」

「人をひっかけようというのか？」ポーズデュアは不意に怒りだし、色白の肌をまだらな赤に染めた。「答えはすでにわかっているくせに」

わたしは困惑して首を横にふった。

「フェリックスと話をしたのなら、彼から聞いているはずだ。きみがわたしをひっかけようとしているのが腹立たしい」

「正直に申しあげて、ドクター・ポーズデュア、なんのことかさっぱりわかりません。その名前の人物に関してフェリックスからは何も聞いておりませんが。男性ですか？　女性ですか？」

ポーズデュアの顔は怒りでこわばったままだったが、席を立ってオフィスのドアを閉めに行った。「工学部にラーシマ・カタバという学生がいる。木曜の午後、ＩＣＥに拘束された。知らなかったとは言わせないぞ」

わたしは唖然《あぜん》として彼を見た。「ニュースでやってました？」ようやく尋ねた。

ポーズデュアは目を細め、わたしが本当に知らないのかどうかを見極めようとした。

「表沙汰にならないよう、こちらで手を打っておいた。海外から来た留学生たちはすでにさんざんな目にあっている。本当に知らないのか？　フェリックスから聞いてないかね？」

「その女子学生はビザがないんですか？」

「学生ビザを持っているが、ICEが木曜にやってきたのはラーシマの父親について尋ねるためだった。ICEの主張によると、父親は不法滞在者で、ビザを所有している娘が父親を匿い、強制送還を阻止しているというのだ。ラーシマが質問に答えるのを拒んだため、ICEは身柄を拘束した。わたしと学部のスタッフもいままで尋問を受けていた。われわれがラーシマ・カタバを学生として受け入れたせいで、テロが助長されたかのように」

フェリックスと彼の涙、カタバの詩集を抱きしめた様子。アメリカの移民法と衝突した長い三つ編みのシリア女性に、フェリックスは恋をしているのだ。彼女がいまもシカゴにいるなら、フェリックス自身がこの街を離れようとしないのも納得できる。

「表沙汰にならないよう手を打ったと言われましたが、先生はそのいっぽうで、フェリックスがラーシマのことをわたしに話したはずだと思っていらした。ラーシマが拘束されたことをフェリックスは知っているのですか？」

ポーズデュアはそれ以上話すのを渋って下唇を噛んだが、ついに言った。「ICEの捜査官たちがやってきたとき、〈自由国家の技師団〉が学部の休憩室のひとつでミーティングの最中だった。フェリックスとその他七、八人が参加していた」

「つまり、いまごろはもう、全学生の耳に入ってるってことですね。歩道にデモ隊がくりだしていないのが驚きだわ」

ポーズデュアの肩ががっくり落ちた。「たぶん、きみの言うとおりだろう。だが、わたしの質問にまだ答えてもらっていない。きみはどうやってラーシマのことを知ったんだ？」

「べつに知ったわけじゃなくて……ただ、父親がタリク・カタバというシリアの詩人であることは知っています。ロレンス・フォーサンのアパートメントにタリクの詩集がありました。新聞の切り抜きがはさんであって、詩に贈られる特別賞を、獄中の父親にかわってラーシマ・カタバが受けとった、と書いてありました。シリア人社会で暮らす人々の何人かは、最近シカゴでタリクを見たような気がすると言っています。フォーサンとタリクの結びつきは、わたしが探りだしたわずかな事実のひとつです。タリクの娘がここの学生なら、フォーサンがフェリックスの名前を知っていたのも納得できます。たとえ二人が直接会ったことはないとしても」

「その詩人がラーシマの父親だというのはたしかなのか?」ポーズデュアが訊いた。

「推測ですけど、間違いないでしょう。わたしは二人のどちらとも面識がありませんが、ラーシマ・カタバこそ、賞のことを伝える新聞の切り抜きに出ている娘だと思います」

「わたしはラーシマに関する書類すべてに目を通さなくてはならなかった。当然のことだ。わたしまでがICEに尋問されたのだから」ポーズデュアは苦々しげに言った。

「彼女が願書と一緒に提出した身上書には、父親はサラキブで自転車修理店経営と書いてあった。サラキブというのは彼女が育ったシリアの町だ。詩のことはひとことも出ていない」

「シリアの詩人もわが国の詩人と同じく、楽な暮らしをしているとは思えません――カタバも働かなくてはならなかったのでしょう」わたしは言った。「父親が自転車修理店をやっていたのなら、娘もたぶん、エンジンやギアシャフトの分解をしながら成長したのかもしれません」フェリックスの模型に使われていた丁寧な細工のチェーンベルトが頭に浮かんだ。

「ラーシマは基礎学力も能力もすぐれていた。入学を認めるのが当然だった」

ひどく言い訳めいた口調だったので、わたしはポーズデュアに、ラーシマが何か犯罪に関係していて、大学がそれを把握しておくべきだったとでも思っているのか、と尋ねた。

ポーズデュアは椅子の上で身体をもぞもぞさせた。「いや。そういうわけではない。ただ、ＩＣＥの捜査官たちから、ラーシマの家族に関する背景調査をしなかったのはなぜかと尋ねられるまで、わたしは彼女の記録に目を通したことがなかった。どうやってアメリカに来たのか、あるいは、誰と来たのか、まったく記録されていないようだ。三年前なら問題視されることはなかっただろう。いまは、言うまでもなく――」ポーズデュアは両手を上げた。

いまは、言うまでもない。

「母親は亡くなったと聞きました」わたしは言った。

「わたしはＩＣＥに尋問されて、初めてそれを知った。ラーシマの親戚一人一人に関する身上書をうちの学部で保管していないのは、ＩＳＩＳと結託しているのと同じこと――捜査官はそう思っている様子だった」

ポーズデュアがデスクに思いきり手を叩きつけたため、縮尺模型が飛びあがった。「フェリックス・ハーシェルの厄介な問題など、いまのわたしには必要ない」

わたしはこの感情の爆発を無視した。「ＩＣＥはラーシマの父親を危険人物とみなしているのですか？　それとも、アメリカ生まれでない者を一人残らずこの国から追いだそうとしているだけ？」

「わからない。うちのようなキャンパスにとっては悪夢の時代だ。もしフェリックスが——違法なことに関わっているのなら——わたしは一刻も早く知る必要がある。この学部のことを捜査官に隅々まで調べられるなど、とうてい許せることではない」

ポーズデュアのアシスタントがドアを少しだけ開いて首を突っこんだ。「すみません、リチャード。でも、アポイントをとったキース・ラモントがすでに二十分も待っていますので」

わたしはドアのほうへ行った。「何か参考になりそうなことがわかれば電話します。先生にもそうお願いできます？」

ポーズデュアは疲れた表情でうなずいた。ふたたび高架鉄道を見ていた。まるで、窓から飛びだして終点まで行きたいと思っているかのように。

34 被疑者

車に乗りこむ前に、首を伸ばして、頭上にそびえる波形の材料でできた筒を見上げた。その材料は段ボールではなく、何層にも重なった金属の梁材《りょうざい》で、錆《さ》びたボルトで留めてあるのが不安定な感じだった。

ICEがラーシマ・カタバを勾留し、彼女が父親の居所を白状しようとしないため、強制送還の脅しをかけている。わたしの母は、イタリア系ユダヤ人だったわたしの祖母がファシストに拘束されたあと、一九四四年に十九歳でアメリカにやってきた。不法入国だった。こちらに来てからのガブリエラの暮らしは楽ではなかったが、母を追い払おうとする者――死が待つ国へ送り返そうとする者――はいなかった。アメリカはどうして、出生証明書を持っていないという罪ゆえに子供たちを投獄するような国になってしまったのか？

フェリックスに電話をした。

「今度は何？」

電車が轟音を上げて頭上を通りすぎ、錆びた接合箇所を震わせるあいだ、わたしは片方の耳に指で栓をした。「あなたがお友達のことをマーサ・シモーンにまだ話してないのなら、早く話しなさい。マーサなら、お友達がどこに勾留されてるかを調べて、お友達にとって必要な法的支援をしてくれるから」

「どこから——誰に——」フェリックスは言葉に詰まった。

「ポーズデュア学部長が事情を話してくれたわ。電話でこれ以上話すのはやめましょう。あなたの電話はほぼ間違いなく盗聴されてるから。わたし、まだキャンパスにいるのよ——帰る前に寄ってもいい？」

「いや。二十分したら授業が始まる。ヴィク——ありがとう、ヴィク」フェリックスは涙声になった。悲しみに一人で耐えなくてもよくなった安堵からだろう。「ぼくのかわりに、マーサに電話してくれる？」

わたしは使い捨て携帯で弁護士に電話をした。シモーンとのやりとりは守秘義務扱いになるので、誰かがわたしの通話を盗聴しているとしても、証拠として使うことはできない。少なくとも、法廷においては。

シモーンは一刻も早く対処すると約束してくれた。「料金はドクター・ハーシェルが払ってくれるの？」

もちろん、シモーンだって無料奉仕はできない。「ミズ・カタバ関係の料金はフリーマンからわたしへの請求書に加えておいて」

フリーマンに支払う料金が六桁になっている以上、ミスタ・コントレーラスの年齢を超えるまで働きつづけるしかない。

「電話を切る前にひとつお願い。わたしが天使の側の人間であることを証明できるようにしてほしいの。いまからラーシマ・カタバのアパートメントへ行く予定なので、あなたが彼女の代理人を務めてて、わたしがその協力者だってことを書面にして送ってくれると助かる。それがあれば、ラーシマの隣人たちも、わたしがICEの人間ではないことを信じてくれるから」

「大至急必要？　わかった」シモーンがそう言いながらキーを打つ音が聞こえた。「どうやって彼女の住所を知ったの？」

「先週の水曜日、森から帰ったあとで、フェリックスがラーシマの住む建物へ飛んでったから。ただ、ドアにどんな名字を出してるかはわからない」

「じゃ、フェリックスは彼女のところへ飛んでいきながら、弁護士にその話をしようとは思わなかったわけね？　あの若者、ほかに何を隠してるの？」

わたしは返事を省略した。車をスタートさせながら、すべてが始まったのがつい先週だったなんて信じられないと思った。フェリックス、森で死んでいたフォーサン、そのすぐあとでハーモニーがわたしの前に現われた。七日分ではなく、七年分も年をとったような気がする。バックミラーで自分の顔を見た。目の下にグレイの影。まるでアイシャドーを塗る場所を間違えたかのようで、それにつられてハシバミ色の目も暗さを帯び、おそろいのグレイに変わっている。とってもセクシー。

わだちのついた砂利の上をバウンドしながら通りに出て、湖がある東のほうへ向かった。ICEの捜査官たちがわたしより先にラーシマのアパートメントへ行っているのは間違いないが、連中が捜していたのは彼女の父親に関する証拠だ。

わたしがグロメット・ビルで話をしたシリア人たちは、フォーサンと一緒に働いていたことを認めた。だが、こちらからタリク・カタバの名前を出すと口をつぐみ、離れていった。明らかに、カタバと知りあいで、彼の身を守ろうとしているのだ。カタバはシリアでフォーサンを知っていた。だから、二人には接点があり、清掃の仕事を通じてグロメット・ビルとも接点があったわけだ。カタバがフォーサンとの接点を示す証拠を何か残していれば、ICEがすでに押収したはずだ。自分が何を見つけたいのか、わたし自身にもよくわからないが、とにかく調べなくてはならない。

ラーシマの部屋番号をフェリックスに教えてもらおうかとも思ったが、電話で尋ねることはできないし、彼女の部屋を捜索すると言えば、フェリックスはおそらく猛反対するだろう――フォーサンの遺体を目にした夜、わたしが彼を尾行したことを知ったならとくに。

コテージ・アヴェニューで信号待ちをしていたとき、電話が鳴った。シカゴ大学の交換台からだった。オリエント研究所のチャンドラ・ファン・フリートからミズ・ウォーショースキーに電話だという。

「あなた、ダゴンのことを誰に話したの？」前置きもなしに、ファン・フリートが言った。

「なんのことでしょう？」うしろの車に警笛を鳴らされた。わたしは道路脇に車を寄せた。

「ダゴンよ――あなたが月曜日にここで見た魚人像。誰にその話をしたの？」

「なぜそんな質問をなさるのか説明してくだされば、喜んでお答えします」

「月曜日の夜のニュースで流れたのよ」

「そうでしたね」わたしは同意した。「わたしも聞きました」

「だったら、いますぐオリエント研究所のほうに来てちょうだい。あなたが誰に話したのか言ってほしいの」

「メモはもらってませんけど」

「何を言ってるの？」ファン・フリートはぴしっと言った。「なんのメモ？」

「今日はわたしに電話をして無茶な要求をする日――そう書いてあるメモよ。この会話を最初からやり直します？　それとも、電話を切りましょうか？　わたし、自分自身の依頼人とミーティングがあるので」

沈黙。考えこんでいるのだろう。「わかったわ。ダゴンの話を誰かにしたのかどうか、お願いだから教えてもらえない？」

「いいえ、誰にも。メアリ＝キャロル・クーイには話したけど、それだけです」

さらに長い沈黙。「ゆうべ、何者かがオリエント研究所に忍びこんでダゴンを盗んでいったの」

「わたしじゃありません」

「あなたを非難したつもりはないわ」ファン・フリートはこわばった声で言った。

「電話してきて、いきなり馬鹿げた非難をしておきながら？」

「悪かったわ」彼女の声はさらに冷ややかになった。「衝撃がひどすぎて、まともにものが考えられないの」

「窃盗事件なら警察に通報したほうがいいですよ」

「もちろん、しましたとも。でも、ああいう貴重な遺物が盗まれた場合は、たいていコレクターたちの秘密の世界に消えてしまって、二度と見つからないのよ」

「電話してらした理由がいまだにわからないんですけど。古代美術や、ダゴンや、違法マーケットの売買方法について、わたしはなんの知識もないんですよ」わたしはマスタングのギアを入れて、ふたたび車の流れに加わった。「金庫にしまってあったんでしょ？　大学が契約してる保険会社は、きっとその質問をよこすはずです」

ファン・フリートは面食らったようだが、こう言った。「わたしはいま、学会に出るためフィラデルフィアへ向かっているところなの。ダゴンはわたしのデスクに置き、メアリ＝キャロル・クーイ宛のメモをつけ、鑑定するさいの手順を指示しておいた。ダゴンがわたしの研究室にあることを知ってる人はほとんどいなかった。それなのに、泥棒は研究室に忍びこんだ。ドアの錠は簡単にこじあけられるタイプなのに、荒っぽい手段に出て、ドアにはめこまれたガラスを割った。ついでに、イナンナの像も盗んでいった」

乳房が八つある女神像のことだろうと思ったが、礼儀正しい返事をしておいた。「災難でしたね。そういう侵入事件にあうと、誰だって、わが身が冒瀆《ぼうとく》されたように感じるものです。FBIとインターポールにもすでに連絡なさったと思いますが」

電話を切ったが、レイク・ショア・ドライブに入るか入らないうちに、またしても電話が鳴りだした。フェリックスがわたしの電話に〝今度は何？〟と答えた気持ちが理解できたが、できるかぎりの礼儀をかき集めて「もしもし」と言った。

「ピート・サンセンという者です、ミズ・ウォーショースキー。月曜日にチャンドラのオフィスでお目にかかりましたね」

あ、そうだった。頭が薄くて日焼けしたオリエント研究所の所長。

「研究所の全員がショックを受けています。博物館には計り知れぬ価値を持つコレクションが展示されていて、必要な警備はおこなっていますが、侵入した人間はロビーの警備員のそばを素通りしたのです。博物館には入ろうとせず、チャンドラのオフィスへ直行しました」

わたしは車の流れに注意を集中していた。午後のラッシュに巻きこまれまいとして、どの車もスピードを出している。

「ダゴンがニュースで報道されたことには驚きませんでした」サンセンは言った。「月曜の夜までに、シュメール文明専攻の学生の大部分と博物館のスタッフ全員がダゴンのことを知っていましたし。真夜中に芝居じみた形で届けられたことも含めて。もちろん、みんなの噂の的になっていました。だが、ダゴンがチャンドラのオフィスにあったことを知る者はほとんどいなかったのです」

「宛名はファン・フリート教授でしたよね」わたしは反論した。

サンセンは無言だった。ダッシュボードのスクリーンに表示される秒数だけが、電話がまだ切れていないことを示していた。

一分ほどたったころ、サンセンが通話を再開した。「ええ、そのとおりです。しかし、チャンドラはそれを博物館の金庫に入れずに、あとで詳しく調べるつもりで彼女のデスクにしまっておいたのです」

「そんなこと、わたしが知るわけないでしょ、サンセン教授。でも、たとえ知っていたとしても、ダゴンを盗もうとは思わなかったでしょう。価値のありそうな品が、あのオフィスにはほかにたくさんありましたから。ダゴンと一緒に盗まれたとファン・フリート教授が言っている小像も含めて」

「警察に通報し、FBIの美術犯罪班に通報し、もちろん、インターポールに連絡をとると同時に、国際的古代遺物プロジェクトのほうへも情報を送りました。しかし、あなたはシカゴの犯罪に対して鋭い目を持っている。できればこちらに出向いて、犯行現場を見てもらえないでしょうか。われわれが見落としているものが何かないか、調べてほしいのです」

わたしは頭のなかで午後のスケジュールをチェックした。「今夜の七時半以降でないと無理ですね。正規の料金を払っていただきます。一時間につき百ドル、プラス経費です」

「現場を見てもらうだけでも?」

「この場合はそうです。さばききれないほどの依頼を受けていますし、ファン・フリート教授からはいきなり、魚人像の窃盗事件にわたしが加担したような非難を受けました」

「ああ、なるほど。いやな思いをされたことでしょう。では、七時半に。あなたのお仕事をどこに分類すればいいのか、経理部に相談しておきます」

わたしが何かの役に立てるとは思えなかったが、どうも妙な状況だ。珍しい品が夜遅くに届けられ、翌日の真夜中に盗みだされた。わたしは好奇心をそそられ、犯行現場をぜひ見てみたいと思った。

めざすウィルソン・アヴェニューの出口まで行ったとき、ふたたび電話が鳴りだした。今度はディックだった。わたしがテリーに会いに行ったことで激怒していた。

「テリーに聞いたんだが、きみ、リノが働いてた会社とわたしの関係について、ありとあらゆる非難を浴びせたそうだな」

彼の軽やかなバリトンの声に胸をときめかせたことがあったなんて、自分でも信じられない。

「なんていう会社?」わたしは尋ねた。

「〈レストEZ〉。よく知ってるくせに」

「先週会ったとき、あなた、リノがどこで働いてるのか知らないって言ったわね」わたしは文句を言った。「次に、就職先候補のリストをグリニスがリノに渡したと言った。それなのに、今日は〈レストEZ〉のことで激怒し、苛立《いらだ》っている」

「わたしの仕事にきみの利口ぶった鼻を突っこまれたくなかったんだ。離婚した妻の干渉を避けようとしたところで、偽証罪には当たらない」

ディックは冗談のつもりだったかもしれないが、わたしは笑う気にもなれなかった。

「ディック、わたしは先週、嘘ばかりつかれて、朝昼晩とフォアグラを食べつづけたような気分だったのよ。しばらくすると、その濃厚な食事のせいでもう何も食べられなくなってしまう」

「きみが名誉毀損に当たる発言をする前に、わたしがこの電話を録音していることを承知しておいてくれ」ディックはこわばった口調で言った。

「テリーと同じね。電話してきた理由を言ってちょうだい。わたし、依頼人を待たせてるから」

「話をそらすのはやめてほしい。きみはリノがわたしを脅迫していたとテリーに言って――」

「ちょっと待って、ディック――リノがあなたを脅迫してたって言ったのはテリーよ。わたしはテリーに、あなたをせっついて〈レストEZ〉と〈トレチェット〉のことをもっと深く調べさせたほうがいいって言ったの。どちらもやけに秘密主義の会社ですもの。あなたがその秘密に関与しているのなら、それが違法なものや悪質なものでないよう願いたいわ。テリーにはこう言っておいたの——リノが会いにきたときにどちらかの会社の違法行為を示す証拠を持っていなかったか、あなたに問いただしなさい、って」

「そんなものはなかった」ディックはどなった。

「でも、リノはサン・マチュー島から戻ったとき、あなたに話をしに行った。そうでしょ？　あなたとグリニスは否定してるけど」

「わたしが姪たちのために何をしようと、わたしの勝手だ。きみがしゃしゃりでてくるのには、つくづくうんざりしている」

「そうでしょうとも。先月のサン・マチュー島の乱痴気騒ぎ《ディボーチ》でリノが接待係の一人になったのだって、何もあなたがクライアントに勧めたせいじゃないものねえ。だから、リノが〈レストEZ〉のオーナーの名前を訊きにきたとき、あなたはリノではなく、クライアントであるオーナーを守らなくてはと思った。これで合ってる？」

「ディボーチ？　なんだ、その言葉は？」

「響きからするとフランス語のようだけど、わたし、言語学者じゃないから」

「わたしの言いたいことはわかってるくせに。うちのクライアントはそんなことをする連中ではない」

「じゃ、リノを凌辱《りょうじょく》した者はいないし、あなたはリノの居所を知らないし、リノの身がどうなろうと心配じゃないってことね」

「あの二人は世渡りの方法を心得ている。本当だ」

「わたしたち、まるで別々の女性二人と知りあいみたいね。いえ、四人と言うべき？　あなたが知ってる二人と、わたしが知ってる二人。わたし、じっさいにはそのうち一人としか会ってないけど。グリニスがハーモニーが湖畔の道で襲われたことをテリーから聞いてる？」

「災難だったな。ハーモニーの滞在先を調べようとしてくれた。花を贈ろうと思って」ディックはさらにこわばった口調になった。「きみなら滞在先を知ってるはずだ。保護者気どりだからな」

「百合でも贈っといたら？」わたしは勧めた。「お葬式につきものの花でしょ。リノは死んでしまったのかもしれない。あなた、心配じゃないの？」

ディックは何も答えなかった。

「リノの運命は、月曜日の夜のことでアルノー・ミナブルがあなたに話そうとしたようなものではない。そうでしょ？」わたしは問いつめた。

「失礼なやつだな、ヴィク。わたしがリノの死に関わっているとか、死んでいくリノを冷たく見ていたなどと考えるとは。人前でそんなことを言い触らしたら、即座に名誉毀損で訴えてやる。届いた召喚状を見たきみが〝召喚状だわ〟と言う暇もないほどのスピードで」

「すてきよ、ディック。陪審団の姿が目に見えるみたい。誰もが涙を浮かべて、愛情いっぱいの誤解されたおじさんを見つめることでしょう。もちろん、ベッキーやその娘たちを助けることを頑《がん》として拒否した件について、わたしがあなたとテリーとあなたのお母さんに反対尋問を始めるまでの話だけど」

わたしは一拍あいだを置き、いまの意見がディックの心にしみこむのを待った。ディックがしどろもどろで何か言いかけたが、わたしは容赦《ようしゃ》なくさえぎった。

「アルノー・ミナブルは、〈北米ティタニウム＝コバルト社〉が保険子会社に対して起こした訴訟において、〈トレチェット〉の代理人を務めている。〈トレチェット〉は〈レストEZ〉を傘下に置いている。リノは〈レストEZ〉に勤めている——いえ、勤めていた。これらの点を結べば、違う絵ができあがるわ」

「なぜ〈トレチェット〉と〈ティ＝バルト〉のことを知っている？」

「訴訟は法廷で審理されるものだし、法廷の記録は誰でも閲覧できるのよ」わたしは思いきり偉そうな口調で答えた。「わたしは〈レストEZ〉のオーナーは誰なのかを調べようとしていた。そうすれば、リノがサン・マチュー島で誰と衝突したかがわかると思って。

トレチェットという名前が十カ所以上に出てきたけど、正体がわからなかった。だから、次の必然的なステップとして、訴訟関係を見ていくことにしたの」

それが必然的なステップだったわけだ。ただし、いま初めてそれに気づいただけだが。ラーシマ・カタバのアパートメントの捜索をすませて帰宅したらすぐに、〈レクシス・ネクシス〉を開いて、ほかにも〈トレチェット〉を訴えている者がいないか調べてみよう。

「〈ランケル・ソロード&ミナブル〉はアーヴル＝デ＝ザンジュにある法律事務所だ」ディックは言った。「アメリカの住所が必要なので、うちの事務所のスペースを貸しているが、うちが彼らの業務に関わることはいっさいない。外国税額コンプライアンスの主要点について、わたしがミナブルに助言したことはあったかもしれないが、彼らの訴訟に関わったことはいっさいない」

「じゃ、わたしが〈ティ＝バルト〉対〈トレチェット〉の件をもっと探っても、あなたは気にしないわね？」わたしは尋ねた。

「気にするなら、探るのをやめるのか？」

わたしは笑った。「いいえ。ほんとに気にしないのかどうか、ちょっと興味があっただけ。だって、わずか二日前に、あなたがミナブルとジャーヴェス・ケティと一緒にディナーに出かけるのを見たんですもの。ミナブルがケティにとって重要な相手でなければ、あなたがディナーに誘うわけはない。そして、ミナブルが権力者のケティにとって重要な相手なら、あなたにとっても重要ということになる」

「電話で何か言うときは細心の注意を払え」ディックはわたしに助言した。「いいか、細心の注意だぞ」

「ありがとう、ディック」わたしは従順に言った。「わたしのことを大切に思ってそんな貴重なアドバイスをくれるなんて感激だわ」

35 保護者のいない家

メールをチェックした。マーサ・シモーンから正式な文書が届いていた。彼女とフェリックスおよびラーシマとの関係を述べたうえで、わたしのことを〝フェリックスとラーシマの弁護に使う証拠探しを担当する調査員〟と書いてくれていた。

ラーシマが住む建物から数ブロック離れたロレンス・アヴェニューでネットカフェを見つけて、文書を印刷した。オンラインで写真捜しもおこなった。ラーシマはフェイスブックを利用していなかったが、IIT工学部に在籍する学生たちの写真のいくつかに彼女の姿があった。ジーンズとスウェットシャツを着ているが、髪はスカーフで覆っている。個性的な顔立ちと、くぼんだ思慮《しりょ》深そうな目は、十三歳のときの写真とよく似ていた。

写真のキャプションには、ラーシマが教官の指導のもとで進めていた飲料水関係のプロジェクトのいくつかが記されていた。工学部のラボで彼女とフェリックスが機械の上にかがみこんで額を寄せ、模型を作っている様子が、わたしの頭に浮かんだ。もちろん、二人は恋に落ちていたのだ。もしくは、少なくともフェリックスが。

グループ写真をトリミングして、フェリックスとラーシマのそれぞれの写真を作った。ロレンス・アヴェニューのパーキング・メーターのところに車を置き、ラーシマの住まいがある建物まで歩いた。時刻は午後の半ばで、子供たちが学校から帰宅しはじめていた。わたしは十代の子たちのグループにくっついて建物の入口まで行ったが、居住者案内板の前で立ち止まり、〝カタバ〟を探した。４Ｐ。呼鈴を押した。少女たちがわたしを凝視して、十代の子らしい脅し文句をよこした。

「そこ、誰もいないよ」一人が言った。「移民局のやつらがめちゃめちゃにしてったし」

「話なんかしちゃだめだって、ライナ――そいつ、おまわりだから、そんなことぐらい知ってるって！」

「だよね。見ればわかる――こぶし、見てみな――誰かを思いきりぶん殴った手だ」

「ううっ、ヤバいよ、ハニア。白人の女警官を怒らせたら、あんた、反対の手でぶん殴られるよ」

わたし自身、十代のころはかなりの乱暴者だったが、父親が警官だったため、警官を揶揄《や》揄《ゆ》する子たちにはぜったい同調できなかった。この子たちから見れば、わたしは白人だ。なんとも皮肉な話。子供時代には、ユダヤの娘とか、イタ公の子供などと言われていたのに。

わたしは内側のドアにもたれて、少女たちの行く手をふさいだ。「みんな、元気がいいわね。でも、わたしはICEの人間でも、市警の人間でもないのよ。勾留中のラーシマ・カタバを救いだそうとする弁護士に協力してるの。その弁護士は、フェリックスが殺人罪で逮捕されるのを阻止しようとがんばってもいるのよ」

わたしは少女たちに探偵許可証とマーサ・シモーンから送られてきた文書を見せた。少女たちは顔を見合わせ、誰が真っ先に文書を読むか、許可証に手を触れるかを探りあった。

男性が二人、エレベーターから降りてきて出入口へ向かった。わたしは二人を通すためにドアから離れた。一人が少女たちにアラビア語で何かきびしく言った。少女たちはしかめっ面になったが、ハニアと呼ばれた少女が首に巻いていた自分のスカーフをひっぱって髪を覆った。あとの二人は反抗的に男たちをにらむだけで、髪を隠そうとはせず、男たちから離れて建物に入っていった。わたしがあとを追おうとすると、男たちが険悪な視線をよこしたが、何も尋ねようとはしなかった。

「いまのは何？」少女たちと一緒にエレベーターを待ちながら、わたしは訊いた。

「イスラムの意地悪連中」ライナがつぶやいた。

「ラーシマのことはよく知らない」スカーフの少女が言った。「八つぐらい上だし、大学行ってて、きっと偉い人になるんだよね。家にいてお鍋の番をする母親なんかにはならないと思う」

「ラーシマのお父さんは詩人よ」わたしは言った。「たぶん、みんなも知ってると思うけど。お父さんはここでラーシマと暮らしてたの？」

警戒に満ちた視線のやりとり。「ほんとにICEの人じゃないの？」いちばん大胆な子が訊いた。

「ほんとにICEじゃないのよ。弁護士に電話してくれてもいいし、わたしのサイトをチェックして、どんな仕事をしてるか見てくれてもいいわ」わたしはウェブサイトのアドレスがついている名刺を渡した。少女たちはそれをしげしげと見てから、ジーンズのポケットに突っこんだ。

ハニアがあたりを見まわした。「その人、ときどきここにいたけど、不法滞在者だよ」

「最後に姿を見たのはいつだった？」わたしは尋ねた。

少女たちは肩をすくめた——見張ってるわけじゃないもん。わかんない。

「二週間以上前かも」ライナが言った。「だって、さっきの男たちがラーシマを侮辱してたから。ラーシマのアパートメントには——ワジがいないって」

「ワジって？」わたしは訊いた。

女の人」

「保護者のこと」ハニアが教えてくれた。「ラーシマを守ってくれる男の人か、年とった女の人」

「そういう男の人って、いろいろ命令するんだ」ライナが言った。「けど、ラーシマは男の人に命令されたくないと思ってる」

「うん。けど、フェリックスと二人でいるとこをあの男たちが見たとき、あたし、あいつらがラーシマと彼をまとめて殺すんじゃないかと思った」ハニアが言った。「だから、やっぱ、ワジがいたほうがいいかもね」

そう言われて、わたしたち全員が黙りこんだ。エレベーターがやってくるまで、誰もう何も言わなかった。エレベーターに乗りこむと、三人は自分たちだけの世界にひきこもり、アラビア語で話を始めた。わたしを話題にしているのではなさそうだ。くすくす笑いながら小突きあっているのだから。

アパートメントの廊下には住人の料理の匂いらしきものが漂っていた。四階のドアの表札を追うわたしのまわりに漂うのは、茹《ゆ》ですぎたキャベツの匂いではなく、つんとくるスパイスの香りだった。カルダモンとクローヴは嗅ぎわけられたが、あとはかすかな香りばかりで識別できなかった。

アパートメントPは施錠されていたが、警察の立入禁止のテープはなかった。ドアのロックが最新の電子式のものだと、わたしのピッキングツールではもう対処しきれないが、この建物は古く、錠に使われているタンブラーはわたしでも楽に操作できた。

ささやかな住まいで、広めのリビングにデスクとソファベッドと祈禱《きとう》用ラグが置かれ、壁には本が並んでいて、そのほとんどがアラビア語の本だった。ひとつしかない寝室は明らかにラーシマが使っているようだ。工学関係の専門書が狭いベッドに何冊も投げだされている。本をふって紙片がはさまっていないかを確認してから投げ捨てたような感じだ。ミニチュアのギアと滑車が置かれた棚には、ＩＣＥの捜査官たちは手を触れていなかった。フェリックスのところで目にした丹念な作りの模型に似ていたが、もっと家庭的な感じだった――精巧な滑車をひっぱると洗濯機の絞り器のハンドルがまわり、フットペダルを踏むとカーペット掃除機が動きだす。手にとって遊びたくなったが、ＩＣＥが与えたダメージをこれ以上ひどくする気にはなれなかった。

〝移民局のやつらがめちゃめちゃにしてった〟という少女たちの言葉はおおげさだった。捜査官たちはラーシマの寝室を荒らしたのに加えて、引出しから書類を、書棚から本をひっぱりだし、クロゼットの床に衣類を放りだしていたが、リノのアパートメントの惨憺たる状態に比べればずっとましだった。リビングのソファベッドはもとに戻してあったし（ある程度）、隅の小さなキッチンにスパイス類や小麦粉がぶちまけられていることもなかった。

リビングのデスクに置かれた家族写真は倒れていた。手にとってじっくり見てみた。家族の大々的な集まりの写真では、ラーシマは多くの子供に交じった小柄な少女に過ぎなかったが、ほっそりした顔とくぼんだ目で、幼くても見分けがついた。学校の制服を着て、少し年上の少年の手をつかんでいる。別の写真では、少年とラーシマが両親と一緒に写っている。小さな家々が織りなす正方形の中心にある中庭の写真や、自転車のチェーンを修理中の男の写真も何枚か。わたしはそのなかの一枚を手にとった――アサドによる投獄とシリア内戦以前の日々のタリク・カタバが、カメラに向かってにこやかに微笑している。

写真をデスクに戻して、デスクから落ちないように置き場所を変え、次に、床に落ちていた紙片を拾ってから、ソファベッドに腰をおろして紙片の点検にとりかかった。アラビア語のものが何枚かあって驚いた。アラビア語が書かれた紙は、捜査官たちがテロの証拠を見つけようとしてすべて持ち去ったものと思っていた。あとは日常生活の残骸で、レシート、未払いの請求書、〈フォース5〉からタリク・カタバへの通知書などだった。

従業員殿

貴殿が二晩続けて欠勤されたため、わが社の雇用名簿からはずすこととなりました。

再雇用をご希望の場合は、ミルウォーキー・アヴェニューの本社ビルへ出向き、申込書類の記入をお願いします。

カタバが〈フォース5〉で働いていたことを知っても、この時点ではもう驚かなかった。もっとも、確認がとれたのは大助かりだが。通知書の消印を見た。フォーサンの遺体が森林保護区で見つかった日より一週間近く前の日付だ。

あのとき、フェリックスはマッギヴニー警部補の前で〝どこの国の人だろう？〟と口走った。まるで、死者がカタバではないかと恐れていたかのようだ。詩人は姿を消し、ラーシマとフェリックスはその身に何があったのかと怯えている――それがわたしの推測だ。

フォーサンとカタバはシリアで知りあった。このシカゴでふたたびめぐり会った。そう考えれば、おそらくラーシマもフォーサンと知りあいだったはず。つまり、フェリックスとラーシマの関係がごく最近のものでないかぎり、フェリックスもフォーサンを知っていた可能性がある。

ラーシマが勾留されたのは、ICEが彼女の父親を見つけようとしているからだ。わたしはふたたび、フォーサンの住まいの床下で見つけた百ドル札の束を思いだした。わたしを銃撃した連中は本当にICEの捜査官だったのかもしれないが、フォーサンはどんなことに関わりあっていたのだろう？　この時代、大金の密輸には電子機器が使われるようになっている。だが、三流の悪党どもはいまも現金決済という古めかしい方法をとっているはずだ。それとも、フォーサンは難民の不法入国に手を貸していたのか？　これまで考えもしなかったが、シリアの友人たちとの密接なつながりを考えれば、人々を入国させるためにお金を作っていたのかもしれない。例えば、タリクとラーシマなどを。

　どの線を考えてもすっきりしなかったが、おなかがすいてきた。鋭い分析をするのがますます困難になってきた。

　建物を出る前に、ラーシマの役に立ちたいという衝動に駆られ、工学関係の専門書だけでも片づけておこうと思って寝室に入った。本のあいだに小さなパンフレットが落ちていた。てかてかの安っぽい紙に英語とアラビア語が印刷されている――〈サラキブ博物館宝物展〉。表紙は博物館の建物。レンガか石でできた白い漆喰仕上げの建物で、小さな住宅程度のサイズだ。

　館内に展示されている宝物はエブラの丘状遺跡《テル》から出土したものであることが、説明文に書いてあった。最初の数ページはモノクロ印刷で、牝牛や女神や牡牛の小像、いくつかの宝飾品、多数の粘土板、わずかな象牙製品などの写真が出ていた。真ん中をホッチキスで留めた見開きページがあった。そこに出ている写真は一枚だけで、カラー印刷されていた。魚の頭と人間の胴体を持つ男の像の写真だった。

36　サラキブの宝物

駐車した場所の近くで見つけたダイナーに入り、トマトとヒヨコ豆のスープを頼んだが、〈サラキブ博物館宝物展〉のパンフレットの見開きページをにらんでいるうちに、スープは冷めてしまった。写真に写っているのは、魚の頭を持つ男というより、巨大な魚が男を抱擁《ほうよう》しているような姿だった。魚の頭が男の頭をかぶりもののように覆い、男の目と鼻だけが見えている。魚の胴体が男の首から背中にかぶさって、しっぽが男の腰の下に垂れている。

男は裸で、魚のうろこでできた短いスカートのようなものをはいているだけだ。手首をサポートするものを着け、左手にゴツゴツしたものを持っている。じっと見てみた。歯が並んでいるような感じだ。右手には財布らしきもの。今夜、オリエント研究所でピーター・サンセンに会ったら、なんなのか尋ねてみよう。

写真のなかの像は青銅よりも黄金に近い輝きを放っているが、わたしにわかるかぎりでは、月曜日の午前中にチャンドラ・ファン・フリートのオフィスで見た像と瓜ふたつだった。

ダゴン——ピーター・サンセンはそう呼んでいた。ネットで調べてみた。ダゴンは漁業の神ではなく、農業の神のようだ。大地の豊穣を約束し、古代シュメールのエブラと呼ばれる地域で崇拝されていた。近年になってシリアで騒乱が勃発《ぼっぱつ》するまでは、エブラが考古学のメッカだった。サラキブという現代的な町の近くにあり、そのサラキブでロレンス・フォーサンが詩人のタリク・カタバと出会ったのだ。

「食べてないのね。そのスープ、口に合わない？」ウェイトレスがわたしの肘のそばに現れた。

わたしはとてもおいしいと答えたが、ウェイトレスはよく気のつくタイプだった——冷めたらおいしくないわ。新しいのを持ってきてあげる。スープが運ばれてきたので、わたしはウェイトレスを心配させないように急いで食べ、コーヒーを頼んだ。

きっと、ラーシマか父親がＩＳＩＳの略奪者たちから宝物を守ろうとして、サラキブから持ちだしたのだ。二人で日曜日の真夜中に、チャンドラ・ファン・フリートが勤務するオリエント研究所へ運んだ。いや、ラーシマはそのときすでに勾留されていた。すると、運んだのは父親？　祖国の宝を保護しようとするシリアの詩人の？　それとも、恋人の力になろうとするフェリックス？

ダイナーのカウンターを指で軽く叩いた。ＩＩＴにとって返してフェリックスを問い詰めたい衝動に駆られたが、問い詰めたところでどうなるものでもない。ダゴンをオリエンダゴンをオリエント研究所に届けたのがフェリックスだろうと、タリク・カタバだろうと、たいした問題ではない。もっと重大な疑問がある——侵入して盗みだすほどダゴンをほしがっていたのは誰なのか？

パンフレットにはカラー写真がもう一枚あった。角《つの》を生やした女性の小像で、伸ばした両手に蛇を何匹かのせている。短い髪に飾りの環がはまっていて、現代アートのような雰囲気だ。写真のなかの女性は緑色がかった茶色い肌を見せ、口紅を塗っている。パンフレットの残りのページに出ているモノクロ写真を見てみた。粘土板、指輪、首飾り、いくつかの小像。小さなライオンの石像もある。このライオンなら知っている。もしくは、これに似たものを。目を凝らした。右前肢の一部が欠けている。先週、わたしがロレンス・フォーサンのアパートメントに忍びこんだとき、彼のデスクにのっていたものだ。

ライオン、魚人——次はどんなサラキブの宝物が登場するのだろう？　フォーサンはこれらの件にどう関わっているのだろう？　盗掘者？　仲介者？　庇護者《ひご》？

しかし、彼がシリアを離れてから二年のあいだ、売却するための古代遺物を集めていたとすると、どこに隠していたのだろう？　わたしは銃撃事件の一時間前にフォーサンのアパートメントに忍びこんだ。そこにはライオン以外は像も粘土板もなかった。彼がアパートメントじゅうの床板をはがして隠し場所をこしらえてでもいないかぎり。

アパートメントは地下に収納ロッカーを備えているところが多い。フォーサンがそれを利用していたとも考えられるが、わたしが思うに、よそでロッカーを借りた可能性のほうが高そうだ。誰もが好き勝手に彼の宝物に近づけるようでは困るから、アパートメントの地下だと安心できないだろう。保管の必要な宝物があったと仮定しての話だが。

ニコ・クルックシャンクに電話して、フォーサンのハードディスクから何か見つかったかどうか訊いてみた——例えば、貸しロッカーの住所とか。

「アドレスブックの一部を復旧してる最中だ」ニコは言った。「だけど、英語とアラビア語の人名がごっちゃになってて、メールや電話番号と符合させられない。ドキュメントから拾い集めた文章があれこれある。ファイルを作成中で、そっちに送るつもりだけど、わけのわからないものが多い。金をどれぐらい注ぎこむつもりだい、ヴィク？　こっちの作業時間はすでに十八時間になってるぞ」

一時間につき百五十ドルだから、合計二千七百ドル。個人的な案件にお金を注ぎこみすぎている。「あと六時間だけ、何が回収できるかやってみて」ようやく、わたしは言った。

「いちばん興味があるのは住所と金銭関係の事柄よ」

「できるだけやってみる」ニコは言った。「ただ、データはあまり残ってない。どうせ盾にするなら、何かほかのものを使ってほしかったな。ハードディスクじゃなくて」

「ほかにはわたしの背骨しかなかったわ、ニコ。その場合、あなたはわたしの亡霊に情報を伝えることになったでしょうね」

「きみはぼくの大好きなクライアントだ、ウォーショースキー。そのユーモアのセンスはほかの誰にもまねできない」

「ジョークのつもりじゃなかったんだけど」わたしは言ったが、電話はすでに切れていた。

一杯目のスープの代金にチップを加えて勘定を払った。ふたたび車に乗りこみながら、先週ロレンス・フォーサンのアパートメントでほかに何を目にしたかを思いだそうとした。

弾丸から逃れたときの劇的状況とトラウマがわたしの記憶を占領していた。車のシートにもたれてアパートメントの光景を思い浮かべた。あのとき、わたしは部屋に入るなり、壁の航空写真に圧倒された。寝室でチャンドラ・ファン・フリートの著書を見つけた。ベッド脇のテーブルには、オースティン・アヴェニューにある〈ダマスカス・ゲート〉のレシート。整理だんすの引出しをあけてフォーサンの衣類を調べた。そこにも、デスクの引出しにも、鍵は入っていなかった。

フォーサンが鍵束を持ち歩いていたのなら、彼を殺した犯人が奪ったことになる。フォーサンが森のなかをひきずられたときに、鍵がポケットから落ちたのでないかぎり。キャップ・サウアーズ・ホールディングにあるリスの巣まで足を延ばしたら、日がとっぷり暮れてしまうだろう。そもそも、それは警察犬チームの仕事で、疲れはてた個人営業の探偵がやるべきことではない。

保安官事務所のマッギヴニー警部補のところには警察犬チームがいるから、警部補がその気になってくれさえすればいい。どうやって話を持っていくかを考えた。

電話をかけると、マッギヴニーが不機嫌な声で出た。でも、フェリックスの「今度は何？」という険悪な応答に比べれば、まだましだ。

「ロレンス・フォーサンのアパートメントで何が見つかったか、警部補さんもICEから聞いてる？」

「ICE？」マッギヴニーはオウム返しに言った。「連中がフォーサンのところへ何しに？」

「ICEの人たち、わたしには何も話そうとしないの」わたしはすまして言った。「法執行機関の人なら、情報を共有してるんじゃないかと思ったんだけど」

マッギヴニーは鼻を鳴らした。「国土安全保障省の連中が地方の法執行機関の人間にアメフト試合の得点なりと教える日が来るとすれば、そいつは豚が空を飛ぶ日だろうよ。連中がフォーサンのアパートメントへ行ったことを、あんたはなんで知ってんだ？」

「地元の新聞記者と話をしたときに聞いたの」この件をマリ・ライアスンに話したのがわたしであることをマッギヴニーに教える必要はないと思い、そう言った。「フォーサンが住んでた建物で銃撃事件が起きて、銃を撃った連中はＩＣＥの者だと主張したそうよ」

マッギヴニーはその意味を理解した。「主張した？　誰も身分証を見てないのか？」

「それがわかれば、警部補さんに言うわよ。でも、わからないの。その連中が捜査官なのか家宅侵入者なのか、男なのか女なのか、何人いたのか、どうやって侵入したのか、発砲が何回あったのか、あるいは、建物内で負傷者が出たのかどうかもわからない」

「つまり、何もわからないのに、理由があっておれに電話してきたわけだ。なんだ、その理由とは？」

「ＩＣＥからそちらに連絡があったんじゃないかと期待してたの。ＩＣＥがロレンス・フォーサンの鍵を見つけて、警部補さんに報告をくれたんじゃないかって。もっとも、警部補さんがすでに鍵を持ってるのなら、話は別だけど」

「なんでフォーサンの鍵がほしいんだ？　アパートメントに入る許可をおれに求めてるのか？　マーサ・シモーンに言えば、裁判所の許可をとってくれるだろうに、なんでおれの許可が必要なんだ?」

今度はわたしが黙りこむ番で、マッギヴニーとのいまのやりとりについて考えた。シモーンは州検事に、調査員を使ってフォーサンの仲間のことを調べさせていると伝えた。だから、マッギヴニーが早とちりしたのかもしれない。それなら納得できる。

「わたしが聞いた噂だと、フォーサンのアパートメントには、貴重品はたいしてなかったそうよ。フォーサンがアラビア語の詩集以外に中東から何か持ち帰っていたとすると、貸しロッカーに預けてあるのかもしれない。たぶん、どこかでロッカーを借りて――」

「どういう意味だ?」マッギヴニーが詰問した。「中東から何を持ち帰ったというんだ?」

「知らないわよ、警部補さん。だから、フォーサンの鍵を見つけて、どこかでロッカーを借りてないかどうか調べたいの」

「いや、あんた、何か証拠をつかんでるようだな。フォーサンは密輸業者だったのか? 何を密輸していた? ドラッグか?」

「フォーサンが中東諸国で何年も過ごして、そこにアフガニスタンも含まれてたのは事実だけど、アメリカに帰国するときは民間旅客機だったのよ。一人旅の者がヘロインでぎっしりのスーツケースを持って税関や入国審査を通過するのは、簡単なことじゃないわ」

「なんで知ってる？　旅客機で帰国したことを」

わ、まずい。なぜ知っているかというと、フォーサンのアパートメントで彼のパスポートを見たからだ。公選弁護士会に所属していたころは、質問されたことだけに答えるように、よけいなことを言って自分から情報を提供したりしないように、と依頼人に教えこんだものだった。腕が錆びついている。

「フォーサンの昔の仲間や教授と話をしたからよ。どんな弁護士だって同じことをするはずだわ。わたし、捜索チームを結成して、もう一度キャップ・サウアーズ・ホールディングへ出かけるつもりよ。金属探知機を使って、何か見つからないか試してみたいの」

「あそこはいまも犯行現場として保存されている」マッギヴニーが尖った声で言った。

わたしは笑った。「最近、現場に出向いたことはあるの、警部補さん？　わたしが二日前に見に行ったら、テープがちぎれて、森のゴミを増やすのに貢献してたわよ。犯行現場を保存したいのなら、フェリックス・ハーシェルの監視をやめるよう保安官助手たちに言って、森林保護区へ行かせたほうがいいわ」

「すると、けさハーシェル坊やのアパートメントを訪ねたのはあんただったのか」

「ハーシェル青年」わたしは彼の言葉を正した。「そんなの、大きな秘密とも思えないけど」

「とにかく、犯行現場で何を見てまわったんだ、ウォーショースキー?」

「目につくものすべてを。つまり、リス、腐った倒木、ゴミ」

電話の向こうで、マッギヴニーが誰かに命令していた。電話口に戻ってきたのは、フォーサンの昔の教授と仲間の名前をわたしに尋ねるためだった。

「警部補さん、わたしは偏見のない心で質問をしてまわって、その人たちを見つけだしたのよ。あなたの心は偏見で凝り固まっている。フェリックス・ハーシェルの電話番号をメモした紙がフォーサンのポケットに入っていたことと、彼がカナダ人でバウンダリー・ウォーターズを越えてカナダに入ったことを根拠に、彼の有罪を確信している。容疑者を真剣に捜す気になったら連絡をちょうだい。そしたら、無報酬の重労働で得た情報を提供するから」

マッギヴニーが質問攻撃を始める暇もないうちに、わたしは電話を切った。ブラーヴァ、V・I。マッギヴニーに電話したものの、収穫は何もなかった。いえ、否定的な小さな事実がひとつわかったかもしれない――フォーサンの鍵は保安官事務所にはない。

37

バットウーマン

車で事務所へ向かっていたとき、アルカディア・ハウスのマリリン・リーバマンから電話があった。心拍数が跳ねあがった。

「何かあったの？　ハーモニーが誰かに見つかってしまったの？」

「ううん。ただ、ネックレスのことをすごく気にしてるみたい。シカゴの公園で見つけるのが無理なことはわかってる。でも、あなた、捜してみるって言ったでしょ。ハーモニーの話だと、コミュニティ・カレッジを卒業したとき、クラリスが彼女とリノにプレゼントしてくれたんだって。ロケットにクラリスとヘンリーの写真が入ってるそうね？」

「ハーモニーの里親よ。タウン・ホール管区へ問い合わせてみるけど、落とし物として届いてる可能性は低いと思う」

わたしはすでに、警察署の建物より南に来ていた。公園で襲撃された地点の南でもあった。レイク・ショア・ドライブを出て、北に向かってひきかえした。ミッチを見つけた地下道の近くに駐車場所が見つかったので、そこからスタートすることにし、懐中電灯で溝を照らしながらゆっくり歩いていった。命の危険を賭《と》して道路に腹這いになり、地下道の縁の排水溝をのぞきこむことまでやったため、通りすぎる車に警笛を鳴らされた。車を止めてわたしに罵声《ばせい》を浴びせたドライバーもいた。

あの襲撃はあっというまの出来事だった。衝撃の体験をすると、そのときの光景が脳に焼きつけられるものだと一般に思われているが、たいていその逆だ。はっきり思いだすことができない。あのとき立っていた丘に戻り、次に丘を駆けおりて、ハーモニーが襲われた現場まで行ってみた。

ジョギングの連中が何人か足を止めて、何をなくしたのかと訊いてきた。一時間後、あきらめるしかなかった。タウン・ホール署にいちおう電話してみたが、遺失物係に問い合わせても成果はなかった。パーク・ディストリクト署のフェイスブックにメッセージを投稿し、ロケットとチェーンを拾ってくれた人には多額の謝礼をすると書いた。もっとも、偽情報のチェックに時間を浪費することになりそうな気もするが。

車に戻ってマリリン・リーバマンに電話をかけ、捜索が失敗に終わったことを報告した。

「わたしからハーモニーに直接話したほうがいい？」

マリリンはカウンセラーに任せようと言った。ハーモニーは少し元気になってきたそうだ──アルカディア・ハウスには塀に囲まれた裏庭があるが、誰も手入れをしていない。そこで、カウンセラーがハーモニーに提案した──雑草だらけの花壇をなんとかしてはどうかしら、と。しぶしぶ始めたハーモニーだが、やがて花壇の草とりに夢中になったという。

自宅のすぐ近くまで来たので、ミスタ・コントレーラスとミッチの様子を見ようと思って立ち寄り、ペピーを散歩に連れだした。ペピーは怪我をした息子から長時間離れていたくない様子だった。わたしと一緒にブロックをひとまわりすると、ミッチとわが隣人のところにそそくさと戻っていった。

わたしはミスタ・コントレーラスに、ハーモニーがネックレスをなくして落ちこんでいることを話した。

「新しいのを買ってやろう、嬢ちゃん」

「いい考えね。あなたがハーモニーを大切にする気持ちが伝わるわ。でも、あのネックレスは特別だったの。里親からのプレゼントで、かけがえのないものなのよ」

ミスタ・コントレーラスは自分の無力感を消すために、何かを──なんでもいいから──やりたいと言った。わたしはフォーサンのアパートメントから徒歩圏内のところを手始めに、複数のトランクルームのリストを作ってプリントアウトし、電話をかけてほしいと老人に頼んだ。

なぜそれが重要なことなのかを説明した。「フォーサンの父親か祖父だと名乗って、フォーサンが亡くなって以来、彼が借りていたロッカーを見つけようとしてきた、預けられていた品を回収したいので、と言ってちょうだい」

最初のうち、老人は気乗り薄だったが、隠された宝物を見つけるためだと言うと、好奇心に火がついた。わたしは本名を使ってもかまわないと言ったが、老人は偽名にすべきだと決めた。「あの子の名前はわしからとったものだ――そう言ってやるよ。ルーシーがわしの孫たちの名前をつけるときは、そんなことしてくれなかったからな」

一人娘のルーシーはミスタ・コントレーラスとそりが合わない。老人のほうも同じだが、二人の孫息子のことは可愛がっている。

わたしは事務所にまわって、〈トレチェット〉に対して起こされている訴訟の検索にとりかかった。気分が沈んでいるうえに、訴訟当事者たちと過ごす時間は気分を浮き立たせてくれるものではなかった。

もちろん、大企業はどこも日常的に訴訟を起こされている。しかも、その数は膨大なので、〈トレチェット〉に対する未解決の訴訟事件が百を超えていることを知っても、わたしは驚かなかった。ディックのオフィスでわたしが目にした〈ティ＝バルト〉対〈トレチェット〉は履行保証保険をめぐる争いだった。争点別に訴訟事件をざっと分類してみた。七十一件は再保険市場に関するもので、〈トレチェット〉はアッパーレイヤーの保険をひきうけたものの、支払いに応じていないか、少額の支払いしかしていない。

企業でも個人でも一億ドルを超える保険契約が必要となる場合、元受け保険会社は締結した保険契約について再保険契約を結び、リスクを細分化する。まさに慎重なギャンブルと言っていいだろう。

ある建設会社が水力発電プラント工事を請け負ったとしよう。保険事故がなかったり、長いあいだ保険請求をしなかったりすると、取引保険会社は喜んで保険料を運用して多額の保険収益を得ることになる。しかし、洪水でプラントが破壊されたら、建設会社は保険締結した保険会社に保険請求をする。請求を受けた保険会社は、再保険の引受会社からそれぞれの引受割合に応じた保険金を回収する。

〈トレチェット〉は引受割合に応じた再保険金の支払いをしていないようだ。しかも、一度だけでなく何度も。リノがサン・マチュー島で見つけたのはそれだったのだろうか？保険請求についての会話を漏れ聞いたのだろうか？

〈レストEZ〉が保険を売っていたかどうかをウェブサイトでチェックしてみたところ、安価な保険を売っていたことがわかった——免責金額の高い自動車保険や、支払限度額二万ドルの借家人保険。しかし、じっさいに保険カバーをひきうけた保険会社についての言及はなかった——〈レストEZ〉の系列企業に保険会社は含まれていない。〈トレチェット〉も同様だ。

時計を見た。午後七時。オリエント研究所で七時半にサンセンと会う約束になっている。時間の余裕があったので、〈レストEZ〉のリノの上司ドナ・リュータスに電話した、

「リノが見つかったの？」リュータスが訊いた。

「いえ、まだよ。でも、〈トレチェット〉が膨大な数の訴訟を起こされてることを発見したわ」

「わたし、弁護士じゃないのよ」リュータスはぶっきらぼうに言った。「訴訟のことなんか何も知らないわ」

沈みゆく太陽が天窓から射しこみ、赤みがかった金色の四角形がいくつも床に光っていた。その上で石蹴り遊びをしたいという子供っぽい衝動に駆られたが、デスクのライトのスイッチを切って光を消した。「でも、〈トレチェット〉がなんなのかはご存じね？」

「わたしが知ってるのは、〈レストEZ〉の親会社だってことだけ」

「本社はサン・マチュー島にあるんでしょ？」

「そうよ。まあ、わたしは行ったこともないけど」

わたしは彼女のわざとらしい無礼な言い方を聞き流した。「〈レストＥＺ〉が売る保険はどこの保険会社がひきうけてるの？」

「どういう意味？　あなた、たったいま、うちの会社が保険を売ってるって言ったわね」

「どういう意味かというと、契約内容の記載ページ——保険金の限度額なんかがざっと書いてある最初のページ——に出ているのが〈レストＥＺ保険会社〉なのか、それともどこか別の保険会社なのかってこと」

「自分で保険に入って確認すればいいでしょ」リュータスは電話を切った。

わたしたちは永遠の親友にはなれそうもない。自宅に押しかけたわたしに私生活をのぞかれたのが、リュータスには屈辱だったに違いない。

結局、ピーター・サンセンとの約束に十五分近く遅れてしまった。出かけようとしたとき、パンツにトマトソースが飛んでいるのに気づいた。グレイのウールに赤い点々——まさにマクベス夫人のイメージだ。しみを落とそうと虚《むな》しい努力をしたあとでそう思った。博物館に着くころには、しみが乾いて暗い赤錆色に変わっていた。プロの探偵の頭脳の鋭さにサンセンが注意を奪われ、しみに気づかずにいてくれるよう願った。

水曜日は博物館が遅くまで開いている日なので、警備員に頼んで建物に入れてもらう必要はなかったが、ピーター・サンセンが上からおりてきてわたしの身元を保証してくれるまで、階段をのぼることは許してもらえなかった。

月曜日に会ったときのサンセンは、日焼けした顔にエネルギッシュな輝きを浮かべ、生きる喜びにあふれているように見えた。ところが、いまは、疲労でぐったりしている。頬の右側の傷跡が前回より赤くてらてらした感じだ。

「今日一日、法執行機関の連中につきまとわれて過ごしたが、執行機関の種類があれほど多いとは知らなかった。大学警察、市警察、FBI、インターポール、国土安全保障省――保障省にはあまりにも多くの部局があるので、名前を追おうとするのはあきらめた。連中はこの窃盗がISISの犯行か、もしくは、ISISに勧誘された学生の単独犯行であることを、わたしに証言させたがっていた」

「その可能性はあるんですか？」わたしは尋ねた。

サンセンは肩をすくめた。「どんなことでも可能だが、ISISがアメリカの博物館にあるたった一個の遺物を狙ってやってきたとは思えない。遺跡で大規模な略奪をおこなうほうがずっと簡単だ。ただし、遺物に何か特別な象徴的意味があるとすれば、話は別だが。あのダゴンは希少な品だった。おそらく、唯一無二だろう。浅浮彫りではなく小立像を見たのは、もちろん、チャンドラもわたしも初めてだった――しかし、イスラム過激派の連中にとってとくに意味のある品とは思えない」

「そもそも、窃盗犯はどうやって博物館に忍びこんだのかしら。あのドアを破るのは簡単ではなさそうだし、セキュリティはおそらく万全でしょうね。守らなくてはならない宝物がずいぶんあるから」博物館のエントランスを警備しているシュメールの巨大な馬上の男たちのほうへ、わたしは片方の腕をふってみせた。

「思いも寄らない場所に、防犯カメラ、モーション・センサー、トリップ・ワイヤが設置してある。また、当館の文化財保護エリアも厳重に警備されている。教職員のオフィスについては警備が手薄だったが、今後はきっと変わっていくだろう。

窃盗犯がどうやって侵入したかについては、警察かFBIのほうでは——どちらだったか忘れたが——閉館時刻に博物館の戸締りをするあいだ、教室か無人のオフィスに隠れていたのだろうと見ている。警備員たちはもちろん、徹底的に調べてまわるし、もしくは、少なくともそう命じられているが、じっさいに館内をまわってみると、まるで迷路だ」

「隠れてた人間が見つかったケースはあるの？」わたしは尋ねた。

「眠りこんでいたり、閉館のアナウンスを無視したりする者もいるが、どんな連中が閉館後も居残ろうとするかを知ったら、きみも驚くと思うよ——例えば、よその研究施設の学者たち。通行証など簡単に入手できるというのに。あるいは、権威に盾突きたがる学生たち」

わたしはサンセンのあとから石の階段をのぼって二階に上がり、廊下の奥にあるチャンドラ・ファン・フリートのオフィスまで行った。ドアの割れたガラスを誰かがすでに交換していた。ノブをまわしてみた。ロックされていた。サンセンが鍵束をとりだしたが、わたしは彼を制止し、クレジットカードを使って錠のピンを押しもどした。

「窃盗犯はガラスを割る必要なんてなかったはずだわ」わたしは言った。「誰が忍びこんだにしろ、メッセージを残そうとしたのね。警察は指紋を採取できたの？」

サンセンは首を横にふった。「犯人は手袋をはめていたそうだ」

わたしは脇へどいてサンセンを先に通した。彼が照明をつけたので、室内をざっと見てまわったが、捜査にやってきた法執行機関の人間が多すぎるため、犯罪の痕跡を示しているのは指紋採取用の粉と、空っぽになったDNA採取キットだけという有様だった。いくつかのキットにはFBIのラベルが、その他にはICEとインターポールのラベルがついていた。

「ファン・フリート教授はフィラデルフィアへ向かう途中だと言ってたわ。いまどこにいるの？」

「古代遺物がテーマの学会だ。気の滅入る皮肉だな。ダゴンが短時間だけわれわれの手元にあったことが、学会の話題の中心になるだろう」

「乳房が八つある女神像とダゴン像のほかに、研究所から盗まれたものはないの？」

サンセンは冷笑を浮かべた。「誰からも報告は来ていないし、誰かのオフィスに賊が押し入った例もないが、今後数カ月間は、誰かが碑文や貴重な首飾りの置き場所を間違えるたびに、窃盗犯のしわざということになるだろう」

わたしは素人芝居でシャーロック・ホームズを演じる役者になった気分で、室内をゆっくりまわった。窓辺で足を止めて外をのぞき、チャペルの鐘楼か五十八丁目の通りが見えないものかと思ったが、眼下に見えるのは中庭だけだった。街灯の光のなかに、周囲を砂利に囲まれて、わずかな木々と茂みを備えた緑の芝生が浮かんでいた。

窓の掛け金を動かしてみた。楽に動き、窓もギーッときしむことなくスムーズに開いた。わたしが懐中電灯で窓の外側を照らすあいだ、サンセンはそれを見守っていた。

「脚をしっかり持っててくれない？　壁の下のほうを見てみたいの」

サンセンは首をかしげた。「冗談じゃなくて？」

「ええ。でも、丁寧に頼むべきだったわね。脚をしっかり持っててもらえます？　二人一緒に転落して死んだりすると困るから」

「考古学をやってきたせいで、もっと奇妙な頼みごとをされたこともある。パンツの裾を折りあげてくれ。左脚を持つとしよう。足首の上を。手がすべっても靴のところで止まるだろう。準備オーケイ？」

わたしは指を自在に使えるように手の包帯をほどき、パンツの裾を折りあげて、窓の下のラジエーターに膝を突いた。古びた鋳鉄の管がパンツの生地を通して膝に食いこんだが、次の瞬間、サンセンが足首を強く握ってくれた。わたしは石の窓敷居から少しずつ身を乗りだした。逆さまにぶら下がると、血が頭に逆流し、懐中電灯をつかんだ手が汗ばんだ。目の前でちらつく斑点をまばたきで追い払い、懐中電灯で壁面を照らした。

「ひきあげて！」と叫んだ。

サンセンは片手でわたしの足首を握ったまま、反対の手でパンツのウェストをつかんだ。生地がビリッと音を立てたが、わたしは左手を窓敷居にかけて身体を持ちあげ、室内に戻った。

腕も脚も震えていた。椅子に崩れるようにすわりこんで腕をさすった。パンツのお尻の部分を探ってみた。生地が裂けていた——縫い目がほころびたのではなかった。

「今回の調査で台無しにした二本目のパンツよ。あなたの手、たくましいのね。すごく感謝してる」

サンセンはニッと笑った。「バットウーマンのまねはよくやるのかい？」

「わたしが二番目に好きなパーティの余興よ。でも、窃盗犯はおそらく、いまの方法で部屋に忍びこんだんでしょうね。犯人の男が――もしくは女が――壁にホールドを差しこんだ跡が残ってたし、窓敷居の一ヤードほど下には、クライミング用の靴がつけたと思われるすり傷がいくつもあったわ」

サンセンの顎の輪郭に沿って走る傷がさらに赤く脈動した。長い沈黙ののちに、彼は言った。「この研究所にいる何者かが犯人に正確な場所を教えたわけだな」

「そのようね。ドアのガラスが割られたのは目くらましよ。ところで、ガラスの割れる音がしたとき、警備員は飛んでこなかったの？」

サンセンは首をふった。「このオフィスはロビーからずいぶん離れている。警備員はロビーにいて、ふつうの泥棒が正面ドアか地下の窓から入ってくるのを待つわけだ。いずれにしろ、すべての場所にアラームがついている」

「警備員を疑ったことは――」

「ホレスはここで警備の仕事について十七年になる。わたしは彼を百パーセント信用している。ホレスを疑うぐらいなら、チャンドラの狂言だったという説のほうを信じるだろう」

「ファン・フリート教授の狂言だった可能性はある？　考えてみれば、教授自身がここに運んできたのかもしれない」

サンセンはわたしをにらみつけた。「ありえない。そもそも、なんでチャンドラがそんな狂言を仕組まなきゃならん?」

「警備員でもなく、教授でもないとすると……」

「ああ。わかる。ここで働いている者か、学んでいる者だ」

わたしたちは何分間か、ぎこちない沈黙のなかですわっていた。月曜日に会った若い女性がもしかしてお金に困っているとか? でも、あれほどひたむきな考古学の学生が窃盗犯の悪事に協力するとは思えない。容疑者にふさわしい人間なら、大学関係者のなかにたぶん何百人も――いえ、少なくとも何十人かいるかもしれない。それを調べるのは警察の仕事であって、わたしの出る幕ではない。

ようやく、サンセンが首を横にふった。「今日ここにFBIとインターポールの馬鹿どもがどっさり押しかけてきたのに、逆さまにぶら下がろうと思った者が一人もいなかったとはな……どうにも信じられない。日中の明るい時間帯なら簡単にできたはずなのに。わたしはなんのために税金を払ってるんだろう? きみのパンツ、残念なことをしたね」

わたしの手の震えはすでに止まっていた。もっとも、立ちあがったとき、脚が少々ふらついたが。ヒップをさすった。先週尻もちをついた場所を。順調に回復しているが、自分がもはや三十歳ではないことを痛感させられた。

「一杯やりたい気分だ」二人で廊下に戻ったとき、サンセンが言った。「きみは禁酒主義者？」

「わたし、スコッチをバットウーマンっぽく飲むことで昔から有名なのよ」

「どんなふうに？」サンセンは目に愉快そうな光を浮かべて、小首をかしげた。

「うーん、そうね、誰かの血を優雅に吸うような感じかしら」

38　彼らが運んできたもの

バックタウンのバーで一杯やりながら、わたしは今日の午後ラーシマ・カタバのアパートメントで見つけたパンフレットをサンセンに見せた。

サンセンはページをゆっくりめくった。「何年か前、エブラに滞在したことがあるが、サラキブの博物館の話は聞いた覚えがない。もっとも、そう意外ではないが――シリアでは、ある程度の規模の町ならどこでも博物館がある――いや、以前はあった。タリク・カタバがシリアから逃げだしたとき、ダゴンも一緒に持ってきたのだろうか？」

「わたしもまずそれを考えたわ」わたしはパンフレットを逆にめくってモノクロ写真のページを開いた。「このライオン、右の前肢が欠けてるでしょ。ロレンス・フォーサンのアパートメントのデスクに置いてあったものよ」

サンセンは驚きの目でわたしを見た。「きみはフォーサンと面識がなかったと思っていたが」

「なかったわ。匿名電話がかかってきてフォーサンの名前がわかり、そのあとで住所を突き止めたの。そこで部屋に入ってみた。法執行機関の連中にはひとことも言ってないけど」

「どうやって入ったんだ？」

「暗闇のなかで建物の壁をよじのぼる必要はなかったわ――あの建物に住んでる女性が入れてくれたから」

「フォーサンがそれらの品をアメリカにこっそり持ちこんだと、きみは考えているのか？

だが、それならフォーサンはなぜダゴンをチャンドラのところに届けたのだろう？」

「届けるのは無理よ。すでに殺されてたんだから」わたしはサンセンに指摘した。「だから、わたしはこう考えたの――カタバがようやくシカゴにたどり着いたとき、古代遺物をいくつか持ってきたのかもしれない。やがて、ＩＣＥがカタバの身辺を嗅ぎまわるようになったので、彼もしくは娘がもっとも貴重な品を博物館に届けた」

「チャンドラ宛に？」

「カタバがフォーサンと知りあったのは、ファン・フリート教授の発掘チームがシリアにいたときだった。教授はカタバの自転車修理店へ行ったことがあるって言ってたわ。フォーサンが発掘現場を離れて地元の人たちとつきあうのが好きだったことは、あなたもきっとご存じね。〝シカゴのロレンス〟のイメージを作りあげるのが彼の夢だった。アラビア語の会話を熱心に勉強していた」

「カタバはアサドの監獄に二年近く放りこまれていた」サンセンは言った。「彼がどうやってアメリカに来たのか、釈放後の何年かをどこで過ごしていたのか、知る者は誰もいないが、遠くへ逃げようとする難民が官憲当局に見つからないように貴重な遺物を持ち運ぶのは、かなり困難なことと言えよう」

「わたしの母はムッソリーニのイタリアから逃れてきた難民だったわ。ピティリアーノの自宅からウンブリア州の丘陵地帯の隠れ場所まで、ヴェネツィアンガラスのワイングラス八つを運び、次に、夜の闇に紛れて山岳地帯を抜け、リヴォルノの港まで行った。グラスをひとつも割らずにシカゴまで持ってきた」

それをわたしが割ってしまった。自分は正義を追求していると信じて、危険のなかへ無鉄砲に飛びこんでいくわたし――唇がゆがんで苦い表情になった。

「きみは古い品の価値を知っている人なんだね」サンセンが言った。優しい声だった――わたしの苦い表情に気づいたのだろう。

ふたたびパンフレットを見ていき、角を生やした女性の小像のところで視線を止めた。

「すばらしい像だ。ダゴンに負けないぐらい貴重な品かもしれない――蛇も含めてまったく傷のないこのような像は、めったに見られるものではない」写真の下に書かれたアラビア文字を、サンセンは唇を動かしながら読んだ。「なるほど。蛇は黄金でできていて、舌には赤瑪瑙《めのう》、目にはラピスラズリが使われている」

「どうして角があるの？」

「ああ、女神であることを示すためだ。もっとも、どの女神なのか、わたしにはわからない。蛇は豊穣の象徴だから、イナンナかもしれないな。豊穣の女神――イナンナの数多くの霊験にそれも含まれている」

サンセンはわたしの手に片手を重ね、嚙まれた傷跡をなでた。「女神グーラに来てもらったほうがよさそうだな――治癒を司る女神だ。フォーサンの建物で嚙みつかれたのかい？」

「いえ、これは別のとき。公園で何者かがわたしの姪に襲いかかったから、撃退しようとしたら、そいつに嚙みつかれたの」わたしは彼の顎の輪郭を縁どる傷跡を見て首をかしげた。「じゃ、それは？　発掘のときのもの？」

「付帯的損害ってやつだ。もっと早くイラクを離れるべきだった――自分ならテル・アル＝サバーの発掘現場を守る手段を講じることができる、と思っているうちに、手製爆弾にやられてしまった。ただ、わたしは運がよかった――アメリカがイラクに侵攻した初期の段階で、インフラがすべて破壊されてしまう前のことだった。誰かがすぐにわたしを見つけてヘリで病院船へ搬送してくれたから、わたしの被害はこの傷跡だけですんだ。ただ、妻は耐えきれずに出ていった」

「お気の毒に」

「十年以上も前のことだ。そのあいだに自己憐憫《れんびん》を乗り越え、皮膚の移植手術を受け、シリアで発掘現場に復帰した。そのときは分別を発揮して、内戦の戦況が悪化する前に国を出ることにした。きみにはその傷から顔を背けるようなパートナーがいないといいのだが」

「以前はいたわ。あわてて顔を背けてスイスへ行ってしまった。あなたは次にどこへ行くの？」

サンセンはニッと笑った。「わたしの秘書に言われた――わたしが内戦につきまとわれていることを知ったら、どこの政府も発掘のための入国を認めてはくれないだろう、と。いまも許可を申請しているところだ。トルコにはシュメール文明の遺跡が豊富にあるが、申請が通るかどうかわからない。わたしは五十歳、新たな道を、新たな冒険を求めているのだと思う。年をとりすぎて冒険できなくなる前に」

サンセンはわたしの手を握りしめ、それから放した。「請求書を送るときはパンツの代金も足しておいてくれ。研究所にかけあって弁償させるから。そのあとで、よかったら食事でもどうかな？　嚙みつかないと約束する」

わたしは立ちあがり、ケロイド状になったサンセンの顔の皮膚に指を軽く触れた。「電話番号はご存じね？」

39　バイオリンのように元気

　察知するのが一秒遅かった。わたしがポケットから鍵束を出した瞬間、一人がそれをつかんだ。とっさに反応する前に、二人目がわたしの腕を押さえつけた。黒い革に身を包んだ木の幹のごとき巨漢で、手をふりほどこうとしても、わたしの腕力では無理だった。一人目がすでにわたしの住まいの玄関をあけていて、二人がかりでわたしを部屋にひきずりこもうとした。

　わたしは腕と胴体の力を抜いた。左右の足先を男の太いふくらはぎの片方にひっかけて、男の脚を強引にひきよせた。男がバランスを崩すまいとして片手を泳がせたので、わたしは低く身を伏せ、大声で助けを求めながら階段のほうへ走った。

　二人はすぐさま立ち直ると、わたしを追ってきた。「監禁《ロックト・アップ》。監禁《ロックト・アップ》必要。よこせ」

　照明を受けて刃がギラッと光った。ミッチを切り裂いたナイフだ。わたしは抵抗するのをやめて、ころがるように階段を下りながら、「九一一に電話！」とアパートメントの住人たちに叫んだ。

二人が追ってきて、わたしの前に立ちはだかった。

「さあ、ロックト・アップだ、クソ女。お遊びはもうやめろ」

「監禁《ロックト・アップ》なんてお断わりよ」わたしは吐き捨てるように言った。二階の踊り場で階段の手すりをつかみ、両足を高く蹴りあげた。ナイフには命中しなかったが、顎を蹴ってやった。

ミスタ・コントレーラスのか細い声が下から聞こえてきた。「待っとれ、嬢ちゃん。いま警察が来る。わしも助太刀するぞ」

老人の背後で犬たちが吠え、やがて、向かいの1Bに住む女性が大声で文句を言った。「その馬鹿犬どもを黙らせて。ここを動物シェルターとでも思ってんの？　あんたときたら犬を好き勝手に走りまわらせて、ギャンギャン吠えさせて、自分は踊り場でわめき散らしてる。この共同住宅の理事会に言って――」

わたしは階段の手すりにしがみついた。

「クソ女！　クソ女！　抵抗はやめてロックト・アップをよこせ」二人がわたしの左右の脚をそれぞれつかんで思いきりひっぱった。わたしはついに手すりを放すしかなくなり、どさっと落ちた。二人がほんの一瞬バランスを崩したので、その隙に脚をひっこめ、お尻で階段の手すりをすべり下りた。

二人が追ってきたが、階段の下でミスタ・コントレーラスがパイプレンチをふりまわしていた。ナイフを持った男が隣人に向かって突進した。〈ナイフ野郎〉の耳のうしろに、わたしが空手チョップを見舞った。男はうめき声を上げ、よろよろとあとずさった。男の相棒がわめいてわたしをつかもうとしたが、わが隣人のパイプレンチが男の膝がしらに命中した。

アパートメントの前の歩道でブルーのライトが明滅した。巨漢どもがさつな口調のスラブ語で何か言い、建物の裏口へ向かって足音も荒く廊下を歩き去った。裏口のドアが乱暴に閉まるのが聞こえた。

1Bの女性が警官隊のために建物の玄関ドアをあけた。「やっと来てくれたのね。この犬どもときたら、ほんとに迷惑で——」

「まあまあ、落ち着いて。動物に関する苦情かね？」こう言ったのは年配の白人男性で、粗野な顔に刻まれたしわから、人間がたがいにぶつけあう奇妙な、もしくは物騒な行為をあれこれ目にしてきたことが窺《うかが》えた——例えば、犬の件で苦情を言うために警官を呼びつけるとか。

「家宅侵入よ」わたしは息も絶え絶えに言った。

脚の力が抜けていた。ふと気づくと、階段のいちばん下の段にすわりこんでいた。ミスタ・コントレーラスにくっついて廊下に出てきたペピーが、わたしの顔と手をなめていた。

「男が二人」ミスタ・コントレーラスが言った。「上の階に潜んでおって、このクッキーちゃん――ヴィク――に襲いかかったんだ。どっちも大男で、こいつで殴りつけてやったが」パイプレンチをかざしてみせた。「でかい岩を叩くようなもんだった」

年配の警官とパートナーの若い黒人男性がわたしのところに来た。

「これが建物を危険にさらしたという犬かね？」年配の警官が言った。「あんたに質問したら、この犬、嚙みつくだろうか？」

わたしはどうにか微笑を浮かべた。「大丈夫よ、おまわりさん。ベストの下にステーキ肉を隠していないかぎり」

1Bの女性がつかつかとやってきた。「こっちは明日の朝までに、大事なクライアントに渡す報告書を仕上げなきゃいけないのに、この犬どものせいで――もう夜の十時半なのよ――」

「あんた、思いやりのない人だね」ミスタ・コントレーラスが荒々しく口をはさんだ。「隣人がラシュモア山ぐらいのでかい悪党どもに襲われたってのに、あんたの頭にあるのはくだらん報告書のことだけ。あんたが生きてようが、死んでようが、クライアントは気にもせんだろうよ」

1Bの女性は激昂して言い返そうとしたが、若い黒人警官が彼女を脇へ連れていって、なだめるような口調でそっと語りかけ、そのあいだに年上の警官がミスタ・コントレーラスとわたしを促して、わが隣人の部屋に入った。

警官たちとのやりとりに一時間以上かかった。二人は精密検査のためにわたしを救急救《E》命室《R》へ連れていこうとしたが、格闘中のわたしを支えてくれたアドレナリンの噴出はすでに終わっていた。トリアージの列に並んで順番を待ちながらERで一夜を過ごすだけのスタミナは、もう残っていなかった。

ようやくエネルギーをかき集めて言った。「同じ二人組がわたしの姪を襲ったの。湖のそばで。昨日」

二人は仰天した。ハーモニーが襲われたときの様子をわたしに細かく尋ねた。わたしは男がハーモニーのネックレスをひっぱったときの凶暴な様子を強調した。

「深い傷が残ったのよ。気管を切断されなかったのが奇跡だけど、姪は怪我よりもネックレスをなくしたことを嘆き悲しんでるわ」

二人はタウン・ホール署に電話を入れて、事件報告書のコピーを請求した。

「どうして同じ二人組だと思うんです？」黒人警官が心地よく響く低い声で訪ねた。

「スラブ系の訛《なま》りがあったから。姪にも同じことを言ってたわ――監禁《ロックト・アップ》って。たぶん、連中が姪の姉を、リノをすでに監禁してて、姪のことも監禁しようと――」

わたしはいきなり笑いだした。ヒステリーすれすれの笑いだった。「ロケットだわ。男たちの訛りがひどくて、わたしの頭はリノの失踪のことでいっぱいだったから、"監禁《ロックト・アップ》"って聞こえたけど、あいつら、ハーモニーのロケットを狙ってたんだわ。いえ、それはあいつらが奪っていった。ヘンリーとクラリスからの特別なプレゼントだったのに。やつらがいま捜してるのはリノのロケットね。だから、リノのアパートメントをめちゃめちゃに荒らした。うう、まずい。いま何時？」

警官二人がわたしを凝視した。「リノって誰だ？」

「ロケットというのは？」ミスタ・コントレーラスが訊いた。

わたしは説明しようとした――姉妹が卒業のお祝いに同じデザインのロケットをもらったこと。少なくともハーモニーは肌身離さず着けていたこと。

「誰かがそのロケットを狙ってる。でも、姉妹のどちらかが何か言わないかぎり、ロケットのことはわからなかったはずだわ。ハーモニーと話をしなきゃ」

口に出せば小さな希望の炎が消えてしまいそうで、何も言わないことにしたが、悪党どもがロケットの存在を知っているのなら、ほんのわずかにしろ、リノがいまも生きている可能性があるわけだ。監禁《ロックト・アップ》されているが、ロケットは身に着けていない。リノから聞かないかぎり、悪党どもがロケットのことを知るはずはない。

「ベッドに入ったほうがいいぞ、嬢ちゃん」ミスタ・コントレーラスが言った。「ここんとこ働きすぎだ。ひと晩ぐっすり眠って、明日の朝、ロティ先生に診てもらわんと。おまわりさんたち、あっというまに駆けつけてくれて感謝してるよ。だが、ここにいるクッキーちゃんをベッドに入れてやってほしい」

警官たちはさらに質問をよこし、わたしは筋の通った返事をしようとがんばった。リノ・シールの失踪のことをもっとも詳しく知っている刑事として、フィンチレー警部補とエイブリュー部長刑事の名前を出すと、警官たちがそれをメモした。

二人が帰る前に、わたしは建物の裏を一緒に見てまわってほしいと頼んだ。地下や裏階段に悪党どもが潜んでいないことを確認したかった。

二人は三階まで一緒に来て廊下も調べてくれた。目下、三階に住んでいるのはわたしだけだ——住戸のひとつを所有しているジェイク・ティボーはスイスにいる。シカゴを——そして、わたしのもとを——離れたとき、ドラム奏者に又貸ししていったが、それが犬たちとわたし以上に騒音を立てる男だった。1Bだけでなくすべての住人が怒りに燃えて立ちあがり、ドラム奏者は出ていった。その後、ジェイクは新たな間借り人を見つけていない。

三階にあるもうひとつの住戸も数ヵ月前から空いたままだ。ほかに住む者のいない階で暮らすのがどんなに孤独なことか、これまでは考えたこともなかったが、いまそれを思い知らされた。

わたしの鍵が玄関ドアの鍵穴に差しこまれたままだった――鍵を奪った悪党は、それを抜く暇もなく格闘に加わったのだろう。ささやかな幸運。明日は錠前屋を何時間も待つことになるのを覚悟していたのだ。

「ここでほんとに大丈夫か？」年上の警官が聞いた。「医者に診せなくてもいいのかい？手にそんな傷があるし、顔にはみみずばれができてるぞ」

傷は悪党に嚙まれたせいだが、正直にそう言おうものなら、さらに一時間ほど質問に答える羽目になる。「イブプロフェンと氷があれば、バイオリンのように元気になり、雨のように健康になるわ」

この言葉は記憶の底のほうから浮かんできたものだった。幼児向け絵本シリーズのリトル・ゴールデン・ブックス。母がいつも読み聞かせてくれて、イタリア人の母の耳に奇妙に響く英語のイディオムに出会うと、笑いだしたものだった。癌で闘病していたころは―

―結局それに命を奪われたのだが――わたしを安心させようとして〝もうじき、バイオリンのように元気になるわ〟と、よく言っていた。でも、死期が迫り、英語が使えなくなると、〝ソーノ・サーナ・コメ・ウン・ヴィオリーノ〟という奇妙な直訳のイタリア語を口にするようになった――わたしはバイオリンのように元気。

まだ十六歳で、母が人生から消えようとしているのを見守るうちに錯乱状態になっていたわたしは、言語のことで母とよく口喧嘩をし、これはただの言いまわしなんだから、イタリア語なら〝ソーノ・イン・ガンバ〟と表現すべきだ、と言ったものだった。英語に直せば、やはり馬鹿げた響きになっただろうに。「元気じゃない《ノン・ソーノ》のよ、可愛い子《カリッシマ》」と、母はつぶやいた。あれはなんて辛い一年だったんだろう。

今夜、わたしに訪れた眠りは赦《ゆる》しの夢に満ちているように思われた。わたしはシリアの古代神殿に立ち、祭壇の前のダゴンを見ていた――チャンドラ・ファン・フリートのオフィスで見たような小さな像ではなく、頭から肩にかけて生きた魚をかぶっている金色の男性だった。その横に、健康に輝く母が現われた。母に抱きつこうとしてわたしが祭壇に駆け寄ると、魚人はピーター・サンセンの姿になった。「きみのお母さんは美しいバイオリンみたいに元気だ。きみももうじき、バイオリンのように元気になり、雨のように健康になるだろう」と言った。

40　ブルーの布切れ

アルカディア・ハウスの奥の部屋でハーモニーに会った。ゆっくり朝寝をしたものの、一週間に二回も階段の手すりをすべり下りたせいで全身がガチガチにこわばっていた。ふだんより三十分長くストレッチをしてから、犬二匹を連れて、ミッチに負担がかからない程度の短い散歩に出た。

事務所に車を置いて高架鉄道でアルカディア・ハウスのひとつ先の駅まで行き、そこからの半マイルを歩くあいだは裏道ばかりを選んで、尾行されていないことを確認した。もちろん、ゆうべの侵入者たちがあとをつけてくれば、すぐに見破ることができただろうが、あの二人が独自の判断で動いているとは思えなかった。何者かがリノのロケットを手に入れようと必死になって、外国人の屑《くず》どもを雇い入れ、わたしの姪を、そして次にわたしを襲わせたのだ。人畜無害に見える人間を雇ってわたしを尾行させるぐらい、その人物にとってはたやすいことだろう。

尾行なしと確信したところで、シェルターが入っている平凡な灰色の石造りの建物まで行った。なかに入ったとたん、おなじみの騒音が聞こえてきた――赤ん坊の泣き声、幼児の叫び声、おもちゃをガンガン叩く音――しかし、マリリン・リーバマンは専門職にふさわしいにこやかな落ち着いた態度でわたしを迎え、ハーモニーと話ができるように奥の部屋へ案内してくれた。

個人的な面会に使われる小さな部屋だった。アルカディア・ハウスのほかの部分と同じく、家具はリサイクルショップで買ったものや、理事会の裕福なメンバーからのお下がりばかりだ。小さな丸テーブルと、褪《あ》せた栗色の布張りの椅子四脚が部屋のスペースの大部分を占めていたが、フットスツールがついた安楽椅子一脚、絵本とおもちゃが並んだ傷だらけの本棚、使われていない暖炉の前でいかめしく向きあった背もたれの高い椅子二脚もあった。

わたしより数分遅れてハーモニーが部屋に入ってきた。二日前にロティの診療所で会ったときは、その虚ろな目に恐怖を覚えたわたしだが、今日のハーモニーはやつれた不安そうな表情ながらも、彼女をとりまく世界に戻ってきたことが見てとれる。

わたしはハーモニーが昨日土いじりをしていた庭を見渡せる窓辺へ行き、庭仕事の成果はあったかと尋ねた。

「たいしてないわ」ハーモニーはつぶやいた。「球根が少し芽を出すかもしれない。ハルシャギクが何本かあって、それは助けられそう」

襲撃者がチェーンをひきちぎった拍子に彼女の喉についた醜い筋が、窓から射しこむ淡い光を受けてくっきりと目立っていた。

わたしは丸テーブルのところへ移動して、栗色の椅子のひとつに腰かけた。しばらくすると、ハーモニーもやってきて、わたしからできるだけ離れてすわった。

「火曜日に襲われた場所の周辺の小道を調べてみたわ」わたしは言った。「ついでに、パーク・ディストリクト署と警官にも問い合わせてみた。ただ、こんなことは言いたくないけど、あなたに飛びかかった男たちはロケットを奪うのが目的だったような気がする。ゆうべも、わが家の玄関の外でわたしを待ち伏せしてて、襲いかかってきたのよ——ロケットをよこせと言っていた。これは推測に過ぎないけど、お姉さんのロケットが狙いだったんじゃないかしら」

ハーモニーの顔がくしゃっとゆがんだように見えた。「そんな、ひどい！　あいつら、どうしてあたしたちをほっといてくれないの！　誰からも傷つけられるなんて、あたしたち、どんな悪いことをしたっていうの？」

「悪くないわ。悪いのは向こうよ。あいつらを改心させるのは無理だけど、状況を変えて、二度と襲われないようにすることはできる」

ハーモニーが少し落ち着いたところで、わたしはロケットのことをもっと詳しく話すように頼んだ。

「リノとあたしがコミュニティ・カレッジを卒業したとき」ハーモニーは小さな声で言った。チェーンがすでに消えていることを忘れて、いつも下がっていた場所に指を触れた。

「ヘンリーとクラリスが大喜びでパーティを開いてくれて、あたしたち、友達みんなを招待して、裏庭に百人ぐらい集まったの。クラリスがすっごいケーキを作ってくれた。本の形をしたケーキで、てっぺんにあたしとリノの卒業証書がのってるの。アイシングでデコレーションしてあった。でね、あたしたちがケーキカットをする前に豪華なプレゼントがあったの。ロケットはクラリスから。純金で、チェーンも純金だった。あたしたち、クラリスとヘンリーの写真をそれぞれのロケットに入れて、次に、あたしのロケットにリノの写真を、リノのロケットにあたしの写真を入れた。二人ともいつも首にかけてたわ」

ハーモニーの目に涙があふれた。わたしの心に浮かんだ唯一の言葉は凡庸《ぼんよう》すぎたので、口には出さず、ハーモニーの頭を軽く叩くだけにしておいた。

「何か秘密の品をロケットに入れたことはない？」

「あのね、ヴィクおばさん、あれはロケットよ。宝物の箱じゃないのよ」

「誰かがロケットを奪おうとする理由を突き止めようとしてるの」わたしは辛抱強く言った。

ハーモニーは肩をすくめた。

「わかんない。写真に写ってるのはあたしたちだけよ。家族だけ。ロケットは純金だけど、ダイヤとかエメラルドがついててものすごく貴重ってわけじゃないわ。あたしたちにとって貴重なだけ。クラリスのプレゼントだもん。クラリスが注文して、あたしたちの名前と日付を彫ってくれたの。

ヘンリーは中国からとりよせたすてきなスカーフをプレゼントしてくれた。上海に住んでるヘンリーのおばさんが送ってくれたもの。リノはロイヤルブルー、わたしはローズピンク。すごくきれいだから、使うのは特別なときだけにしようって決めたのよ」

ハーモニーは電話をとりだし、フォトアルバムを開いた。「ヘンリーのお葬式のときの写真。あのころはクラリスもまだ元気で、お葬式に出ることができた」

厳粛な顔をした姉妹がクラリスの前に立っている。クラリスの顔にはすでに病気の初期症状が出ていて、表情が乏しくなっている。三人とも白い服を着ているが、それぞれ長いスカーフを首に巻いている。ハーモニーはローズピンク、リノはロイヤルブルー、クラリスは金色。姉妹のスカーフの下から、ロケットを通した金のチェーンがのぞいている。

「中国では、お葬式に白を着るそうよ。色彩があるものを着ちゃだめなんだって。とくに赤は禁止。でも、あたしたち、ヘンリーのプレゼントを身に着けて敬意を示したかったの」

ブルーの絹。わたしは写真に目を凝らし、指で拡大した。これと同じ色の布切れを最近見たことがある。キャップ・サウアーズ・ホールディングのリスの巣で。まさか、リノのスカーフの切れ端ってことはないと思うけど。でも、もしそうなら、リノはロレンス・フォーサンが死亡した場所にいたことになる。それは——あまりにも大きな偶然で、わたしの理解の範疇《はんちゅう》を超えている。

「ヴィク？　ヴィクおばさん！」ハーモニーが叫んだ。「どうしたの？　あたし、何か悪いこと言った？」

「何も悪くないわ。悪いことなんか何も言ってない」わたしの声はかすれていた。「わたしが水を飲みたいだけ」

廊下の奥に水飲み場があり、ハーモニーがすぐうしろについてきた。スタッフが姿を見せて、大丈夫かと尋ねた——ハーモニーの叫びがあまりに大きかったため、警戒したのだろう。

「大丈夫よ」ハーモニーの声がふたたび小さくなった。「ヴィクが、ヴィクおばさんが気絶しそうな顔だったから、怖くなっただけなの」

スタッフはわたしに胡散《うさん》臭そうな視線をよこした。わたしはアルカディアの理事会に名を連ねているが、だからといって神聖な存在になれるわけではない。「近くにいますからね」スタッフはハーモニーに言った。「何か必要なときは、大声で知らせて」

わたしは小さな面会室に戻らずに、水飲み場のそばで姪に言った。「ハーモニー、わたしが布切れを持ってきたら、リノのスカーフかどうかわかる？」

「たぶん。あたしのスカーフと比べればわかると思うけど、ポートランドに置いてきたわ」ハーモニーは疑わしそうに鼻にしわを寄せた。

「その布切れがどこにあるか、わかったような気がするの。もっとも、単なる推測で、自信はないけど。布切れを見た場所へもう一度行ってみるわ――まだそこにあったら、あなたのところに持ってくるわね」

ハーモニーは一緒に行きたがったが、わたしは断固として拒否した。ハーモニーの身に危険はなくなったとわたしが判断するまで、じっとしていてほしい。

「公園で飛びかかってきた悪党は、あなたの身辺を嗅ぎまわっていたのよ。ここにいれば安全だから、おとなしくしてて」

「おばさんはどうなの？　あたしは〝女と子供を先に〟ってルールに従わなきゃいけない

けど、おばさんは違うってこと？　リノの居場所がわかったとおばさんが思ってるのなら、あたしには一緒に行く権利が——」

「あるわ」ハーモニーに言われて、わたしは気をひきしめた。彼女が初めて見せた本物の闘志。フェミニストとしてのわたしの急所を突く言葉だった。「あなたにはお姉さんの捜索と救出に加わる権利がある。でも、自分の命と安全を犠牲にすることはないのよ。ここ二日ほど、あなたは命と安全の両方をひどく脅かされた。お願いだから、あと一日か二日、ここにこもって体力を温存しておいて。わかった？」

「うん、わかった。あたしを助けようとしてくれてるのはわかるのよ。でも、あたし、自分の人生からはみだしてしまって、置いてけぼりにされるのがいやなの」

わたしはハーモニーの肩を強くつかんだ。「その気持ちはわかるわ。じゃ、ガーデニングに戻って筋肉を鍛えておいてね」

ハーモニーはわたしにぎこちなく抱きつき、それからキッチンに姿を消した。わたしが自分の荷物をとろうと思って面会室に戻ったとき、ジャケットをはおってウェリントン・ブーツをはいたハーモニーが園芸用具を抱えて出てくるのが見えた。

就学前の児童三人も庭に出ていた。防寒用の厚着をさせられている。すでに四月に入っているが、まだまだ寒い。ハーモニーが常緑樹の剪定《せんてい》にとりかかり、切った枝を乱暴とも言えるような勢いで投げ捨てて山にしていった。いちばん体格のいい子が常緑樹の山のところへ行き、枝を一本ひっぱりだした。それをふりまわしはじめた。あとの二人もすぐさま加わった。ほどなく、全員が木の枝で剣戟《けんげき》ごっこを始めた。

わたしはマリリン・リーバマンのオフィスに立ち寄り、ハーモニーとのやりとりを報告した。わが姪の反撃を知って、マリリンは大声で笑いだした。

「V・I・ウォーショースキー、家父長制の一部となる――わたしもその場にいて、あなたの顔を見てみたかったわ」

「めちゃめちゃ笑えたでしょうね」わたしは不愛想に同意した。「シルクの生地をわたしがどこで見たかは、ハーモニーに言ってないから、あの子がわたしを追って森林保護区まで来る心配はないと思うけど、とにかく外に出さないようにしてちょうだい。あの子には逃げこめる場所がどこにもないの。悪党どもに見つかる心配のない場所というのが。だから、ガーデニングに没頭させておきたいの」

マリリンはうなずいたが、こう言った。「ここは閉鎖病棟じゃないのよ。あなたもよくわかってると思うけど。わたしたちには人が出ていくのを阻止する権限はない。部外者が入ってくるのを阻止するだけ。ハーモニーと話をするようカウンセラーに頼んでおくけど、それがわたしにできる精一杯のことよ」

マリリンの言うとおりであることは、わたしにもわかっていた。だから、なおさら心配なのだ。高架鉄道で事務所に戻るあいだも、ハーモニーはどんな行動に出るだろう、傷ついた心と恐怖と孤独が混ざりあって感情を爆発させ、アルカディアから飛びだすのではないかと心配でならなかった。

ブッダに始まってわたしの母に至るまで、誰もが〝取越し苦労はするな〟と言う。息を吸うのよ――ガブリエラによく諭《さと》された――深く息を吸って、その息を横隔膜の下に感じなさい。それを十回くりかえせば、よけいな心配をせずにすむようになる――学校の運動場で女の子から何を言われようと、化学のテストが近くなろうと、あるいは……母が死にかけていようと。

事務所で車に乗りこみ、キャップ・サウアーズ・ホールディングへ向かったが、尾行してくる者はいなかった。トレイルの起点のなるべく近くに車を置き、徒歩でふたたび犯行現場へ向かった。心臓が胸のなかでずしりと重く沈んだが、前回よりは念入りに準備を整えてきた。事務所に寄って、犯行現場を調べるための道具をそろえ、ジーンズの上にオーバーオールを重ね、防水ブーツ、レインコート、ヘルメット、分厚い手袋、鉱山で使うヘッドランプを身に着けた。

フォーサンの遺体が横たわっていた倒木に到着すると、先端の狭いほうに向かって口笛を吹いた。ガサッという音や、キーキー鳴く声が聞こえたが、リスたちは奥に身を潜めていた。

「ごめんね、リスの奥さん。わたしがほしい品をあなたが持ってるんだけど、お邪魔するのはこれっきりにするつもりよ」

車のトランクからタイヤレバーをとってきていた。地面に伏せて、倒木の奥へじりじりと這い進んでから、腕を伸ばし、タイヤレバーを使ってリスの巣をひきよせた。母親リスがキーッと鳴いて飛びかかってきた。毛も生えていない赤ちゃんリスが五匹、巣のなかで悲痛な鳴き声を上げている。手袋をはめた手を母親リスに噛まれつつ、わたしは機敏に動いた。巣のなかにブルーの布切れがあった。小枝と葉のあいだから布をはずし、かわりに、事務所のバスルームからとってきたコットンのハンドタオルを置いた。

「シルクよりそのタオルのほうが、赤ちゃんたちには暖かいと思うわ」巣を倒木の奥へ押しもどし、急いで外に出た。

「彼女は動物と歩く、動物に話しかける」わたしはつぶやいた。となりにころがっている木の幹に腰かけたが、頭上から怒りの叫びが聞こえ、やがて、おしっこがヘルメットに当たった。父親リスがわたしの侵入を宣戦布告ととったのだ。

わたしは布切れを手袋に突っこんで小道を進み、リスの一家から離れた。ヘルメットを脱ぎ、裏返して森の地面に置いてから、布切れをとりだし、ヘッドランプの光のもとで見てみた。ロイヤルブルー系の色だし、シルクに間違いない。ハーモニーが見せてくれた写真の色にかなり近い。

41　シカゴでいちばん勇敢な少女たち

わたしが大学一年のときに物理学を教わったライト教授は、自説にとって都合のいいデータだけを選びだす理論家連中を軽蔑していたものだ。「データを集め、そのデータがきみをどこへ導いてくれるかを見なさい」いつもそう言っていた。「先入観からスタートして、それに合う事実を探してはだめだ」

事実：ブルーのシルクのスカーフ。それが意味するもの：リノとロレンス・フォーサンは同じ場所にいた。その理由と時期を探るのはあとにしよう。

車に戻って重い装備を脱ぎ捨て、ペットボトルの水と証拠品袋をとりだした。ブルーの布切れを袋に入れてラベルを貼り、リュックに突っこんだ。オレンジ色のプラスチックのペグをまとめて持ってきていた。何かが見つかったとき、その場所にしるしをつけておくためだ。

太陽が雲間から顔を出し、あたりを明るく照らしていた。木々の枝が芽吹きはじめているが、葉を落としたままなので、未熟な追跡者でも楽に手がかりを追うことができる。ただ、葉を落とした枝という利点も、地面に厚く積もった落葉に相殺《そうさい》されていた。直径を大きくしながら、倒木の周囲を何回かまわってみたが、自分がつけた足跡すら見分けられなかった。

同じところを歩くのを防ぐため、一周するたびにオレンジ色のペグでしるしをつけた。それでも、分厚い落葉に何かが埋もれているのを見落としていないとは言いきれなかった。一時間以上歩きまわってから、木の切り株に腰を下ろして水を飲み、肩をさすっていたとき、ついに二枚目の布切れが見つかった。ごく小さな切れ端で、地面から一ヤードほどの高さの小枝にひっかかっていた。写真を撮り、木のそばにオレンジ色のペグを刺してから、布切れを証拠品袋に加えた。

この発見のおかげで新たなエネルギーが湧いてきた。木を起点とした円錐形のエリアに捜索範囲を絞ったところ、百フィートほど先で新たな布切れが見つかった。二点を結ぶ線ができた。その線はリスの巣から北東へ向かい、森の奥の鬱蒼たるエリアへ続いている。

さらに二枚の切れ端を見つけたとき、その場で足を止めた。目の前に、サイズ20のブーツらしきものが残した爪先の跡があった。爪先がこちらを向いている。わたしがいま来た道を大柄な男が去っていったのだ。

足跡のそばに膝を突いた。ヘッドランプで照らして観察すると、何者かが背後の落葉を掻きならしているのが見てとれた。この爪先の跡だけ消し忘れたわけだ。

足跡がついたのが今日なのか、昨日なのかは、知る術《すべ》がなかった。レインコートの下で首筋がカッと熱くなった。

わたしのレインコートは黄色。雨のなかで市内を歩くときに目立つようにするためだ。それを脱ぎ、丸めてリュックに突っこんだ。水とオレンジ色のペグと証拠品袋のほかに何が入っているかを調べた。日焼け止めクリーム。着替えのTシャツ。フォーサンのパソコンのワイヤの残骸。ピッキングツール。すばやくとりだせるよう、ピッキングツールを脇ポケットに入れた――誰かの目玉をえぐりだすのに役立つはずだ。

身をかがめ、アヒル歩きでよたよた前進しながら、トニイ・ヒラーマンのミステリに登場するジム・チーのごとく、落葉に目を凝らした。数ヤードおきにくぼみができている。サイズ20の足跡だ。

探索に熱中していたため、掘っ立て小屋に頭をぶつけてしまった。古びた板材でぞんざいに造ってあるおんぼろ小屋だった。歳月と湿気のせいで灰色がかった茶色を帯び、周囲の木立に違和感なく溶けこんでいる。

六×十フィートぐらいのこぢんまりした小屋で、何に使われているのかは不明。とっくに忘れ去られたメンテナンス用の道具類の保管場所だったのかもしれない。板材に耳を近づけ、忍び足で小屋の周囲をまわってみたが、何も聞こえなかった。窓はなく、頑丈な鎖で固定したドアがあるだけだ。鎖についている南京錠は真新しい。

マスター・ロック製の南京錠をこじあけるのは容易なことではない。てのひらと指が緊張の汗ですべりやすくなっているときはとくに。金属製の掛け金がようやくはずれたときには、緊張のあまり首が痛くなっていた。南京錠を落葉のなかに深く埋め、ドアをひっぱってあけた。

小屋のなかの悪臭が強烈すぎて、思わず外に戻った。動物園のライオンの檻みたいな臭いだ。血、汚れた衣類、糞尿、嘔吐物。吐き気をこらえ、横を向いて深呼吸をしてから、ヘッドランプをつけた。

狭苦しいスペースにがらくたが詰めこまれていた。スコップと熊手。ほとんどの柄《え》がとれている。錆びたパイプ。浴室用設備の破片。スツールにはカビの生えたテイクアウトの箱がのっている。煙草の吸殻、マッチひと箱、空っぽになったウォッカのボトルの山、まだ口をつけていないボトルが三本。

悪臭、孤絶した場所、特大の足跡。その足がひと蹴りでフォーサンの頭蓋骨を砕いたものと思われる。彼はここで殺されたに違いない。でも、リノはどうしていたのか？　フォーサンの死を目にしたのだろうか？

外に戻り、空気を吸い、ふたたび小屋をのぞくという手順をくりかえしたが、ようやく人の身体が目に入ったのは三回目のときだった。壁にもたれた身体に汚れた防水シートがかぶせてあり、シートの端から、垢で汚れた素足の片方が突きでていた。

シートをどけると、壁の金具に手錠でつながれたリノの姿があった。左足首に手錠。左手にも手錠。下半身が裸で、両脚に乾いた血がこびりつき、おなかに火傷《やけど》の跡がある。ずたずたに裂けて泥のついたブルーのスカーフが首にゆるくかかっている。薄汚れたニットを着ているが、ボタン穴と袖口がスカラップ模様のレースに飾られている。こんな残酷な目にあわされるためにおしゃれをしたなんて……。

リノのそばに膝を突き、首筋に指を当てた。かすかな脈拍。彼女の耳に顔を近づけた。「リノ。ヴィクおばさんよ。一緒に逃げよう。ここから連れだしてあげる」リノの両方の腕をさすり、右腕を持ちあげて、血流が脳に届くよう願った。

九一一に電話してみた。マッギヴニー警部補にも電話してみた。だが、電波圏外になっていた。マッギヴニーにメールを送ろうとした。《ヘラルド＝スター》のマリ・ライアスンにも送ろうとした。でも、助けを呼ぶのは無理なようだ。

自力でやるしかないわね、ヴィク。うん、わかった。

壁の金具をもぎとろうと思い、スコップを一個とって叩きつけたが、外側の腐った木材はカムフラージュだった。内側が金属板で補強してあり、鋼鉄の大きなフックがついた金具がそこにしっかり埋めこまれている。

リノは痩《や》せ衰えていた。わたしは彼女の冷たい手と手首に日焼け止めクリームをすりこんで、その手をようやく手錠から抜くことができた。左足首の手錠のほうはだめだった。ピッキングツールを使って必死にはずそうとした。ゆっくりと、慎重に。汗が首筋を伝い落ちた。せりあがってくる胆汁を何度も抑えつけなくてはならなかった。

ようやくリノの脚が自由になったところで、リュックからTシャツをとりだして両脚にかぶせ、即製の短パンのようなものをこしらえた。ぐったりした身体を抱きあげたとき、落葉を踏む足音と太い声が聞こえた。

汚れた防水シートにリノを横たえ、スツールにのっていたテイクアウトの箱を投げ捨てて、スツールをドアのそばまでひきずっていった。悪党どもは小屋の裏側から近づいてきた。わたしはドアをひきよせて閉めると、スコップをつかんでスツールによじのぼった。

悪党の一人が「シュトー・ザ・チョールト?」というようなことをわめき、次に早口のやりとりが続いた。ドアが勢いよくあいた。入ってきた男の頭にスコップをふりおろしてやった。鋼鉄を叩いたような感触だった。男はたじろいでよろめき、片腕を壁に当てて身体を支えたが、わたしのほうは衝撃でスツールから落ちてしまった。

二人目がドアから飛びこんできて、相棒に向かってわめきたてた。そいつがわたしに気づくまでに一秒の余裕があった。わたしはウォッカのボトルをつかむなり、ドアに叩きつけた。

二人目が吠え猛《たけ》り、わたしに向かってきた。わたしはボトルを持ったまま突進すると、手をふりあげて男の顎から目まで切り裂いてやった。相棒がすでに立ち直り、背後からわたしをつかまえようとしていた。巨漢の男にとって小屋のなかは窮屈すぎた。わたしは熊手を蹴飛ばして男の前にころがした。

二対一。一のほうはもうへとへとだった。身をかわし、蹴りつけ、割れたボトルで殴りかかろうとしたが、顔を切り裂かれた男が突進してきて、わたしの顎にパンチを見舞い、壁のほうへ突き飛ばした。あとは闇だった。

完全に意識を失ったわけではなかった。斧で薪割りをしているような音が聞こえたので、のろのろと上体を起こした。めまいがひどく、吐きそうになったが、暗闇で吐くわけにはいかない。自分やリノの身体にヘドがかかるかもしれない。硬くてゴツゴツしたものの上に倒れこんだらしい。ヘッドランプを手探りしたが、格闘の最中に粉々に割れていた。

尻ポケットに携帯電話が入っていた。少し身体をずらして電話をとりだし、ライトをオンにした。わたしはパイプの上に倒れこんでいて、パイプは陶製品の破片にくっついていた——古い洗面台の一部だ。ほかのがらくたと一緒にここに捨てられたのだろう。

すぐそばにリノがいたので、彼女の足首に指を当てた。わたし自身の不安な息遣いのペースを落とし、じっと待っていると、ようやくかすかな脈が感じられた。

二人で脱出しなくてはならない。そのためにはドアを通り抜けるしかないが、ドアは悪党どもが逃げるときに閉めていった。よろよろと入口まで行ってドアを押してみた。肩をぶつけてみた。びくともしない。さっき聞こえた薪割りのような音は、襲撃者たちがドアに釘を打ちつける音だったのだ。

斧はないか、ドアを叩き割る道具が何かないかと、必死にあたりを見まわした。スコップを蝶番《ちょうつがい》のところにねじこもうとしたが、うまく入らなかった。

電話のバッテリーが三十九パーセントまで減っていた。マッチの箱と煙草の吸殻はわたしがスツールを横倒しにしたときに消えていた。床の上を捜しまわって貴重なバッテリーを浪費したが、ようやく、腐りかけた二枚の床板のあいだにマッチがはさまっているのを見つけた。床板をはがしてウォッカのボトルに差しこみ、即製の松明を作ることにした。電話二箱分の煙草をほぐして焚きつけにすると、ほどなく赤々と火が燃えあがったので、電話のライトを消すことができた。

ドアを叩き割るのに、もしくは、金属板で補強された壁を切り裂くのに使えそうなものが何かないかと、狭いがらくた置場を見てまわった。松明を燃やしつづけるために床板をさらにはがした。こうして動いていられるのも時間の問題だ。とにかく全力投球はもう無理。それに、リノが心配だ――弱々しい脈拍がいつなんどき消えてしまうかわからない。あたりを探りながら、子供のころに聞いたイタリア民謡をリノに歌って聞かせた。頭のなかに響くガブリエラの歌声に耳を傾けながら、パニックで息ができなくなるのを防ぐため、呼吸に集中するよう自分にきびしく言い聞かせた。

木製のドアの枠は金属に覆われていたが、蝶番の周囲とてっぺんの部分は木材がむきだしになっていた。スツールを運んできて、上に乗り、片方のボトルのウォッカをドア枠のてっぺんにぶちまけた。もう一本の中身は蝶番の周囲にかけた。松明を持ってきて、炎をドア枠に押しつけた。

予想よりも早く木材に火が燃え移った。こちらの準備ができていないうちに、ドアの片側全体が炎に包まれた。あわててリュックをつかみ、レインコートをはおって、リノを抱きあげるために膝を突いた。

抱きあげた瞬間、炎が金色のものに反射した。まばたきをして、ドアに目をやり、それからうしろを見た。ロケットを通した金のチェーン。松明を作るためにはがした床板のあいだに、リノのロケットが落ちていたのだ。

しばらくのあいだ、呆然とそれを見つめた。ドアがバリッと大きな音を立て、炎に包まれた木片が小屋のなかに落ちてきたので、あわてて行動に移った。

リノを抱いたままドアを蹴破るのは無理だった。炎のそばのぎりぎり安全なところにリノを横たえ、スコップをとって蝶番に叩きつけた。一度。二度。五度目で木材と金属が屈服した。

リノを抱きあげ、レインコートでできるだけ包みこんでから、頭を低くして突き進んだ──ミドル・ラインバッカー、ウォーショースキー。そう、彼女なら突破する。そう、敵は強いが、彼女のほうがさらに強い。次の瞬間、わたしは外に飛びだし、空気をむさぼり吸っていた。

いまいる場所がどこなのか、さっぱりわからなかった。地図アプリを開いて、さっき車で来たときよりも近い道路があるかどうか確認したかったが、いまも電波圏外になっているので無理だった。来た道を戻るしかない。悪党どもは足跡を隠そうともせずに、森の地面を踏み荒らして逃げ去った。連中と同じ道をたどりたくはなかったが、ほかに方法がなかった。

最後の水を飲みほしてリノを肩にかつぎ、しっかりとわたしのレインコートで包みこんだ。リノは羽根のように軽かったが、それでも体重はある。わたしは森に入ったときの自分の足跡を追って、ときたまオレンジ色のペグを目に留めながら、木から木へとよたよた歩いた。リノを片方の肩から反対側の肩へ移したが、足を止めて休憩する危険を冒すことはできなかった。

「がんばれ、がんばれ」声に出して、自分たち二人を励ました。「一歩ずつ進んでいこう。そしたら、ポーランドのクラクフにたどり着ける」

　わたしの父の忍耐強い声。自分はまわりの人々ほど敏捷《びんしょう》ではなく、頭脳明晰でもなく、裕福でもないと苛立つわたしの心を、その声が静めてくれた。〝人生には勝者も敗者もない。おまえが人生は生存競争《ラット・レース》だと思っているなら、覚えておくがいい。競争に勝ったところで、ネズミ《ラット》以上の存在にはなれないのだよ。人生で大切なのは、幸せな瞬間をじっくり味わい、不幸な瞬間を教訓にすることだ〟

　ハーモニーが五歳、リノが六歳だったあの年のクリスマス、父は二人を愛に満ちたハートのなかに迎え入れ、二人がいかに怯え、傷ついているかを見てとった。父が勤務していた管区の署へみんなで出かけ、父は二人にバッジを贈った。子供のころのわたしにくれたのと同じバッジだった。〝シカゴでいちばん勇敢な二人の少女は誰かな？　ハーモニー巡査とリノ巡査だ〟

「覚えておいて。あなたがシカゴでいちばん勇敢な少女だって、トニーおじいちゃんが言ってるわよ。あなたのことが自慢なんだって。ベッドの下に隠れてたいちばん大きな怪物に立ち向かったんだもの。さあ、暖かくて安全なところへ連れてってあげる。ええ、わたしと一緒に行くのよ。死んじゃだめ。がんばって」

42 荒馬を乗りこなす

フォーサンが押しこまれていた倒木まで戻るのに一時間近くかかった。わたしの車をめざして最後の二百ヤードをよたよた歩いていたとき、サイレンの音が聞こえた。リノを助手席にそっとすわらせて、シートベルトをかけ、背もたれをできるだけ水平に倒した。ブーツを脱いで、リノの氷のような足にわたしのソックスをはかせた。運転席にすわってシートベルトを着けたとき、消防車が二台、森の空き地をめざして走ってきた。

拡声器の声がわたしに停止を命じた。わたしは小さく円を描いてUターンすると、向こうが行く手をふさごうとする前にアクセルを踏みこんだ。彼らに頼めば、わたしがロティのところに駆けこむよりも早く救急救命士チームを呼んでくれるかもしれないが、下手をすると、無意味な質問でわたしが足止めを食い、そのあいだにリノの身体が戦いをあきらめてしまうかもしれない。

車のなかからロティに電話した。ロティは手術中だったが、ジュウェル・キムがリノをベス・イスラエル病院へ運ぶよう指示してくれた。救急入口にチームを待機させておくという。

「息はあるわ。かろうじて」わたしは言った。そう願った。「たぶん、脱水症状に陥ってると思う。体内のダメージについてはわからない。ショック、トラウマなど、最悪の事態を想像するのが正解に近いと思う」

暖房を最強にし、短時間だけ道路脇に車を寄せて、うしろのシートに常備している犬用のタオルでリノをくるんだ。どのタオルにも汚れと犬の毛がついているが、身体を温めるときはレインコートより役に立つ。リノの胸はまったく上下していなかったが、脈をたしかめる気にはなれなかった。事実を知るのは大切だが、知ったばかりに耐えられなくなることもある。

インターステート五五に入るとすぐにアクセルを踏みこんで、時速九十マイルを超えるスピードで乗用車やセミトレーラーに追越しをかけ、無謀運転に全神経を集中した。シセロ・アヴェニューで渋滞にひっかかったときは、胃が痙攣《けいれん》しそうだった。

考えるのよ。おろおろしないで。一歩ずつ進みなさい。渋滞しているあいだに、シェイクスピア署に電話をかけた。テリー・フィンチレーにはつながらなかったが、二回目の呼出音でエイブリュー部長刑事が出てくれた。彼女に詳しい話をした――瀕死のリノを見つけたこと。現在ベス・イスラエル病院へ向かっているところ。

「シセロ・アヴェニューのすぐ北のスティーヴンソン高速で渋滞にひっかかってしまったの。いまから路肩を走るわ。わたしの車のナンバーをあなたに教えるから、パトカーに話を通しといてくれる？」

「ナンバーを言ってちょうだい。付近を巡回中のパトカーに連絡して先導を頼んでおく。いちばん近い病院はストロガーよ」

「ベス・イスラエルで受け入れ態勢を整えて待ってくれてるの。ありがとう、部長刑事さん。車のナンバーはSP82VIW」

エイブリューが説得を試みる暇も、郡立病院へ行くよう命じる暇もないうちに、わたしは電話を切った。郡立病院も医療レベルは高いだろう。きっと。たぶん。でも、ロティとは違う。死者を蘇《よみがえ》らせることはできない。

プラスキ・ロード近くの路肩でパトカー二台がわたしの車を見つけ、先導して高速道路を横断すると、エデンズ高速のウィルソン・アヴェニューの出口まで連れていってくれた。病院に到着し、トリアージ担当チームがリノを抱きあげて車からストレッチャーに移すあいだ、警官たちもそばで待っていた。わたしがストレッチャーを追って病院に入ろうとすると、警官たちが質問を始めたが、わたしはそれを無視して、医療チームがリノの酸素吸入にとりかかり、カテーテルを挿入し、生理食塩水と抗生剤とブドウ糖の点滴を始めるのを見守った。これはリノが生きている証拠に違いない。遺体にこんな処置はしないはずだ。安堵のあまり、倒れそうになった。緊張と恐怖だけでどうにか持ちこたえていたのだ。廊下には椅子がひとつもなかった。崩れるように床にすわりこみ、頭を膝につけた。パトカーの警官たちはどうすればいいのかわからず、わたしにのしかかるように立っているだけだった。

黒檀の色をした手が現われ、わたしの腕をつかんで立ちあがらせた。「どうした？　冷酷無比の私立探偵V・Iが、お涙ちょうだいの映画に出てくる金髪女みたいに泣きじゃくるとは。その姿をインスタグラムに投稿して、あんたの一生を破滅させてやってもいいんだぜ」

テリー・フィンチレーだ。横にエイブリュー部長刑事が立っていた。

「警部補は三十五丁目で警部とミーティング中だったの」エイブリューが言った。「こっちに呼んだほうがいいと思って」

「もちろんよ」わたしはしわがれた声で言った。「わたしたち、気が合うわね」

リノはすでに病院の奥へ姿を消していたが、救急救命室の主任看護師がエイブリューに説明したところによると、集中治療室《ICU》に運びこまれたときは危篤状態だったという。一時間たてばさらに詳しいことがわかるそうだ。

パトカーの警官たちは去っていった。フィンチレーは批判的な目でわたしを眺めた。

「その格好で病院の外に出たら、みんなが二十五セント硬貨を投げてくれるぜ。あんた自身もベッドや、点滴や、そういったものが必要だ。だが、シカゴ市警と衝突しながら人生を送る探偵たちを甘やかす必要はない。そうだろ、ウォーショースキー？　エイブリュー、コークを買ってきてやれ。血糖値を急上昇させて、質問に答えられるようにするんだ」

フィンチレーがわたしの気力を回復させようとしているのか、それとも、萎えさせるつもりなのかわからなかったが、いずれにしろ、疲労がわたしのハンディになっていた。気力が衰えていると、警察の尋問のいいカモにされてしまう。疲れがひどくて、相手の言葉に注意を払う余裕がなくなる。フィンチレーとエイブリューはわたしを小部屋へ連れていった。瀕死の人間を背負ってERにやってくる容疑者たちを警官が尋問できるよう、こういう部屋が用意されているのだ。

わたしは自分が知っていることをほぼすべて二人に話したが、ゆっくりした口調を心がけ、何か言う前にかならず、不都合な点はないかとチェックした。

「またしても現場へ出かけたのは、あんたの姪のスカーフがリスの巣に使われてたような気がしたからだと？」フィンチレーが言った。「おれとあんたが長いつきあいで、あんたの思考回路は一般人と違うってことを知らなかったら、それを聞いただけであんたに本を投げつけてただろう」

「褒め言葉として受けとっておくわ。重視すべきはデータで、自分の理論じゃないしね」

フィンチレーがエイブリューに言った。「いまのがおれの説を裏づけてくれる。おれにはなんの意味もない言葉だが、V・Iにとっては意味があるらしい。続けてくれ、ウォーショースキー」

わたしは話を続けた。森を抜け、小屋にたどり着き、ホラーシーンを経て道路に戻るまでのことを。「どういうことかまだよくわからないけど、ロレンス・フォーサンはあの小屋で殺されたに違いない。リノがなぜあそこにいたのかはわからない。悪党どもはリノを拷問して――」わたしは黙りこみ、リノの両脚に乾いた血がこびりついていた光景を心から払いのけた。

「その連中、リノが何を知ってると思ったの？」エイブリュー部長刑事が訊いた――わたしが暗黒のスペースに落ちていくのを防ぐための無味乾燥な質問。「それとも、連中が狙ってる品をリノが持ってたとか？」

わたしがジーンズのポケットに突っこんでおいたロケット。このことは、二人には伏せてある。伏せていることはほかにもある――ラーシマ・カタバ、サラキブの博物館のパンフレット、フォーサンが床板の下に隠していた大金。

「彼の住まいの捜索はしたの？」わたしは訊いた。「ロレンス・フォーサンの住まい」

フィンチレーが言った。「おれの管区じゃない。おれの事件でもない。十六分署のほうで何を捜せばよかったんだ？」

わたしは返事のしようがなくて、両手を上げた。「知らない。フォーサンとわたしの姪がそれぞれの住まいから三十マイルも離れた森のなかの同じ場所に連れていかれた理由を説明できる材料が、ひとつでもあると助かるんだけど。フォーサンは考古学を専攻する学生だった。でも、シカゴ大の奨学金を打ち切られた。そのため、大企業のひとつで清掃をしていた。二人の共通点は何ひとつ見えてこない。ただ、リノが姿を消したのはフォーサンが殺されたのと同じころだった」

コークを飲んで椅子にもたれ、壁に頭をつけると、うとうとしそうになった。

フィンチレーがわたしの肩を揺すった。「フォーサンの事件は郡の管轄だ。そうだろ？なんであんたが巻きこまれることになったんだ？」

わたしは目をあけなかった。「ドクター・ハーシェルの弟の孫のせいなの――郡の保安官事務所では最初から、その子がフォーサンの死に関わっていると思いこんでる。まったくの無関係なのに。その子、カナダ人だから、ＩＣＥからも嫌がらせを受けてるし」

エイブリュー部長刑事が、ドクター・ハーシェルとは誰なのかと訊いた。

「このベス・イスラエル病院の産科と周産期外科のチーフよ」わたしは言った。「わたしの友であり、師であり、わたしがその幸福を強く願っている人物」

「そして、あなたの主治医でもあるわ」ロティが小部屋に入ってきた。「骨盤底の再建手術を終えたところだけど、あなたが来てるって聞いたから。リノが見つかったそうね。ここに来る前にICUに寄ってきたわ。脈拍は微弱だけど、四十分前に比べるとしっかりしている。間一髪であなたが助けてくれたのよ。でも、いまのあなたは警察と話ができる状態じゃなさそうね。あるいは、ほかの誰とも」

ロティがフィンチレーとエイブリューに向かってうなずくと、その迫力に押されてフィンチレーはあとずさった。

「質問はあとふたつだけなんですが、先生」フィンチレーは言った。

「だったら、明日まで楽に記憶しておけるでしょ、警部補さん」ロティはそっけなく言った。「ヴィクトリア、あなたのベッドの用意ができたわ」

「フィンチ」わたしはのろのろと立ちあがり、壁にもたれて呼吸を整えた。フィンチレーとエイブリューは部屋を出ようとして足を止めた。

「フィンチ、エイブリュー部長刑事、今日ここに来た件についてどんな報告書を作成するにしても、リノの名前だけは伏せといてくれる？　リノが何を見たのか、何をしたのか、あの怪物どもを雇ってリノを拷問させた人物にとって脅威となるようなどんなことをリノが知っているのか、わたしにはわからないけど、連中は真剣よ。連中がここまでリノを追ってきたりしたら大変だわ」

何をぐずぐずしているのかとロティが様子を見に来た。フィンチレーが言った。「なんとかしよう。おれを〝フィンチ〟と呼ぶのは親しい友達だけだってことを、あんたが忘れずにいてくれるなら」

ロティが「いい加減になさい！」とぴしっと言って、待っている車椅子のところへわたしを連れていった。わたしは一人で歩けると言って抵抗しようとしたが、身体じゅうの筋肉が〝だめ、無理です〟と叫んでいた。車椅子にすわり、ストラップで固定されるに任せ、上の階まで運ばれるに任せた。ロティはわたしが服を脱がされて入浴させられるのを見守り、傷を調べてチッチッと言い、水分補給と抗生剤とステロイドの投与を始めるよう看護師に指示した。

「ハーモニー」わたしは言った。「リノが見つかったことをハーモニーに知らせなきゃ。それから、ミスタ・コントレーラスにも——きっと、ひどく動揺するでしょうね」

ロティはうなずいた。知らせておくと言ってくれた。看護師が点滴の速度を決める前にわたしは眠りに落ちていた。

43　平和を乱す

目がさめたのは翌朝の七時だった。羽根のように軽くなり、生まれ変わってすべての悩みから解き放たれた気がした。上体を起こして、腕と脚を用心深く動かしてみた。どこにも痛みはなく、ぐったりしたリノを肩にかついで歩きにくい森のなかを一時間もさまよったことなど、なかったかのようだ。

看護師がドアから顔をのぞかせ、わたしが起きているのを見て、バイタル計測のためにやってきた。「ハーシェル先生から睡眠の邪魔をしないようにと指示が出てましたけど、いつになったら目がさめるのかと心配になって――十四時間も眠りどおしだったから。面会の人が来てますよ」

病院備え付けのガウンを着るのを看護師が手伝ってくれ、ミスタ・コントレーラスを病室に案内してきた。

老人は水仙の花束を差しだした。「ロティ先生が心配いらんと言ってくれたが、この目で見んことには安心できんからな。そうそう、あんた、リノを見つけて命を救ったそうじゃないか」

「たまたま運がよかったのよ。とにかく、運と頑固さのおかげかしら」

「リノはどこにいたんだ？」

わたしはリノを見つけるまでのことを残らず老人に話した。リスの巣にもぐりこんだこと、悪党どもと格闘したこと、古い小屋に火をつけて首尾よく逃げだしたことなど。ミスタ・コントレーラスは興奮してこぶしをふりまわした。

「ウォッカを発火剤にしたのか。あんたは偉い。クッキーちゃん、わしなんぞ、とうてい思いつけんだろう。じきに退院できそうかね？」

「ロティの診察がすんだらすぐに」わたしは言った。退院許可が出るまで待ってくれたら、わたしの車で一緒に帰れるから、とミスタ・コントレーラスに勧めたが、老人は二匹の犬のところに早く戻りたがっていた。

「あんたが街を留守にするときに犬の散歩をやってくれるいつもの坊やに電話したんだが、ペピーが長いことミッチと離れ離れになるのをいやがってな。坊やの話だと、ペピーのやつ、歩道の真ん中に寝そべっちまって、坊やが向きを変えてペピーを家に連れて帰るまで動こうとせんかったそうだ」

回診を終えたロティが九時にやってきた。わたしのバイタルをあらためてチェックし、ベッドを出て周囲を歩くように言い、首伸ばしと膝曲げをさせ、目を閉じたままで片足立ちをさせた。

「上出来よ、ヴィクトリア。家に帰るもよし、街の通りに戻るもよし。ただし、二、三日は休養してちょうだい」

わたしは微笑した。「フェリックスを助ける役にはほとんど立ってないのに?」

ロティはしぶしぶ笑みを浮かべた。「そうね、できれば探偵仕事に戻ってもらいたいけど――あなたの主治医として、逆の助言をさせてもらうわ」

リノのバイタルは安定しているそうだ。ただし、人工呼吸器はまだしばらく必要だという。「哀れな若い女性が拉致され、あんなふうに虐待された理由について、何か心当たりはある?」

「リノを拉致した悪党どもは誰かの命令で動いている。それだけはたしかだわ――残虐で冷酷な連中だけど、自分では思いつくはずのない特別の品を捜していた。それから、スラブ系の言語を話していた。ポーランド語じゃないわね――わたし、話すことはできなくても、ポーランド語の響きならわかるから」ひとつだけ聞きとれた文章を再現した。「シュトー・ザ・チョールト?」

ロティは首を横にふった。「わたし、ドナウ川から東の言語はさっぱりわからない。その連中は何を手に入れようとしてたの？」

「ロケットよ。リノが小屋の床板のあいだに隠してたの」

「ロケットの何がそんなに重要なの？」ロティが訊いた。

わたしはジーンズのポケットに手を突っこんでロケットをとりだした。横一インチ、縦一インチ半ほどの楕円形。ロティが汚れを落とすと、重なりあったバラと百合の浮彫り模様が現われた。床板のあいだに一週間も埋もれていたため、留め金が動かなくなっていたが、ロティが開いてくれた——外科医の指は繊細な組織を扱うのに慣れている。

開いたロケットの片側にクラリスとヘンリーの写真が入っていた。反対側にはハーモニーの写真。郡の4Hクラブの園芸コンテストでもらった青いリボンをかざして、うれしそうに笑っている。ロティが手術用のピンセットを使ってクラリスとヘンリーの写真をはがした。下にメッセージが彫られていた。〝愛するリノへ。おまえはつねに自慢の娘だ。ママ・クラリスとパパ・ヘンリーより〟

ロティがハーモニーの写真をはがすと、鍵が出てきた。ロケットの楕円形のなかにどうにか収まるサイズで、無理に押しこんであった。ロティがピンセットを使って鍵をとりだし、渡してくれた。

手にのせて裏返してみた。かなり軽く、ドアではなくて箱の鍵のようだ。貸し金庫か、郵便局の私書箱か。

「悪党どもがリノのアパートメントをめちゃめちゃにしたのも、きっとこれを見つけようとしたのね」わたしは鍵を窓辺へ持っていった。そのほうがはっきり見える。つまみの部分に〝372〟という数字が刻まれていた。

「悪党どもが必死に追いかけるなんて、リノはいったい何を隠してたの？」わたしはいらいらした声で言った。「それに、ボックス372ってどこにあるの？」

ロティが言った。「わたしはその質問に答えられないし、ついでに言っておくと、興味もないわ。わたしが気にかけてるのはリノの安全と、この病院で働く人々の安全だけ。あなたの言う悪党どもが、この鍵を手に入れるためにハーモニーとあなたに襲いかかり、リノを殺そうとしたのなら、あなたが鍵を持ってることは誰にも言っちゃだめよ。それから、リノがベス・イスラエルに入院してることは伏せておいて。お願い！」

わたしは首をふった。「もう手遅れかもしれない。車でここに来る途中、ジュウェルと電話で話をしたときにリノの名前を出してしまった――わたしの電話が盗聴されてるとしたら、すでに知られてるわ。それから、フィンチレー警部補とエイブリュー部長刑事にも話したし――内密にしてほしいと頼んでおいたけど、警察署って世界でいちばん派手にゴシップが飛びかう場所でしょ。おまけにいつだって、新聞に情報を売ろうとする連中や、興味津々の部外者がいる。謝礼の額が折りあえばね。それに加えて——ハーモニーもいる。姉が無事だったことを知る権利はあるけど、あの子がそれを誰に話すかわからない」

ロティが肩を落とした。「たしかにそうね。ハーモニーとじかに連絡をとることはできなかったから、アルカディアのマリリン・リーバマンに話をしたら、伝えておくって約束してくれたわ」

ロティの電話がピッと鳴った。メールの着信だ。ロティは立ちあがった。「もう行かなきゃ——研修医が悪戦苦闘してるから。リノはとうてい動かせる状態じゃないわ。あなたの人生をいま以上の危険にさらすのは心苦しいけど、ここのセキュリティを万全にするのに力を貸してくれない？」

「ストリーター兄弟の出番ね」わたしはようやく言った。「料金をディック・ヤーボローに押しつける方法をなんとか考えてみる」

ロティはわたしの額にキスをした。「ICUの主任看護師に説明しておくわ。くれぐれも気をつけて、大事なヴィクトリア」

二十四時間態勢の警備は安くないが、せめてもの救いは、警備対象が動きまわれないことだ。ティムとトムにメッセージを送り、兄弟の誰かに警備を頼めないかと尋ねた。トムが今日から始められると言ってくれた。リノのそばで眠ることをICUの責任者が許可してくれれば、明日の朝まで彼が警備を担当し、その後ティムとジムにバトンタッチするという。

わたしが病院に入ったときに着ていた服は汚れがひどすぎて、身に着けるのが耐えられなかった。ロケットをどこに隠そうかと悩んだ。結局、ロケットと鍵をジーンズのポケットの奥に押しこんだ。もっと安全な場所に移せるときが来るまで、ここに入れておくことにした。

病院の建物を出ようとする途中、ギフトショップの前を通りかかった。ウィンドーにシカゴのスポーツチームのスウェットシャツが何種類か飾られていた。驚いたことに、全米女子プロバスケットボール協会に所属するシカゴのチーム、スカイのスウェットもあった——女子チームが陳列スペースをゲットできるなんて、めったにないことだ。レジへ持っていくと、青いビロードの豚が並び、〝豚の年に生まれた赤ちゃんへのプレゼントに〟という手書きポップがついていた。どの豚も前肢にミニサイズのドラゴンを抱いている。

スカイのスウェットシャツを買うついでに、豚も一匹買った。スウェットシャツに着替え、汚れたトップスとブラをバッグに押しこんでから、ICUまで行った。主任看護師に豚を預けて帰るつもりだったが、リノのおばだと告げると、看護師は数分なら面会できると言ってくれた。

ベッドに横たわったリノを見たとたん、思わず息をのんだ。ガリガリに痩せていて、骨のまわりに血液や組織のスペースがあるなんて信じられないほどだ。誰かがリノの髪を短くカットしたせいで、顔のやつれが一段と強調されていた。ベッドでしきりと身をよじり、ときどき絞め殺されそうな叫びを上げているが、目をさます様子はない。

わたしはリノのそばに膝を突いて片手を握った。「ヴィクよ、リノ。ヴィクおばさんよ。あなたの護衛係にと思って豚を届けに来たの。でも、あなたの身はもう安全よ。危害を加えることは誰にもできない。ロケットも無事に見つかったわ」

わたしが〝ロケット〟という言葉を口にしたとたん、リノは人工呼吸器をひっかき、悲鳴を上げようとした。わたしはポケットからロケットをとりだしてリノの首にかけた。

「困ります」看護師が言った。「動きが激しすぎるため、窒息の危険があります」

しかし、看護師がわたしの横を通ってロケットをはずしに行くと、リノが「いや、いや、いや」と叫んで、いっそう激しく身をよじった。看護師は渋い顔になった。「かけておくしかなさそうね。そのほうが落ち着くでしょう。ドクターに報告して意見を聞いておきます」

「ひどい目にあわされても、ロケットを守るために耐えてたのね」わたしはリノの耳にささやきかけた。「鍵は安全に保管してあるわ。でも、なんの鍵なの？」

こちらの声が聞こえていたとしても、リノは反応しなかった。わたしはさらに何分か、彼女のそばで膝を突いたままでいた。リノの息遣いは苦しげだが、前ほど身をよじらなくなった。

帰宅したわたしは犬たちに挨拶し、リノの無事をミスタ・コントレーラスに伝えてから、しばらく横になろうと思って階段をのぼった。十四時間も熟睡したのにまだ睡眠が必要だなんて、わたしはいったいどういう私立探偵なの？　フィリップ・マーロウにしろ、アミーリア・バターワースにしろ、閉じこめられた小屋のドアを燃やし、意識不明の女性を連れて脱出したあとで、三十分も風呂に浸かるようなことはしないものだ。

わたしもそれはできなかった。浴槽に身を沈めて目にタオルをかぶせたとたん、わが家の玄関のインターホンから、表通りに面したドアのブザーの音が鳴り響いた。無視したが、二分後、複数のこぶしがわが家の玄関ドアをガンガン叩いた。「警察だ！」というような叫びが聞こえた。

他人の家族のために働くうちにたまってしまった請求書の支払いをすべて終えたら、さっそく、廊下に防犯カメラを設置するとしよう。いまはとりあえず浴槽を出て、身体にタオルを巻き、玄関まで行ってのぞき穴から見てみた。

マッギヴニー警部補じきじきのお出ましだった。保安官助手を連れている。筋骨たくましいタイプで、玄関をガンガン叩いていたのはこの男だった。背後にミスタ・コントレーラスが姿を見せた。階段をのぼってきたせいで息を切らし、怒りに我を忘れている。

「服を着たらすぐ玄関をあけるわ」わたしはどなった。

外がうるさすぎて、わたしの声は届かなかった。保安官助手はドアを叩きつづけているし、マッギヴニーは〝ドアをあけろ〟とわめくし、ミスタ・コントレーラスは怒りをぶちまけている。わたしはどなりたい気分ではなく、ましてや、タオル一枚の姿で玄関をあける気にはなれなかった。寝室でゆっくり時間をかけて、洗濯してあるジーンズをはき、お気に入りのローズ色のセーターを着て、ジェイクが最後のクリスマスプレゼントにバーゼルから送ってくれたシープスキンの室内ばきをひっかけた。捨てようと思ったこともあるが、これまではいたなかで最高に心地がいい。鍵を持っていることを確認してから廊下に出て、背後のドアを閉めた。

マッギヴニーが言った。「ずいぶん待たせてくれたじゃないか。なかにいるのはわかってたんだぞ。なんで玄関に出てこなかった？」

「1Bの女だよ」ミスタ・コントレーラスが口をはさんだ。「こいつら、全部の住戸の呼鈴を押したんだ。警官だとわかって、あの女が建物に入れてやった。あんたへの嫌がらせさ。わしゃ、あんたは退院したばっかりだから休息とプライバシーが必要だ、とこいつらに言ってやったんだが、警官ってのはみなおんなじで、人の権利なんぞどうでもいいと思っておる。地球という惑星は自分のもんだと言わんばかりに、ふんぞりかえって歩きまわるだけだ」

わが隣人が息継ぎのために黙りこんだとき、マッギヴニーは呆然としていたが、保安官助手のほうは怒りを隠そうともしなかった。ミスタ・コントレーラスの態度に文句を言いはじめた。

老人がパイプレンチに手を伸ばす前に、わたしが保安官助手を黙らせた。「あのね、この人はアンツィオで戦った古参兵で、青二才を見ると我慢がならないタイプなの。だから、態度が悪いなどと文句を言うのはやめなさい。警部補さん、電話もせず、令状も持たずに人の家に押しかける権利について、拡大解釈をなさってるようね」

「小屋に火をつける前に、おれの犯行現場に足を踏み入れることを、なんで連絡してこなかった？」マッギヴニーが言った。

わたしはドアにもたれて低く口笛を吹いた。「ずいぶん儚《はかな》いシャボン玉ね。わたしはどこにいたの？　何を根拠にそこがあなたの犯行現場だと断定できるの？　小屋に火をつけたのはわたしなの？　この三つの質問に答えられる？」

「昨日、あんたはキャップ・サウアーズ・ホールディングへ行ったのか、行かなかったのか、どっちだ？」

「行ったわ」

「おれの犯行現場に近づくな――あんたにそう言わなかったかね？」

わたしは咎《とが》めるように首を横にふった。「キャップ・サウアーズ・ホールディング全体が犯行現場だと言いたいの？」

「ふざけんじゃない、ウォーショースキー！」

下のほうで二匹の犬が吠えはじめ、1Bの女性が踊り場に向かってわめきはじめた。ミスタ・コントレーラスが階段の手すりによりかかって女性にどなり返したが、わたしが老人をひきもどした。

「あんな馬鹿女のせいで階段からころげ落ちたりしちゃだめよ。ここにいてショーを楽しんでて」

「あんたはおれにフォーサンの鍵を捜させようとし、おれはあんたにあそこは犯行現場だと言っておいた」マッギヴニーが険悪な声で言った。「やつの鍵を見つけようとして、あそこに舞い戻ったのか？」

「いいえ。森林保護区へはハイキングに出かけたのよ。〝一般の立入禁止〟という看板はどこにもなかったけど。フォーサンの遺体が見つかった倒木のところにさえ。警部補さん、あれからあそこに行った？　あなたか保安官助手がフォーサンの鍵を見つけたりしてない？」

マッギヴニーはその問いを無視した。「森で火災が起きたことを誰かが通報してきた。あの現場から半マイルも離れてない場所だ。放火だと消防隊長が言ってるし、パロスの消防署長の話だと、消防車が到着したちょうどそのとき、あんたが森を出てったそうだ」

わたしは廊下の薄暗い照明の下で自分の両手を調べた。これまで気づかなかったが、指のあいだに火ぶくれができていた。

「どうなんだ？」マッギヴニーがせっついた。

「何が？」

「あんたが火をつけたのか？」

「警部補さん、あなたのことはまっとうな警官だと思ってるわ。まっとうな警官にしちゃ、行動が変だけどね。わたしはパロスの消防署長を知らない。消防車が到着したときにわたしが森を出ていくのを、その人が見たかどうかも知らない」長年のつきあいがあって信頼できるテリー・フィンチレーにならば正直に話ができるが、敵意むきだしとまではいかずとも対決姿勢をとりたがる保安官事務所の警官が相手では、協力する気になれない。

「消防士の一人があんたの車を写真に撮った。ナンバーから所有者を割りだした」保安官助手が言った。

「最近はみんな、フォトショップでいろいろ加工してるわよ。疑り深い人間だったら、あなたがわたしにプレッシャーをかけて、わたしがフェリックス・ハーシェルのために進めている調査を終わらせようとする気だと思うでしょうね。そのためにこうやって押しかけてきたの？」

マッギヴニーは喧嘩腰の態度を抑えようとして、必死に努力していた。「昨日、森の小屋に火をつけたのはあんたか？」

わたしは微笑した。「わたしの弁護士に電話して、メイウッドまで来てくれるよう頼んでもいい？　それとも、ほかの質問に進みたい？」

1Bの女性が階段をのぼってきて大声でわめいたので、二階に住むミセス・ソンが部屋から出てきて、「静かにしてよ。赤んぼが起きちゃうじゃない」と言った。

「話の続きは部屋に入ってからだ、ウォーショースキー」マッギヴニーが要求した。

「令状を持ってる？　ないの？　じゃ、このまま廊下で話を続けて、みなさんの文句に耐えることにしましょう」

マッギヴニーは渋い顔をしたが、一階に下りて、騒ぎ立てている女――いや、女性――

に話をするよう、保安官助手に指示した。「おれたちにはこの区域の治安妨害をとりしまる権限がないことを、女にわからせてやれ。シカゴ市警に電話するしかないってこともな。ついでに老人を一緒に連れてって、犬を黙らせてこい」

保安官助手はこの場を離れるのを渋った——わたしを怖気《おじけ》づかせて、小屋に放火したことと、犯行現場に手を加えたことと、森の動物の命を危険にさらしたことと、その他さまざまなことを自白させたがっていた——しかし、さっさと行くようマッギヴニーに命じられた。わたしのほうは、ミスタ・コントレーラスにそんな命令はできなかった。なにしろ、この老人、マッギヴニーが怖気づいて謝るところを見たがっているのだから。しかし、保安官助手が老人の肩をつかみ、うしろからぐいぐい押しながら階段を下りていった。

44　井戸のなかでいちばん澄んだ水

「いったい何が？」警部補とわたしがほぼ同時に言った。

「あんたが先だ」

わたしは片脚をうしろにひいて壁にもたれた。「さっきも言ったように、あなたのことはまっとうな警官だと思ってるわ。でも、あなたはメイウッドからはるばる飛んできて、わたしのアパートメントに入りこもうとした。令状はとれなかったが、なんとかごまかそう、と思っているみたいに。何かお捜しなの？」

マッギヴニーの顔が鈍い赤に染まった。「証拠品をこっそり置きにきたとでも言いたいのか？」

「電話ですませるわけにいかない緊急の質問ってなんだったのか、教えてもらいたいわね」

マッギヴニーは腹立たしげなしぐさを見せた。「あんたは昨日、森にいた。フォトショップで加工されてるかどうかは知らんが。あんたはハーシェルのガキを——坊やを——若者を庇《かば》っている。あんたはとかく噂のある人だ——ハーシェルがフォーサンの死に関係してることを示す証拠を、あんたが燃やしたんだとしても、おれは驚かないね」

「噂のある人?」カッとなって、わたしはまっすぐに立った。「清廉潔白って噂ならあるわよ。別の噂だとお思いなら、話をするのは永遠に無理だわ。わたしの弁護士はフリーマン・カーター。今後、話があるときは弁護士を通してちょうだい」

「まあまあ、ウォーショースキー、落ち着け」マッギヴニーは両手を上げてわたしをなだめようとした。「あんたな、おれが証拠品をこっそり置きに来たと非難してるのも同然だぞ。けど、おれのほうは、話は州検事を通してくれなんて言ってないだろ」

わたしは野獣のような笑みを浮かべた。「どんなルートだろうと、あなたに連絡をとる必要なんて感じてないけど」

マッギヴニーは雄々しき努力をした。「わかった。火事のことを教えてくれ。あんたが証拠を燃やしたことをとやかく言うつもりはない。それから、すわらせてほしい」

わたしは硬い床を身ぶりで示した。

「調子に乗るんじゃない、ウォーショースキー」

わたしはいまもジェイクの鍵を預かっている。ビル管理会社に渡さなくてはとずっと思っている。だって、不在家主のジェイクがわたしに頼もうとする数々の雑用（ヒーターの温度設定を下げといてくれる、ヴィク？　窓の戸締りを確認してくれる？　流し台の下の配管の水漏れがまだ続いてるかどうか、見てくれる？）を、わたしはもはやする気になれないから。

ジェイクは彼の住まいを家具付きのままドラム奏者に貸していたが、ドラム奏者が何週間も前に出ていったため、部屋に入ると冷たく空虚な感じがした。カウチのそばの床に譜面台がいくつも横倒しになっている。ドラム奏者が置き去りにしたに違いない。マッギヴニーは譜面台の山をまたいで、散らかり具合に眉をひそめた。彼をつまずかせようとしてわたしがそこに置いたと思っているみたいに。わたしは誰かほかのミュージシャンが忘れていったスツールに腰かけた。

「誰の住まいだ？」マッギヴニーが訊いた。「ここに入る権利があんたにあるのか？」

「わたし、鍵を使ったでしょ。覚えてる？　だから、評判の悪い探偵と一緒に不法侵入をして逮捕されたらどうしよう、なんて心配はしなくていいのよ。さて、森の火事の件だけど」

「古い物置小屋の件だ。焼け落ちたことをパロスの消防署長から聞かされるまで、おれはそんな小屋があることも知らなかった。郡のいかなる記録にも出ていない」

「わたしも知らなかったわ。昨日、森をハイキングしてて頭をぶつけるまでは。警部補さんはほんとに小屋の存在を知らなかったの？」

マッギヴニーは首を横にふった。「郡の広さはかなりのものだし、森林保護区のいくつかは大きな面積を占めている。道路のパトロールはおれたちが担当し、メンテナンスは森林警備隊にまかせている」

マッギヴニーはポケットから地図をとりだすと、そばのクッションの上に広げた。わたしは地図をとって、窓辺のテーブルに散乱している楽譜の上に置いた。電気スタンドのコードがコンセントに差しこまれていた。明かりがついた。ジェイクかドラム奏者のどちらかがいまも電気代を払っているということだ。

地図にはパロスに近い森林保護区が出ていた。マッギヴニーがそばに来て、地図の数カ所を指で示した。フォーサンの遺体が見つかった現場にいちばん近い道路。フォーサンの遺体が発見された場所。小屋がある場所。これは小さい丁寧な筆跡で地図に書きこまれている。×印のところが小屋だが、地図の余白部分に誰かが緯度と経度をメモしていた。

フォーサンの遺体発見現場にも詳しいメモがついていた。遺体が発見された倒木と小屋を結ぶ直線ルートは距離にして四分の一マイルぐらいだが、わたしはリノのブルーのスカーフの切れ端を捜して森をうろつきまわったため、当然ながら、くねくねとまわり道をしたわけだ。

「見ればわかるように、いくつかの建物が正確に記載されている――ピクニック・センター、ガレージなどなど」マッギヴニーが言った。「こいつは一九九九年の地図で、おれがコピーを入手できたなかでいちばん古いやつだが、小屋は出ていない。なかにどんなものが入ってた？」

「錆びた道具類とか、古い便座とか、そういった品々よ。でも、何者かがあそこを牢獄と拷問部屋に変えてしまっていた。壁の内側が金属板で補強してあったわ。ドアには南京錠がついていた。わたしは南京錠をどうにかはずして、小屋の壁に鎖でつながれていた女性を発見したの。瀕死の状態だった。彼女を連れて出ようとする前に、悪党どもが戻ってきた。格闘になり、向こうが勝って、わたしをその女性ともども小屋に閉じこめて立ち去った」

「ついでに、そいつらが火をつけていったのか？」

「これ、罠なの？　放火担当の捜査員に訊けば、火元は小屋のなかで、外じゃなかったことがわかるはずよ」

「なんで助けを呼ばなかった？」

「電波圏外だったから」

「どうやって火をつけたんだ？」

「逃げ道はドアしかなかった。窓がひとつもなかったから。ドアは金属板で補強してあったけど、フレームはすべて木材だった。悪党どものウォッカが小屋に置いてあったから、それをフレームにぶちまけて火をつけ、木材が燃えて蝶番がはずれたところでドアを蹴破ることができたってわけ」

「そいつら、あんたを閉じこめてその女と一緒に殺す気だったのか？」

「誰に報酬をもらってるか知らないけど、とにかく、その人物の指示を仰ぐために立ち去ったんじゃないかしら。たとえ女性を助けだす必要がなかったとしても、連中が指示を受けるまで待つ気なんか、わたしにはなかったわ」

マッギヴニーは渋い表情だった。「フォーサンはその小屋で殺害されたものと思われるが、永遠に証明できなくなってしまった」

「そんな不機嫌な顔をしてすわったまま、この女、あそこで死んでくれればよかったのに、なんて考えるのはやめてよね。警部補さんは小屋の存在も知らなかったわけだから、どうせ証明できっこないのよ。わたしの死体という、うれしいおまけがついてくるとしても」

マッギヴニーはしぶしぶ微笑した。「何か目にしたかね？」

「血を。でも、それは彼女の血よ。意識が戻れば、何を目撃したか話してくれるかもしれない。小屋が全焼したなんて言わないでね」

「焼けたのは床と外壁だけだ。郡と交渉して費用を負担させることができたら、スコップと熊手とトイレの古いパーツを法医学鑑定に出すつもりだが、いまは別の小屋で保管してある。ついでに言っとくと、森林保護区内にある小屋ではない。さて、あんたをあそこに閉じこめた男どもの人相を言ってくれ」

「二人とも文字どおりの意味での筋肉マン。腕はまるで木の枝だし、脚は木の幹。わたし、連中に三回襲われたけど、一度も傷を負わせてやれなかった。黒髪。一人は三日分の無精髭。若いころに、シベリアとか、ソフィアとか、そういう場所でクリント・イーストウッドの映画をずいぶん見て、だらしない格好をすればタフに見えると思ったんじゃないかしら。服装は黒のレザー。うちの犬がイーストウッドかぶれの男に嚙みついたから、ERに駆けこんだ可能性もあるけど、そいつ、もう一匹の犬をナイフで刺して危うく殺すところだったのよ」

マッギヴニーはこの意見を彼なりに消化して、それから尋ねた。「あんたが助けだした女性だが、それがリノ・シールだったんだな?」

「わたしが助けだした女性は、そのときも、いまも意識不明なの。身分証のたぐいは身に着けていなかった。いったい誰なのか、わたしには見当もつかないわ」

るんだぞ」

「おいおい、ウォーショースキー、あんたがリノ・シールを捜してたことは誰もが知って

わたしはマッギヴニーに険悪な視線を向けた。「たとえ誰もが知ってるとしても、瀕死の状態の人を見つけたら、その命を救おうとするのが人間としてのわたしの義務であることに変わりはないでしょ。弁護士としての義務であることは言うまでもないし。たとえ相手の名前を知らなくても。たとえ保守派の危険人物ではないか、メンドーサの麻薬カルテルの運び屋ではないかと疑ったとしても」

「もしくは、殺人容疑をうまくかわしているカナダ人と関わりのある誰かだとしても?」

わたしが地図に激しくこぶしを打ちつけたせいで、楽譜が何枚かテーブルから落ちてしまった。「じゃ、今日も結局、それを調べるためにシカゴまで出かけてきたのね！　フォーサンとフェリックス・ハーシェルを結びつけるものが、電話番号以外に何も見つからなかったものだから、わたしが証拠を破壊したと言って難癖をつけるつもりでしょ。でも、いくらトランプの時代でも、刑事法廷では証拠が必要なのよ。妄想ではなくて」

「だったら、あんたが持ってる証拠を見せてもらおう」マッギヴニーが要求した。「あんた、フォーサンの教授か同僚と話をしながら、おれには名前を教えようとしないが、こっちは人手不足だから、シカゴ市内を駆けずりまわってそいつらを見つけだす余裕などない

んだぞ」

「わたしだって余裕はないわ。自宅が差し押さえになるのを避けるために、まじめな納税者が税金を払っても、それがわたしの給料になるわけじゃないのよ。保安官事務所のみなさんの給料にはなるでしょうけど」

「監察官室というおまけもついてくる。あんたは気の向くままになんでもできる。おれのほうは指揮系統に縛られてる」

「フォーサンの住まいを捜索したことは？」わたしは尋ねた。

「ない」そこで黙りこんだ。わたしに劣らず怒っている。「ある」

「どっちかにしてよ、警部補さん」

「シカゴ市警が捜索令状をとった。一緒に来てもいいとおれたちに言った」マッギヴニーはそれが気に食わないわけだ。保安官事務所の者が当然受けるべき敬意を、シカゴ市警の連中は示そうとしない。

「そこでどんなものを目にしたの？」

「荒らされてた。床板まではがしてあった。キッチンのそばの床に穴があいてて、そこに現金を隠してた痕跡が見つかったが、部屋を荒らした犯人はほかにもまだ何か捜してたらしく、至るところに穴があいてた。ホリネズミの棲息地を歩くような感じだな」

わたしは愕然《がくぜん》とした。ほかの隠し場所を見落としていたのかと心配になった。フォーサンはロッカーを借りるかわりに、すべてを自宅で保管していたのだろうか？　盗んだ古代遺物を売って得た大金を、自宅の床と階下のアパートメントの天井のあいだに隠していたのだろうか？

マッギヴニーが疑いの目でこちらを見ていた。「びっくりしたようだな」

「するわよ。お金に縁のありそうな人には見えなかったもの。シリアの詩、考古学。高そうな服を持ってた？　美術品のコレクターだった？」

マッギヴニーは肩をすくめた。「値打ちのありそうなものはみんな、侵入者どもと一緒に消えていた。次に侵入があったときのために、シカゴ市警に言ってモーション・ディテクターを設置させたが、いまのところ何も起きていない」

「フェリックス・ハーシェルを示す痕跡が少しでもあれば、警部補さんは彼を逮捕させてたでしょう。つまり、なんの証拠もないのに、フェリックスのまわりで足場作りを続けようとしているわけね」ドアのほうへ向かいながら、わたしは声に軽蔑がにじむのを抑えきれなかった。

「上司がいない一匹オオカミの探偵になれたら楽だろうな。井戸のなかでいちばん澄んだ水になれる」マッギヴニーがわたしの背中に向かってどなった。

「つねに化学薬品の流出があるわよ。どんな水だって汚染されてしまう」わたしはうわの空で言った。マッギヴニーの言葉が示す言外の意味に気づいたのだ。「郡の誰かがフェリックスをはめようとしてるのね。その人物はあなたがフォーサン殺しを迷宮入りにするのを望んでいない。解決させようとしている。わたしを含めて誰からもこれ以上質問されることのないように。何者なの、その人物は？」

マッギヴニーはこちらを見ていた。気詰まりな表情で、何も言わずに、わたしと目を合わせようとせずに。

45 ラッキーな日

お風呂のあいだ、リノの鍵は化粧台に置いておいた。いま、その鍵を薄いナイロン製のマネーベルトに入れてファスナーを閉じた。こうしておけば、ジーンズの内側に隠すことができる。靴紐を結んでいると、マーサ・シモーンから電話があった。フェリックスを守るためにわたしがどんな働きをしているか、確認しようというのだ。

自分がピンボールになって、フェリックスとリノのあいだで跳ねまわっているような気がしてきた。いまは金曜日の午後。閉店時刻が来る前にリノの近所の銀行をまわって、鍵がそのどこかの貸金庫に合うかどうか調べたかったのだが、シモーンとのやりとりに集中できるよう腰を下ろした。

マッギヴニーが押しかけてきたことをシモーンに話した。「フェリックスを逮捕して事件の幕引きを図るよう、誰かから圧力をかけられたことを白状したのも同然だったわ。どんな理由があると思う？　どこかの権力者を守ろうとしてるの？　それとも、ラーシマ・

カタバの口を割らせるための梃子《てこ》にするつもりかしら」

「二番目のほうかもしれない」シモーンがゆっくり言った。「あきらめるつもりはないけど、いくら裁判所にかけあっても、まだ彼女の釈放をかちとれないのよ。向こうの狙いは父親で、彼女が父親の居所は知らないと言っても信じようとしない。ＩＣＥが彼女の建物を監視してて、ほかの住人十一名を拘束したけど、タリク・カタバを見つけることはできなかったみたい」

「まさにわがヒーローたちね」わたしは苦々しく言った。

「同感。フォーサンの遺体が発見された森林保護区をあなたが全焼させたって聞いたけど、どういうこと？」

「マッギヴニーもそう言ってた。どこで聞いたの？」

シモーンは笑った。「郡の噂を流してくれる人がいるの。まじめな話、いったい何があったの？」

わたしはリノを見つけたことも含めて、ざっと簡単に説明したが、シモーンは小屋の様子や、わたしが小屋にたどり着いた経緯など、弁護士が先々の裁判を見据えたときに考えそうな質問をいくつもよこした。わたしはシモーンにすべてを話した。ほぼすべてを――ロケットと鍵のことは省略した。シモーンは弁護士、秘匿特権がある。でも、秘密を知る者は少ないほうがいい。

「犯人一味がフォーサンを小屋で殺してあの倒木まで運んだ、というあなたの推理が当たってるとすると、それはなぜ？」シモーンが質問した。「まるで遺体が発見されるのを犯人たちが望んだみたいじゃない。腐敗するのを待つのではなく」

「あの小屋はかなり狭かったわ。リノとフォーサンはほぼ同じころに拉致されてきた。二人があの小屋に閉じこめられたら、悪党二人のスペースがなくなってしまう。しかも、小屋のなかにはすでに、がらくたが詰めこまれていた。フォーサンが死んだあと、遺体を運びだすしかなかった」

リノとフォーサンを痛めつけて知っていることを白状させるのが一味の目的だったとすれば、わたしが格闘した二人組はろくに英語もしゃべれなかったから、被害者の言うことは理解できなかったはずだ。すると、五人目の人物がいたに違いない。拷問役の連中を雇ってリノとフォーサンに秘密を白状させようとした人物が。

「もしもし、聞いてる？」シモーンが言った。

「そいつら、フォーサンを殺すつもりはなかったんじゃないかしら。少なくとも、その時点では。わたしが格闘したのは、爪先に鋼鉄をかぶせたライダーブーツでひと蹴りすれば相手を死に至らしめることができる連中だった。強く蹴りすぎて、遺体を抱えこむ羽目になったのかもしれない。フォーサンが逃亡しようとしたんだとボスに嘘をついたのかもしれない。ボスの怒りからわが身を守ろうとして遺体を運びだしたとも考えられる」

そう考えれば、リノが無事に生きていたのも納得できる。わたしが小屋にたどり着いたとき、彼女を始末しろという命令を、あの二人はまだ受けていなかったのだ。

「姪御さんが助かるよう祈ってるわ」シモーンは言った。「わたしの立場からすると、いちばんの収穫はフォーサンを殺した犯人たちをあなたが突き止めたってことね。ヴィヴィアン判事に緊急審理を要請するわ。フォーサン殺害犯の身元を特定するために、たぶんあなたの証言が必要になると思う」

「召喚状があればね、マーサ。わたしは目下、仕事に追われてて、法廷でのんびり待ってる時間なんかないの」

「あなたには、法律が要求し、フェリックス・ハーシェルが必要とすることをやってもらいます」シモーンは声を尖らせた。「フェリックスは正式に起訴されてるわけじゃないから、起訴をとりさげてくれるよう判事に頼みこむという余分な手間はかけずにすむけど、判事からICEに対してぜひとも、監視中止命令を出してもらわないと」

電話で話しているあいだに、マッギヴニーがジェイクの住まいから出ていく音が聞こえた。シモーンが電話を切ると、わたしはすぐさまアパートメントを飛びだし、ノース・アヴェニューとフェアフィールド・アヴェニューの角にあるリノの住まいへ車を走らせた。徒歩圏内にある五つの銀行を地図アプリにあらかじめ表示しておいたので、ひとつずつまわって、鍵に見覚えのある行員はいないかと尋ねた。

最後のひとつ、〈フォート・ディアボーン信託〉にたどり着いたときには閉店時刻になっていたが、警備員に頼んで支店長を呼んでもらった。しかし、あとの四つの銀行と同じく、否定の言葉が返ってきた。郵便局の前を通りかかったので、そこの私書箱の鍵でもないことをたしかめた。

こうなったら、明日の朝ふたたび出直して、UPS《ユナイテッド・パーセル・サービス》や同業者の支店めぐりを始めるしかない。湧きあがるパニックを抑えこもうとした。やるべきことが多すぎる――リノが借りたボックスを見つけるだけでなく、フォーサンとリノの両方が森の小屋に連れていかれた理由を突き止めなくてはならない。ハーモニーの世話をし、フェリックスを守り、これらの件にディックがどう関わっているかを解明しなくてはならない。

マスタングに乗りこもうとしたとき、通りの向かいに看板が見えた。〝〈オリヴィア〉――賃貸料不要のあなたのホームオフィス〟。車のあいだを縫い、自転車と衝突しそうになりながら、走って通りを渡った。〈オリヴィア〉のドアはロックされていたが、奥にはまだ勤務中の人々がいた。わたしが呼鈴を押して鍵をかざすと、誰かがブザーを押して入れてくれた。

受付カウンターの女性が、午後五時以降はそちらにお渡ししてある正面ドアの鍵をお持ちください、と言いはじめたが、ロックボックスが壁面を埋めているのを目にしたわたしは372のところへ直行した。鍵は楽々とまわった。かすかに震える手で扉をあけ、書類が入った茶封筒をとりだした。

書類を選り分けた。雑多なとりあわせだった。〈クライメート・リペア・インターナショナル〉の取引一覧。市場取引開始と同時に〈GGTHP〉の株をすべて売却するよう、受信者たちを急き立てているメールの一部。〈トレチェット信託〉とジャージー島のセント・ヘリアにある〈レイコー・ホールディングス〉のあいだで交わされた二億USドルの融資契約書。

メールは紙が破れていたため、送信者、送信日時、受信者は不明だった。融資契約書の一部も破られていた。ボックスに差しこんだ鍵がまわった瞬間、リノをめぐる疑問の多くに答えが出るに違いないと期待したのに、この書類を見るかぎりでは、答えより問いが増えただけのようだ。

カリフォルニア・アヴェニューでおとなしく信号待ちをしてから通りを渡り、のろのろと歩いて車に戻った。

〈レストEZ〉でリノの上司だったドナ・リュータスの話では、リノは社のCEOの名前を探りだそうとしていたという。ここにある書類はなんの助けにもならない感じだが、融資契約書に〈レストEZ〉の名目上のオーナーである〈トレチェット〉の名前が出ていることだけはたしかだ。リノを拷問にかけた連中の狙いがこれだったとすると、わたしがざっと読みとった以上の深い意味があるに違いない。

事務所まで車を走らせた。すべての書類のコピーをとったが、事務所の金庫に保管するつもりだったのをやめて、〝リノ&〈レストEZ〉の関係書類〟という短いメモをつけたうえで、弁護士のフリーマン・カーター宛に翌日配達の便で送ることにした。書類のことを知っているのが、リノ以外にこの地球上でわたししかいないのはまずい。

角にあるフェデックスの投函ボックスから戻ったちょうどそのとき、わがパソコン・コンサルタントのニコ・クルックシャンクから電話があった。ニコは興奮していた。メッセージのやりとりの大部分を復元したという。ただし、アラビア語なので、何が書いてあるのかさっぱりわからないとのこと。

「すばらしいわ、ニコ。今日は金色の星を五つ進呈するわね。わたしもアラビア語はわからないけど、メールで送ってちょうだい。誰かわかる人を見つけるから」

パロスのシリア＝レバノン・コミュニティ支援センターに勤務する女性のところに持っ

ていってもいいが、フォーサンやセンターのメンバーに関して何か否定的なことが書かれていたら、彼女がその場で内容を変えてしまうかもしれない。オリエント研究所のピーター・サンセンなら、たぶんアラビア語に堪能で、メッセージを読んでくれるだろう。

ニコのメールが届いたので、サンセンに転送した。〝現代アラビア語はお読みになれますか？　この意味、おわかりになります？〟

ふたたびリノの書類に戻り、少し調べてみることにした。〈レイコー保険〉はジャージー島に本社を置いている。現代世界に存在する夢のタックスヘイブンのひとつだ。保険請求に誠実に支払いをしてくれる保険会社を選ぶ場合、わたしだったら、こんなところに本社を置く会社を第一候補にしようとは思わないだろう。〈レイコー〉の役員会のファイルを調べてみて、メンバーがわずか二名だとわかっても、なぜか驚きは感じなかった。〈トレチェット財団〉と〈トレチェット信託〉。

保険業界のバイブルとされているA・M・ベスト社の格付けを見てみたが、〈レイコー〉の自己資本比率——多額の保険請求が同時になされた場合に充分な資金力があるかどうかを示すもの——は出ていなかった。〈レストEZ〉に二億ドルの融資をしている以上、資金力はかなりあるはずだが、取引銀行の名前は不明だ。

いくら調べてみても、〈レイコー保険〉の代理店リストは見つからなかった。独立代理人の一覧表がいくつかあったが、〈レイコー〉の名前はどこにもなかった。つまり、〈レイコー〉の保険を販売しているのは社の専属代理人ということになる。しかし、たとえそうだとしても、保険会社がこの業界で生きていくためには保険を販売する必要がある。〈レイコー〉はウェブサイトを持っているが、どのリンクをクリックしても連絡先のページへ飛び、〝問い合わせはInquiries@Legko.orgへ〟という案内が出るだけだった。

〈レイコー〉はいったん脇へどけて、リノが取引一覧を自宅に持ち帰っていた会社について調べてみることにした。〈クライメート・リペア・インターナショナル〉はデラウェアで設立された会社で、ウェブサイトには、海水温上昇が漁業と沿岸海域に与えるダメージを修復する製品を主力とすると書いてあった。企業の使命としてはまことにあっぱれ。〈クライメート・リペア〉が関心を寄せているのは、遺伝子工学を用いた二枚貝の生産で、酸性度の高い海水に対する耐性を備えた貝を作ろうとしている。財務報告書によると、中国のニントーに工場があって、従業員数は八名。楽しそうに牡蠣を食べる八人の画像がサイトに出ていた。〈レイコー保険〉の場合と同じく、どのリンクをクリックしても、メールのアドレスのページへ飛んでしまう。

リノが隠していたメールに出てくる株式の銘柄コード、GGTHPを調べたところ、〈グリーン・グロウ・セラピューティクス〉であることが判明した。人気上昇中のマリワナ関連の業界に進出している会社だ。

〈グリーン・グロウ〉と〈クライメート・リペア〉はどちらもピンク株、つまり、店頭取引銘柄だ。電子取引以前の時代、店頭取引銘柄の株券は安っぽいピンクの紙に印刷されていた。はるか昔のことなのに、この業界の人々はいまだにこれを〝ピンク株〟もしくは〝ペニー株〟と呼んでいる。しかし、あなたが素人投資家なら、こうした株は危険を表わす真っ赤な色に染まっていると考えるべきだ。ピンク株はどんなに小さな会社でも発行できる。ただ、ニューヨーク証券取引所に上場している会社と違って、証券取引委員会がピンク株を監督・監視することはない。ピンク株を発行している会社の財務状況は〝危うい〟から〝実体なし〟までさまざまだ。

〈グリーン・グロウ〉は、メールのなかで受信者たちに株の売却を急き立てていた会社で、発行済株式数は二百万株。今日の株価は二・二五セント、年間の最安値だが、去年の十二月十二日の時点では、五十二週にわたって五ドルという高値がついていた。メールが印刷された紙は破れていて、送信日時がわからない。いらいらさせられる。投資家たちがいつ株を売却したかがわかればいいのに。

パソコン画面の株券の上に出ているバナー広告はこんな文面だった。〝この会社のことは、今日は誰一人知りません。しかし、もうじき全世界が知ることになります。いますぐ

株を購入しましょう。手遅れになる前に〃

どこかで見たような広告だ。三流ライターはみんな、こういうコピーを考えるのかもしれない。開いたファイルをすべてポケットリストに保存した。肝心なものを見落としているような気がするが、なんなのかはわからない。

「リノ、目をさまして」わたしは叫んだ。「これらの会社にあなたがひどくこだわる理由を教えて。どこで書類を見つけたのか教えてちょうだい」

46　感受性トレーニング

〈トレチェット〉の本当のオーナーを突き止めるために、次に何ができるかを考えようとしていたとき、電話が鳴った。

〈カリー・エンタープライズ〉でダロウ・グレアムの右腕となっている女性、キャロライン・グリズウォルドからだった。「ヴィク、あなたがぐずぐずするなんて珍しいわね。わが社では、昨日の朝からあなたの報告書を待ってたのよ」

ヒエ、まずい！　いちばん大切な依頼人、わたしが借金の海で溺れないように、商売あがったりにならないように、ずっと守ってくれた人。それなのに、リノとフェリックスと森のドラマに気をとられて、ダロウのことをすっかり忘れていた。

謝罪したが、弁明は控えることにした――ダイヤモンド・ホイール・ブレードの輸送ルートを調査しなくてはならないときに森の小屋に閉じこめられてしまう探偵なんて、先々ずっと信用してもらえそうにない。

厳密に言うと、ブレードは消えたわけではなかった。九日前に上海からＪＦＫ空港に到着していた。〈カリー〉の輸送代理業者が通関手続きをおこない、セミトレーラーへの積込みを監督し、荷物はニューヨークからシカゴの四十マイル北西にあるエルジンの工場まで運ばれた。輸送代理業者はブレードの点検をおこなったと主張しているが、エルジンの工場で使用したところ、一回使っただけで刃が欠けてしまった。

わたし自身がブレードを点検する必要はなかった。わたしの仕事は輸送ルートを順に追っていき、輸送代理業者かトラック運転手の手でブレードがすり替えられた可能性がないかを調べることだった。その可能性がない場合は、〈カリー〉のほうで中国の製造業者を追及することになる。

先週、この件に関して予備調査をしてみたが、何も見つからなかった。だが、今日は時間の経過がわたしに味方してくれた。ここしばらく、一ダースほどの工具類オークション・サイトの監視を続けていたのだが、今日になって、輸送されたブレードの一部によく似たものが三つのサイトに出品されているのが見つかった。

夜の残りの時間を費やして、輸送に関わったアメリカ側の関係者全員の経歴を洗いだした。輸送代理業者の義理の弟がトリードの近くで機械組立工場をやっていた。セミトレーラーはタイヤ交換のため有料道路沿いのこの工場に立ち寄り、一時間半ほどそこにいた。

わたしは義理の弟が工場でやっている作業に関して、できるかぎりの情報を集めた。縁にダイヤ層を使ったブレードに似せたものをこの男が製作できるのは間違いない。ダロウ宛に報告書を作成した。

〝サイトに出品されたブレードのどれかに入札してみる価値があると思います。シリアルナンバーは酸を使って消されていますが、高性能の赤外線スコープを使えば、ナンバーが浮きあがるはずです。わたしがトリードへ出向いて機械組立工場を調べ、偽造品の製作に使われていると思われる未完成品を捜すこともできますし、そちらから地元の法執行機関へ通報してもらうという手もありますが、輸送代理業者とセミトレーラーの運転手が共謀しているものと思われます〟

トリードでのすり替え事件から、フェリックスとラーシマのことが連想された。あの二人ならイリノイ工科大学で精巧な設備を使うことができる。試作品を作るのは簡単だし、偽造品の製作だってできそうだ。二人が持ち運びできる蒸留水製造装置に見せかけて、なんらかの殺人兵器を作ったとしたら？　フェリックスはわたしが試作品に手を触れるのを拒んだ。もしかしたら、わたしにその方面の知識があれば本当の目的を見破られてしまうと思ったのかもしれない。

ＩＣＥが珍しくも正しい線を追っているとしたら？　彼とラーシマの電話を盗聴してい

たのなら、二人が組んで作業しているのを知ったことだろう。そして、二人が何か厄介なものを作っていたのなら——いえ、フェリックスのことを悪く考える気にはなれない。悪く考えるのはよそう。

ダロウ宛の報告書の作成に没頭していたあいだに、マリから二回電話があった。森の火事と、わたしがそこで見つけた女性について知りたがっていた。ディックの秘書のグリニス・ハッデンからも携帯に電話があり、リノのことで話をする必要があると言われた。グリニスは携帯にメッセージまでよこし、事務所の固定電話には留守電メッセージを入れていた。

グリニスのメッセージは無視したが、マリには、帰宅するために事務所の戸締りをしながら電話をかけた。

「何をやってたんだ、ワンダーウーマン？」

「毎度おなじみのことよ。この街や、その他いろいろなものを救ってたの」警察の事件報告書にはどこまで詳しいことが書いてあるのだろうと思いつつ、わたしは慎重に答えた。

「きみ、森林保護区に火をつけたのか？」

「すべて話してあげる。何ひとつ省略せずに。信託や財団なんかの陰に身を隠しているオフショア会社の実質的なオーナーの身元を暴くにはどうすればいいかを、あなたが教えてくれればね」

「誰のことだ？」マリが訊いた。

トレチェットという名前はマリにとって初耳だったが、パソコンのキーを打つ音がしばらく響いたあとで彼が言った。「無理だな。パナマ文書の件をリークした野郎みたいな人物がきみの身近にいないかぎり。それはそれとして、森林保護区にきみが放火した件について事細かに聞かせてほしいもんだ」

「そういうおもしろいニュースをどこで仕入れてくるの？」

「地元の犯罪をひとつ残らず追ってるからな。昨日、パロスにある消防署のひとつが火災の通報を受けてキャップ・サウアーズ・ホールディングへ急行したとき、一台の車が現場から走り去り、その車にきみのナンバープレートがついてたってわけだ」

「私立探偵だって、心の健康をとりもどすために、ときには森へハイキングに出かけるものよ、マリ」

「その森が九日前の遺体発見現場だとしたら、ふつう、そういうとこへは行かないものだ。犯人はまだ見つかってないんだろ？　ロティ・ハーシェルの甥ではなさそうだが。いまのところ、わかってるのはそれだけかい？」

「まあね」わたしはうなずいた。

「きみが森から連れだした女性は誰だったんだ？　行方不明の姪？」

「知らない。その女性は身分証を持ってなかったから」

「だけど、年齢も、人種も、髪や目の色もぴったり一致するじゃないか。思慮分別ある人間なら、推測できなくはないと思うが」

「わたし、推測が苦手な人なの、マリ。重視するのは事実だけよ。またね」

わたしは電話を切ったが、いまのやりとりで神経質になった。警察や消防の報告書に目を通すのはマリだけではない。わたしがリノを見つけたことをマリが察したのなら、いくらわたしがリノの名前を電話で出さないようにしたところで、ほかの人々も推測できるわけだ。ＩＣＵに泊まりこんでくれているストリーター兄弟にメッセージを送った。これまでのところ、リノに近づこうとした者は、看護スタッフを別にすれば一人もいないそうだ。

「看護師たちにも身分証を提示してほしいんだが、誰もがつねにこころよくやってくれるとはかぎらないんでね」トム・ストリーターがぼやいた。

わたしはマックス・ラーヴェンタールに伝えておくとトムに言った――マックスはロティの恋人というだけでなく、病院の理事長でもある。彼の言うことなら、看護スタッフもたぶん耳を貸すだろう。

マックスの個人秘書をしているシンシアが、ＩＣＵのスタッフにきちんと話をしておくと約束してくれた。「看護スタッフは患者さんのことを第一に考えるから、リノの命を守るための手順の一部だってことを理解すれば、協力してくれると思うわ。ただ、ICUに入ってる患者さんはリノだけじゃないのよ、ヴィク。誰かが緊急に助けを必要とすれば、看護師たちは当然、身分証の点検より患者を優先させなくてはいけないの」

もちろん、シンシアの言うとおりだ。おかげで、わたしはひどく落ちこんでしまい、次に電話がかかってきたときは、相手の番号の確認もせずに出てしまった。

「いたのね」グリニスが言った。「ディックがどうしてもあなたと話したいんですって」

「ほんと？　なぜ？」

グリニスは何も答えず、ディックのほうへ電話を切り替えただけだった。

「ヴィク！　リノはどうしてあんなことに？」

「不思議ねえ。わたしもあなたに同じ質問をしようと思ってたのよ。あなたがリノと最後に話をしたときのことを教えてくれる？」

「その件なら前に答えたはずだ。今回のことには関係ない。きみが昨日、森林保護区でリノを見つけたという記事を読んでいたところだ」

「あら、ディック、どこで読んだの？　わたし、こうして電話しながら、〝リノ・シール〟をグーグルで検索してるけど、どこにも何も出てないわよ」じつは検索なんかしていないが、マリがリノの名前を目にしていないのなら、警官が作成したいかなる報告書にもリノのことは出ていないはずだ。

ディックは一瞬黙りこみ、態勢を立て直そうとした。内線電話で聞き耳を立てているグリニスの荒い鼻息が聞こえるような気がした。

「わたしの姪はベス・イスラエルに入院中だ」ディックは言った。「しかし、病院側はリノがいることを否定している。今度はきみがリノを見つけたことを否定するんだな。いったい何を企んでいる？」

「リノが病院にいることをどこで知ったの？」

「警察の報告書を読んだ」

「ディック、あなたが警察署をうろついて報告書を読んでるとしたら、きっと、企業の訴訟関係の仕事があまり入ってないのね。でも、病院側がリノは入院してないって言ってるのに、あなたはどうして嘘だときめつけるの？」

「昨日きみが森林保護区にいたことはわかっている。あの男の遺体が発見されたのと同じ場所だ。きみが古い物置小屋でリノを見つけたこともわかっている。なぜ認めようとしない？　リノを救出したのなら、きみは英雄だぞ」

「正直に話して、ディック。小屋のことを話して。わたしがどうやってあなたの姪を救出したのか、ベス・イスラエルに入院したことをあなたがどこで知ったのか、話してちょうだい」

「わたしが目を通した警察の報告書によると、リノは瀕死の状態にあり、それをきみが抱えて森を抜け、ベス・イスラエルに運んだそうだな」

「ほかには？ 小屋にはほかにも誰かがいて、逃走に手を貸してくれたとか？」わたしはデスクの上のリーガルパッドに大きな金網を落書きした。

「きみは一人だったと聞いている。だが、小屋が火事になったそうだ」

わたしは金網に手錠を加え、濃紺のスーツに包まれた腕を描いた。ディックを手錠で真実につなぎとめよう。

「ずいぶんおもしろそうな報告書ね。わたしも警察に連絡をとって、警察がなんて言うか確認しなきゃ。ロレンス・フォーサンはあなたのどんな秘密を嗅ぎつけたの？」

「それについては前にも話したはずだ。わたしはロレンス・フォーサンに会ったこともない。この会話を脱線させるのはやめてもらいたい。わたしには知る権利が――」

「清掃員がくずかごの中身を調べて、知ってはならないことを知るぐらい、いともたやすいことだわ。例えば、〈トレチェット・ホールディングス〉の件とか、〈北米ティ＝バルト〉の訴訟にあなたが関与してる件とか――」

「それは極秘情報だ。誰に聞いた？」

「警察の報告書よ。報告書を読んだら、ここのシニア・パートナーたちがランチのあとのおやつにスニッカーズを食べるって書いてあった。笑っちゃうわね。あなたが〈ポタワトミ・クラブ〉でとるランチのことを考えると――ヒラメのショロン・ソース添えとか、そういうのを食べて――そのあと、自動販売機で買ったキャンディバーをむさぼるなんて」

「よくもまあ、ヴィク、図々しくも清掃クルーを金で抱きこんで、わたしのくずかごを調べさせ――」

「ディックったら、弁護士のくせに、イバラの茂みを探すウサギよりもあわてて結論に飛びつく人なのね。わたし、現金や、ホッケー試合のチケットや、永遠の救済の約束で、〈フォース5〉の清掃クルーを買収したことなんかないわよ。みんなと話をして、ロレンス・フォーサンのことで何か知ってる人がいないか、調べようとしただけ。清掃員がゴミを目にするのは当然でしょ。あなたみたいな人は清掃員をオフィスの備品の一部としか思っていない。自分が何を言うか、何をするか、何を捨てるかには無頓着。だとすると、ロレンス・フォーサンがあなたのくずかごで何かを見つけて、脅迫でもしたのかしら」

「会ったこともない男だ！」

「会ったことはあるのに、気づいてないだけかも」わたしは反論した。「表現を変えるわね。この一年間にあなたを脅迫しようとした人間はいなかった？　グリニス、話に割りこんでもいいわよ。ディックもあなたには何ひとつ隠しごとをしないものね」

「ヴィク、あなたがお得意の侮辱的態度をとるのは、たいてい、何かの話題を隠したり避けたりしたいときでしょ」グリニスが言った。「どうしてリノのことを話題にしようとしないの？」

「喜んでするわよ」わたしは即座に言った。「リノはサン・マチュー島にいたとき、〈トレチェット〉に関して何を知ったの？　帰国してからディックに打ち明けた。そうなんでしょ？」

「リノはね、ディックには答えられない質問をしたのよ」グリニスは言った。

「答えられなかったの？　それとも、答える気がなかったの？」

「なあ、グリニス、はぐらかすのはもうやめよう」ディックが言った。「わたしからヴィクに率直に説明させてくれ。いまの時代、政治的な正しさの三乗が求められていることはわたしも承知しているが、リノは大人になる必要があった――いや、あると言うべきか。軽く言い寄られただけなのに、レイプ未遂だと騒ぎ立て、わたしに向かって〈レストEZ〉の男性支店長たちに感受性トレーニングを受けるようアドバイスしてほしいと言いだした。わたしが当然ながら断わると、リノはへそを曲げた。ひどく険悪な雰囲気で別れる

る？」

「それはお気の毒に」わたしは礼儀正しく言った。「グリニス、ディックは指の爪を見てることとなった」

「イバラの茂みを探すウサギの話で思いだしたが」ディックが言った。「きみは強引に結論に飛びついたり、話をはぐらかしたりする名人だよな」

「いやがる相手に言い寄るのは迷惑行為で、誰もそんなことを我慢する必要はないわ。それから、〝大人になれ〟とか、〝我慢しろ〟とか、そういうたぐいの説教をするのは迷惑行為の二乗よ。あなたの姪たちにとってはとくに。二人とも、子供のころからさんざん凌辱されてきたんだもの」

ディックはわたしの態度が無礼だと文句を言った。

「きみにこういう話をしても無駄だってことはわかっていた――昔から、フェミニストの十字軍兵士みたいな人だったからな。だから、このあいだリノの件できみが訪ねてきたとき、わたしは何も言わないことにした。感受性だのなんだのときみのほうから説教を垂れるのがわかっていたからだ。

きみはわたしがリノとハーモニーに対して冷淡だと思っているが、二人はわたしの妹の子供なんだぞ。きみがベス・イスラエルで外科医をしているハーシェルって女といかに親しいかは、誰だって知っている。きみから頼んでくれれば、彼女がわたしをICUに入れてくれるのは間違いない」

「わたしよりあなたのほうが強力なコネを持ってるじゃない、ディック。リノがベス・イスラエルに入院してることは、そのコネから聞いたんでしょ？　ほんとに入院中かどうか、わたしは知らないけど。たとえ、わたしがドクター・ハーシェルとの友情を悪用する気になったとしても――そのつもりはないけど――あなたが姪を見つけることを期待して入院中の女性全員に面会できるよう、ドクター・ハーシェルがとりはからってくれるとは思えないわ」

「わたしは円満にことを進めようとしただけだ」ディックはどなった。「判事を訪ねて裁判所命令をとり、二人の居所をきみの口から強引に聞きだすこともできるんだぞ」

「グリニス、ディックったら熱でも出してるの？　それとも、錯乱してるのかしら。ねえ、ディック、あなたが何人もの判事と仲良しなのは知ってるけど、何を根拠に裁判所命令をとるつもり？　あなたは姪たちの後見人ではないし、法的には二人となんの関係もないのよ」

「何もわかってないんだな、ヴィク」ディックの声は軽蔑に満ちていた。「裁判所命令ぐらいすぐにとれる。コネがあるし、どの判事に頼めばいいかもわかっている」

わたしは落書きにディックの胴体を描き加え、お尻から炎を吹きださせた。ズボンが火事。

「あなた、郡委員会にもコネがあるでしょ？　ロレンス・フォーサン殺しの捜査を終了するよう、保安官に圧力をかけてるのはあなたなの？」

「何度も言ってるように、フォーサンなどという男は知らないし、そいつが殺されたところで、個人的にはなんの関心もない。ただ、わたしが聞いたところでは、保安官事務所のほうで容疑者を特定しているものの、逮捕には至っていないそうだ」

「あなたが捜査状況を綿密に追って、容疑者が特定されたことまで知っているのなら、その容疑者が〝ハーシェルって女〟の甥であることもご存じよね。もしあなたかお友達が保安官事務所に圧力をかけてるのなら、はっきり言っておくけど、フェリックス・ハーシェルを逮捕すれば、わたしからも、ドクター・ハーシェルに近いその他の人からも、今後いっさい協力は得られないわよ」

47 脱線

わたしは捨てゼリフを残して電話を切った。しかし、そのあと長いあいだ暗い事務所にすわったまま、心のなかでいまのやりとりを反芻《はんすう》した。サン・マチュー島で何者かがリノを凌辱したのはおそらく事実だろう。カリブ海旅行から戻ったあとのリノがひどく動揺していたことをハーモニーから聞いたとき、わたしは凌辱のことを思い浮かべた。リノは〈レストEZ〉のCEOの身元を突き止めようとしていた。相手がそのCEOだったかどうかを確認するために。

しかし、〈レストEZ〉で感受性トレーニングを実現させるための助力を求めて、リノがディックのところへ行ったという話は、どうにも信じられなかった。また、わたしがリノを捜しまわっていたあいだ、ディックがその件を自分一人の胸にしまっておいたとも思えない。ディックは手の込んだクモの巣を張りめぐらし、フェミニズムと政治的な正しさに対するいわれなき攻撃に出て、わたしの質問をはぐらかそうとした。

「ディック、テリー、グリニス。あなたたち三人はスリーカードモンテの胴元みたいなものね。リノがサン・マチュー島から戻ったときにどこへ相談に行ったかを、わたしに当てさせようとしている。リノが行ったのは法律事務所？　オーク・ブルックの家？　グリニスに電話したの？」

リノがディックの顔見知りか仕事仲間の誰かに見覚えがあったとすれば、次のふたつの可能性が考えられる。彼のオフィスか自宅でリノが誰かを見かけ、その人物にサン・マチュー島で再会したか、もしくは、サン・マチュー島で誰かからひどい目にあわされ、帰国後にディックのオフィスか自宅でその人物を見かけたか。いや、〈クローフォード・ミード〉のウェブサイトで男の画像を見たとも考えられる。

デスクのスタンドをつけて、〈グリーン・グロウ〉と〈クライメート・リペア〉の財務書類にふたたび目を通し、役員の氏名か、もしくは、せめて届出代理人の氏名でもいいから、突き止めようとした。二社とも極端な秘密主義のようだが、ひとつだけ共通点があった。法人設立のさいに、どちらもサン・マチュー島のアーヴル＝デ＝ザンジュにある法律事務所〈ランケル・ソロード＆ミナブル〉を使っている。

興味深いなどとのんきなことを言っている場合ではない。違法になりかねない状況に、いや、それどころか詐欺行為すれすれの立場に、ディックが追いこまれる危険がある。ピンク株を発行する会社は書類上だけの存在である場合が多い。欲深でだまされやすい連中をたぶらかし、金を巻きあげるためだ。リノはカリブ海のバカンスのときにそれを知ったのか？　だからディックに会いに来たのか？

これらの書類は何者かの命とりになりかねないもので、それを不都合な人物に見せた結果、リノは命の危険にさらされることになった。自分が探りだしたことをリノは誰かに打ち明けた。相手がディックであるはずはない。わたしは椅子の上で不安のあまり身をよじった。ディックが実の妹の子供を痛めつけるために残忍な悪党どもを雇うなどとは考えられない。彼にそこまでできるわけがない。

リノは誘拐犯を迎えるためにおしゃれをした。会いにくる相手にいい印象を与えたかったのだ。ところが、かわりに拉致されてしまった。鍵束が自宅に残っていたのに電話とパソコンが消えていたのは、そういうわけだったのだ。リノはわが身の危険を悟ったとき、証拠となる書類を隠したことを犯人たちに告げた。悪党どもはふたたびリノのアパートメントへ出向き、隠された書類を求めて徹底的に家捜しをした。連中が拷問を進めるにつれて、リノはさらに多くを白状し、ついにはロケットの秘密を打ち明けたが、ロケットは身体の下の床板のあいだに隠しておいた。

「かわいそうな子《ボヴェリーナ》、かわいそうな子《ボヴェリーナ》、さあ《ケ・》、元気を出して《コラッジョ》」わたしはつぶやいた。

オースティン・アヴェニューにある〈レストEZ〉の支店へ出向いてドナ・リュータスに会いたかったが、時間が遅すぎた。自宅に押しかけてもいいが、その前にハーモニーから話を聞いたほうがよさそうだ。ハーモニーのいる場所のほうが近いし、彼女なら姉の書類の意味がわかるかもしれない。

事務所を出るときも、来たときと同じく用心したが、二人の巨漢や、それに劣らず目立ちやすい襲撃者が潜んでいる様子はなかった。それはそれでまた神経をすり減らすことだった。いつ次のブーツに踏みつけられるかとびくびくしてしまう。

何者かがわたしの動きを警戒してこちらのGPSを追跡しているといけないので、電話の電源を切り、位置情報パーミッションの接続もすべて切った。それでもなお、アルカディア・ハウスから四分の一マイル離れたところに車を止め、尾行がついていないことを確認するために裏道ばかりを歩くことにした。

夜勤スタッフはわたしが来ることを知らなかった。それでも、防犯モニターでわたしの姿を見ると、ブザーを押してロビーに入れてくれた。その奥にもうひとつ、防弾ガラスのドアがあって、ロビーと居住エリアを隔《へだ》てている。ドアをあけてくれた人はわたしの顔を知っていたが、それにもかかわらず、身分証の提示を求めてきた。アルカディア・ハウスの安全対策を提言したのはこのわたしなので、スタッフが規則を順守していることをうれしく思った。

ハーモニーは昨日の午前中に話をしたのと同じ小部屋でわたしと会った。目がきらめいていたが、そのきらめきは熱のせいで、元気になったからではなかった。

「わたしがリノを見つけたって、ロティ先生から連絡はあった？」わたしは尋ねた。

ハーモニーはうなずいた。「先生の話だと、リノはすごく弱ってて、いまは話ができないって。あのう——痛めつけられて脳がどうかなったとか？」

「服もなしで森に監禁されてたの。すごく痩せ細ってて、衰弱がひどいから、体力が回復するまではっきりしたことはわからないけど、ロティ先生が言うには、脳のスキャンの結果はよかったそうよ」

「どうして、ヴィクおばさんが直接知らせてくれなかったの？」涙で目を潤ませて、ハーモニーは言った。「あたしがいなかったら、リノが行方不明だってことも、おばさんは知らなかったはずよ」

「そうよね、ハーモニー。でも、わたし自身、疲れはててたの。リノが見つかったのは偶然だったのよ。あの子、ブルーのスカーフを首に巻いてて、森のなかをおんぼろ小屋まで運ばれたときに、それが茂みにひっかかったの。リノをその小屋に監禁したのは、火曜日に公園でわたしたちを襲ったのと同じ連中よ。わたしがリノを見つけたとき、あの子はすでに意識がなかった。あの時点で小屋に駆けつけることができて幸運だったわ。ただ、リノを運びだす前に連中が戻ってきたの。

　格闘したけど、向こうが強すぎて勝負にならず、リノと一緒に小屋に閉じこめられてしまった。脱出するには小屋に火をつけるしかなくて、そのあと、リノを抱えて森を抜け、わたしの車まで戻ったのよ。ロティ先生のところに駆けこんだんだけど、わたしはそれで体力を使いはたしてしまった。気を失って、そのときから翌朝までこんこんと眠りつづけた。ここにはできるだけ速く駆けつけたのよ。あなたの要望や期待に沿うだけの速さではなかったかもしれないけど」

　電話をとりだし、小屋の写真と、壁ぎわで昏睡状態に陥っていたリノの写真を見せた。しかし、鎖につながれた写真や、ウェストから下がむきだしになり、血を流している写真は省略した。そんな姿をハーモニーの大脳の視覚皮質に焼きつける必要はない。

　ハーモニーは写真に目を向け、その目をそらした。「じゃ、ヴィクおばさんはヒーローなんだ。リノを助けてくれたのね」

「助かってくれるといいけど」わたしは冷静に言った。「まだ意識が戻らないの。リノに会いたければ、連れてってあげる。あなたの声を聞くのがいまは何よりも薬になるかもしれない」

ハーモニーは爪のなかの土を反対の手の爪で掻きだしはじめた。爪が割れて、二本の指の先に血がにじんでいた。

「明日にしようかな」ハーモニーはつぶやいた。

「いつでもあなたの行きたいときに、わたしに連絡してちょうだい」

「いつでもあたしの行きたいときに行くわ。実の姉に会うのにヴィクおばさんの許可は必要ないでしょ」

「それもそうね。リノが誘拐され、あなたが襲われた理由がわかったようよ。リノが持ってる書類が連中の狙いだったの。リノは書類をロックボックスに預け、その鍵をロケットに隠した。悪党連中はあなたのロケットに鍵が入ってると思いこんだ」

ハーモニーの手がまたしても反射的に喉に当てられた。

「リノは監禁されてた小屋の床板のあいだに自分のロケットを隠した。リノを拉致した連中はロケットを見つけることができなかった」

「それで？」ハーモニーが訊いた。「ロケットはいまどこに？」

「わたしがリノの首にかけておいたわ。窒息するんじゃないかって看護師たちが気を揉んだけど、リノはロケットのおかげで少し心が安らいだみたい」

「ここに持ってきてくれればよかったのに。看護師たちが盗むかもしれない。ロケットをどうするか決める権利なんて、ヴィクおばさんにはないのよ。あたしが妹なの。リノのために何がいちばんいいかは、あたしが決めることだと思わない？」

「ちょっと、ハーモニー、どういうこと？　あなたのほうから助けを求めてきたのよ――わたしがポートランドまで出かけて、あなたを強引にシカゴに連れてきて、あなたのかわりに自分の命と身体を危険にさらすことにしたわけじゃないのよ。それなのに、わたしをいきなり悪者にするわけ？」

「〝いきなり〟じゃないわよ。あたしはこの九日間、ヴィクおばさんの言うとおりにしてきた。その結果、ロケットを盗まれ、ぶちのめされ、リノはもう少しで死にそうになった。そして、あたしはいま、囚人みたいにここに閉じこめられてる。出ていきたい。リノに会いたい。オレゴンに帰りたい」

わたしは目の奥に痛みが広がるのを感じた。「なんでも好きにしていいのよ。でも、あなたにまたしても危害が及ぶことだけは避けたいの。あなたを襲ったあの二人なら楽にそれができる。出かけるときはくれぐれも用心するのよ。一人でうろついてはだめ。リノのところへ行くときは、尾行されないように気をつけて。リノの身も危険なんだから」

ハーモニーは赤くなった。目の縁から新たな涙があふれた――憤《いきどお》り、無力感。

だが、それ以上もう何も言わなかったので、わたしはブリーフケースに入っていた書類のコピーをひっぱりだし、ハーモニーに見せた。「ここに出てる会社名のどれかに聞き覚えはない？　リノがあなたに会社の話をしたことがあるといいんだけど」

ハーモニーはわたしから書類を受けとったが、ざっと目を走らせただけだった。「リノは昔からお金に関心があったわ。どうやって儲けるかってことに。株式市場に目を光らせて、ヘンリーとクラリスに株を買わせようとしたけど、二人とも株なんて信用してなかった。だから、このふたつの会社は、リノがいい投資先だと思ったところかもしれない。見て、株価がすごく安い――二十五ドルあれば、千株も買える」

わたしは礼儀正しくうなずいた。「ええ、そのようね。〈レイコー〉と〈トレチェット〉のあいだの融資契約についてはどう？」

「知るわけないわよ。どっちの名前も聞いたことないもん。ディックおじさんに尋ねてみた？　おじさん、なんて言ってた？」

「わたしからは書類の話はしてないけど、ディックったら、いまになって、リノがサン・マチュー島から戻ったあとで会いに来たなんて言いだしたの。リゾート地で顔を合わせた男たちのことで、リノが文句を言いに来たんですって。ディックが言うにはリノが〈レストEZ〉の支店長たちを集めて感受性トレーニングをしてほしいって頼んだそうよ」

「リノが？」ハーモニーの目が丸くなった。「なんでそんなこと頼んだんだろ？」

「頼んだとは言ってないわ。ディックがそう言ってるだけ」

ハーモニーの唇が不機嫌な形に戻った。「忘れてた。真実を知ってるのはヴィクおばさんだけだもんね。もしかしたら、リノがおじさんに電話して頼みこんだのに、ヴィクおばさんがおじさんのことを頭から誤解してるのかも」

わたしも自分自身の憤りと無力感に襲われていたが、それにひきずられるのは間違っている。立ちあがった。火のない暖炉のそばの椅子にうずくまったハーモニーは小さく弱々しく見えたが、抱きしめようとすると、わたしを押しのけた。

48　上等のワインを劣化したチーズと一緒に

ハーモニーの反抗に衝撃を受け、みぞおちを蹴られたような気がしたが、わたしがむっとしたのは事実としても、ハーモニーの気持ちは理解できた。自分の世界が一変し、独りぼっちになってしまった——多くの入居者と一緒に大きな家で寝起きしているが、知りあいは一人もいない。シカゴでただ一人、心を許すことができる姉は瀕死の状態だ。ハーモニー自身も賊に襲われた。チェーンを奪われたとき、里親との絆《きずな》を象徴する品が失われてしまった。ハーモニーが感情をむきだしにするのは理解できる。でも、やっぱり、そんなことはしてほしくない。

ベス・イスラエル病院の名前をハーモニーにはわざと伏せておいた。自力で突き止めるだけの知恵が彼女にあるなら、〝よくやった〟と褒めたいところだが、姉のところへわざわざ一人で行かせる気にはなれなかった。わたしの胸には、痛みと怒りに加えて恐怖もあった。糸を操っている人形遣いは道徳観念がなくて冷酷だ。

車で家路につき、途中で買物に寄って、せめてサンドイッチぐらいは作れるようにと材料を買った。アパートメントの建物に近い路地のひとつに車を止めた。鉱山用のヘッドランプは昨日、小屋で破壊されてしまったが、グローブボックスにいまも強力な懐中電灯が入っているので、それを持って車を降りた。わたしが住むブロックの両側に駐車中の車を懐中電灯で照らして調べ、西側を歩き、東側にまわってひきかえした。アパートメントの周囲の茂みと、近くのいくつかの茂みも調べた。

いまのところ、尾行はついていないようだが、それでもわたしは神経を尖らせていた。悪党の黒幕が予想外の方向から新たな攻撃を企んでいるのではないだろうか？

ミスタ・コントレーラスのところに寄って、老人と犬たちの無事をたしかめた。ミッチが怪我をした脚に体重をかけられるようになっていた。ミッチを連れてペピーと一緒に短い散歩に出たが、不穏な気配はどこにもなかった。戻ってから、わたしがアパートメントを出たあとで何があったかをわが隣人に話した。ミスタ・コントレーラスはお返しに、保安官助手と1Bに住む女性との対決の模様を逐一語ってくれた。

「あの女は錯乱しとるぞ、嬢ちゃん。あんたも気をつけたほうがいい。こないだの晩、ブザーを押して悪党どもを建物に入れたのもあの女だし、保安官助手に向かってまくしたてた様子からすると、悪党どもがあんたを殺してくれたらパーティを開きそうな感じだった。

あの女のことだから、またしても連中を無料で入れてやるかもしれん。とにかく犬が大嫌いだからな。悪党どもから金をもらえば、あんたの身辺を探ることぐらいしかねんだろう」

わたしの夕食をこしらえようと老人が言ってくれたが、わたしは断わった。階段をのぼりながら、二階の踊り場の暗い隅々や、何者かが身を潜めて飛びかかる準備をしていそうな手すりの陰や、わたしとジェイクの部屋のあいだの廊下を懐中電灯で照らした。ジェイクの住まいにも入ってみた。マッギヴニーが帰ったあとで施錠するのを忘れていた。思わずぞっとしたが、今夜は誰も隠れてはいなかった。

ここ数日、さんざんな目にあってきたので、たまには贅沢をすることにした。母の形見の赤いヴェネツィアンガラスのワイングラスをとりだし、ブルネッロの栓を抜いた。深い赤、芳醇《ほうじゅん》なボディ。トーストしたチーズサンドイッチをつまみながら飲むのにぴったりのワイン。居間の床に寝そべり、カブスとマリーンズの試合を見ながら、サンドイッチを食べた。

六回裏に入ったあたりで眠りこんでいた。階下のブザーではっと目をさました。あわてて立ちあがった拍子にワイングラスを倒してしまい、赤いワインが床に広がった。インターホンの通話ボタンを押したときには心臓が早鐘を打っていた。

「ミズ・ウォーショースキーに会いに来た者です」

ミスタ・コントレーラスのほうがわたしより早く玄関に出ていた。わたしは廊下に出ると、階段から身を乗りだして聞き耳を立てた。アポイントがあるかどうかを老人が客に問いただしている。

「お留守でしょうか？　たまたま近くまで来たので、ついでに寄ってみたんですが――お忙しそうなら、メールを送ることにします」

わたしは階段を駆けおりながら、「大丈夫よ。知ってる人だから」と叫んだ。

ミスタ・コントレーラスが玄関の前に立ち、正面のドア越しにわめき立てていた。1Bのドアがわずかにあいていた。わたしは急いで外に出る途中で、女性に投げキスをした。濃紺のウィンドブレーカーのポケットに手を突っこんだピーター・サンセンが外に立っていた。

彼を建物に入れて、ぎこちなく紹介をおこなった。なにしろ、ミスタ・コントレーラスが安全ピンを抜いた手榴弾を見るような目で、ピーター・サンセンを見ているのだから。

「この建物でいろいろ騒動があったもんでな」ミスタ・コントレーラスは喧嘩腰だった。「悪漢どもが乱入してきて、このクッキーちゃんをぶちのめし、犬を殺そうとした。保安官はバッジをひけらかせばわしらを踏みつけにできると思っておる。あんたがもともとここに来る予定だったのかどうか、まず教えてもらいたい」

「いまの人、きみのお父さん？」わたしについて三階までの階段をのぼりながら、サンセンが訊いた。

「古い友達なの。犬の共同飼い主よ。善良ではあるけど、敵軍の大部隊を素手でやっつけることはもうできないって認めるのが大嫌いな人」

「来る前に電話すべきだったね」サンセンは謝った。「だけど、この近くのレストランに来てて、食事中にきみのメッセージを読んだものだから。わたしの現代アラビア語はいまひとつで、そうだな、例えばフォーサンほど流暢《りゅうちょう》ではないが、メッセージを読む程度なら大丈夫だ。驚愕《きょうがく》の内容だったので、大至急きみに見てほしいと思ったんだ」

二人でわたしの住まいに入ると、わたしはさっきまで寝そべっていた場所へ急ぎ、ワイングラスを拾いあげた。明かりにかざしてゆっくりまわした。傷はついていなかった。調べるあいだ、ずっと息を止めていた――ガブリエラのグラスをすでに三つも割っている。またひとつ割れたら、わたしの心臓が破れてしまうだろう。

わたしがこぼしたワインにサンセンが目を留めた。「格闘でもしてたのかい？」

わたしの頬がカッと燃えた。「ワインよ。掃除させて。そのあとであなたの分をグラスに注ぐわ」

テレビを消し、ざっと掃除してから、サンセンをダイニングルームへ案内して、テーブルに書類と電話を置いた。ガブリエラのグラスをもうひとつ出してきてワインを注いだ。サンセンはグラスをまわし、菱形の線を背景にしたワインの赤い色を見つめた。「お母さんがイタリアの山岳地帯を抜けてシカゴまで持ってきたのが、このワイングラスなんだね？　きみが宝物にしているのも当然だ」

サンセンはしばらく無言でグラスに敬意を表し、それから本題にとりかかった。「きみのところのパソコンの天才が掘りだした文書は、フォーサンと詩人のタリク・カタバが交わしたメッセージの断片だ」

サンセンは電話を顔に近づけて文字を読みあげた。「最初はフォーサン。〝受けとったか？　彼らはわたしを責めている〟と書いてある。それに対してカタバは〝きみのためではない。歴史のためだ〟というようなことを言っている――たぶん、歴史的に見て重要だと言っているのだろう。次にフォーサンがカタバの居所を知りたがる」

サンセンが電話越しにわたしを見た。「アラビア語の動詞の活用はインド＝ヨーロッパ語族と同じではない。フォーサンはたぶん、〝いまどこにいる、カタバ？〟と尋ねているのだろうが、もしかしたら、品物自体のことを尋ねているのかもしれない。カタバは返事をしていない。フォーサンは次に、カタバが娘のところにいるのか、それとも、娘の友達のカナダ人のところに隠れているのかと尋ねている」

「フェリックス・ハーシェルのことね。IITの工学部の学生で、カタバの娘とつきあってるの。フェリックスがわたしの古い友達の弟の孫という関係から、わたしもこの件に首を突っこむことになってしまって——友達の名前はロティ・ハーシェル。ベス・イスラエル病院の周産期医で……」

わたしの声が途中で消えた。サンセンにどうかしたのかと尋ねられた。

「いえ、べつに。ただ、悪党どもがいつどこで襲ってくるかと心配で、朝からずっと緊張してたの。いまふっと思ったんだけど、向こうが身を潜めているのは、フォーサン殺しとの関わりをわたしに知られたからじゃないかしら。連中を雇ったのが誰にしろ、作戦を練り直してるのかもしれない」

「怖い？」サンセンが訊いた。

「生きた心地がしないわ。連中は雇われ用心棒で、すごい腕力なの。感情がまったくないの。わたしがこうして歩きまわっていられるのは、ひとえに幸運の賜物《たまもの》よ」

わたしは軽い笑い声を上げ、小屋で感じた恐怖を顔に出すまいとした。「言葉の訛りからすると、東欧の人間って感じね。わたしがはっきり言葉を聞きとれたのは、スコップで片方の男の頭を殴りつけたときだった。鋼鉄製の係船柱《けいせんちゅう》を叩いたような感触だったわ。向こうは二、三回まばたきして、それから反撃してきた。〝シュトー・ザ・チョールト？〟というようなことをわめきながら」

サンセンはうなずいた。「いい耳をしている。それはロシア語で、意味は〝何しやがる？〟。少なくとも、きみはそいつに強烈な印象を与えたわけだ」わたしの手に片手を重ねて優しく押した。「信じがたい女性だね、ミズ・ウォーショースキー。命がけの格闘の最中にロシア語を頭に刻みつけるとは」

わたしは頭を下げた。褒められてうれしかったが、照れくさくもあった。それをごまかすために早口で言った。

「向こうが次に何をするつもりか知らないけど、建物に手榴弾を投げこむとか、そういったことはやめてほしいわ——ここには罪もない傍観者がたくさんいるんだから」

サンセンの唇がぴくりと動いた。「テル・アル＝サバーから逃げだしたとき、わたしは手製爆弾と縁を切ったつもりだった。オリエント研究所の窓から逆さまにぶら下がることのできるレディなら、専用のカーティウットゥルクを呼びよせる力を持っていることぐらい、わたしも承知しておくべきだった」

「それ、どういう意味？」

「山賊、追いはぎ」

「アラビア語だとすごくドラマチックに聞こえるわね……メッセージの断片から、ほかに何か見つかってない？」

サンセンは山賊という説明のあとでわたしと一緒に笑っていたが、電話に目をやったとたん、真剣な表情になった。「カタバからの返信は最初の一度だけで、あとはいっさいない。フォーサンから最後にもう一度メッセージが届いている。こう言っている。〝どうかお願いだ。あれを見つけるのに、やつらがもう一日だけくれるそうだ〟」

もう一日。哀れな男にその一日をくれたのは誰？ ぜったいディックではない。ジャーヴェス・ケティ？ フォーサンがケティのオフィスから何か盗みだしたとか？ でも、それならフォーサンはなぜ、カタバからその品をもらおうとしたのか？

わたしの脳はまるでメリーゴーラウンドのようで、さまざまな思いが上下し、馬の脚がわたしとリノとフェリックスを踏みつけていった。指からすべり落ちそうになったワイングラスをサンセンが受け止めた。

「ベッドに入ったほうがいい」サンセンは言った。「群れのなかでいちばんタフなラクダであることを証明する必要はない――わたしはすでにそう信じているから。さあ、探偵さん。立って」

彼がわたしに手を貸して立ちあがらせた。たこのできた彼の手は意外にも柔らかだった。

「歯を磨かなきゃ」わたしはつぶやいた。

「歯磨きをひと晩さぼったことは、かかりつけの歯医者には黙っててあげよう。寝室はどこだい？」

49　考古学者との間奏曲

目がさめたとき、窓の外の空は淡いグレイに染まっていた。朝の六時半。わたしが身に着けているのは昨日着ていたニットのトップスだけで、その下にホックをはずしたブラがあった。服を脱いだ記憶がない。きっとサンセンが脱がせてくれたんだ。

着ているものをはぎとって、丈長のスウェットシャツを着た。室内が冷えきっている。エスプレッソ・マシンのスイッチを入れに行くと、サンセンがゆうべすわっていた椅子の背に、彼の濃紺のウィンドブレーカーがかかっていた。

サンセンは居間のカウチに収納されていたベッドをひきだし、そこで大の字になって寝ていた。廊下のクロゼットから毛布と枕をとってきたようだが、シーツは省略していた。靴がカウチのそばにきちんと置かれ、ズボンはたたんでピアノのベンチにのせてある。

彼のそばに膝を突いて顔をなでた。「このゴツゴツしたものの上でこれ以上横になってたら、首の筋を違えてしまうわよ」

サンセンはわたしに眠そうな微笑をよこした。「砂丘に敷いた羊皮に比べれば快適だ」

「その両方よりわたしのベッドのほうが快適よ。手製爆弾もないし」

「探偵はあり？　それとも、なし？」

「ありよ。もちろん、あり」

わたしたちがようやく起きたのは九時を過ぎてからだった。サンセンは寄付を仰げそうなグループとのミーティングが入っていた。毎週土曜日には、こうした人々が仕事から離れてバックヤードツアーに来ることができる。彼がシャワーを浴びているあいだに、わたしはエスプレッソを二杯用意した。

コーヒーを飲みに台所に入ってきた彼が言った。「白状しよう。仕事用の着替えを持ってくることも考えたんだが、きみの気持ちを読み違えてたら、わたしが大恥をかくことになると思ってね」

サンセンはわたしに片腕をまわして抱き寄せた。「おいしいコーヒー。麗しき探偵さん。そろそろ行かなくては」そう言いつつも、彼は動こうとしなかった。

「ええ。わたしも」彼の頰に頭をつけたが、心の半分は〝すべきことリスト〟で占められていた。〈レストEZ〉を再訪したいが、それは月曜まで待つしかない。今日はリノの書類に集中しよう。

サンセンがわたしのウェストを強く抱き、それから放した。「何を考えてるんだい、ヴィクトリア？」

「わたしの新年の誓いは〝いまこの瞬間に集中しよう〟だったし、いまはすてきな瞬間だけど、地獄の猟犬たちが足に嚙みついてくるのを感じるの。フォーサンと姪のリノがどういうわけで同じ森林保護区に来ることになったのか、どうしても解明しなきゃいけない――たぶん、誰かに雇われたあの悪党どもに拉致されたんだと思う。それから、リノが隠してた書類にはもちろん、何か深い意味があるはずだわ。あなたが博物館のために寄付を募り、古代の粘土板の読み方をみなさんに教えているあいだに、わたしはピンク株を調べることにする」

サンセンがまじめな顔でわたしを見た。「書類を扱うときは考古学の手法をとりいれるといい。陶片を発掘した時点では、複数の破片が同じ陶器のものかどうかはまったくわからない。破片をテーブルに並べ、どれとどれが合いそうかを考える――同じ仕上げのもの、同じ土がまわりにこびりついているもの、といった点を見ながら。次に、じっさいに合わせてみる。何も考えずに最初から無理やり合わせようとしてはならない。きみの書類もそんなふうに扱ってごらん」

わたしはうなずいた。「ダゴンについて質問したいこともいろいろあるのよ。さっき翻訳してくれたメッセージのなかでフォーサンが言ってるのが、たぶんダゴンのことだと思う。わたしの陶片がくっついたら、そちらの調査へ移ることにするわ」

「ダゴンに関する質問については承知した。もっとも、ダゴンがシカゴに持ちこまれたさいにルロイが——ロレンスが——本当に手を貸したのかどうかは、われわれにはわからない。ただ、シリアで発掘に当たっていた時期に、ロレンスはカタバとつきあいがあったし、ダゴンはカタバの故郷から来ている。フォーサンがこのシカゴにいたことを考えれば、釈放されたカタバがここに来たのも充分に納得できる」

「たぶん、フォーサンがダゴンを運んできたのね。ラーシマ・カタバの線も考えたけど、彼女がアメリカに来る前にレバノンからシリアに帰国したとは思えない。フォーサンが床板の下に隠してた現金をどこで手に入れたかについて、いろんな可能性を考えてみたわ。まずはドラッグ、次に古代遺物の盗掘、さらには、難民の密入国斡旋《あっせん》まで」

「現金というのは？」サンセンが叫んだ。

わたしは渋い顔になった。「わたしも焼きがまわったわね。誰に話したか、誰に内緒にしていたかを忘れてしまった。じつは、フォーサンが殺された数日後に彼のアパートメントに忍びこんだら、現金が見つかったの」

これまでの捜索経過を、危うく殺されかけたことも含めてわたしがすべて話し終えたとき、サンセンは驚愕と楽しさの入り混じった目でこちらを見ていた。

「その現金をフォーサンがどこで手に入れたのか、わたしには見当もつかないが、最近の中東では、発掘現場に始まって博物館に至るまで窃盗事件が頻発している。もちろん、昔からあったことだが、現在では、アメリカのせいでイラクが政情不安定になり、シリア全体が崩壊し、ISISがテロ活動の資金にしようとして遺物を好き勝手に処分するようになったため、重要な宝物が破壊されたり、世界じゅうに散逸したりしている。腹立たしい。胸が痛くなる。嘆かわしいことに、考古学者たちも盗みを働いている。われわれ年配者は認めたくないが、学生や博士課程を修了した研究者にとっては大きな誘惑なのだ。

例えば、きみが二十五歳で、大学院へ進むために、とうてい返済できそうもない額の金を借りていて、灼熱の太陽のもとで陶片と古銭の発掘をおこない、やがて、小さな町の警備手薄な博物館にふらっと入ったとしよう。想像を絶する価値のある像や首飾りが目の前にある——誘惑に圧倒されそうになる。有名になりたい、自分で発掘をおこなう金がほしいと思っていたフォーサンにとって、その誘惑は抗しきれないものだったかもしれない。ダゴンのような品ならとくに。もちろん、買手が必要だ」

「わたしにも、一人か二人、心当たりがありそうよ」わたしはディックとテリーが住むオーク・ブルックの屋敷で目にしたメソポタミア時代の彫像を、不安な気分で思いだした。

サンセンがニヤッと笑った。「きみを天窓から逆さにぶら下げて、極悪非道な古代遺物窃盗犯の屋敷の中心部へ下ろしてやる人間が必要だったら、わたしを指名してくれ」

わたしはおざなりな笑みを浮かべた。「オリエント研究所にいる博士課程を修了した女性と、もう一度話をしたいわ。ダゴンがあなたのところの博物館に二日しか置かれていなかった件について、彼女が何か知らないか、たしかめてみたいの」

「メアリ＝キャロルがそんなことをするはずは――」サンセンは急に黙りこんだ。「仕事仲間に関して芳《かんば》しくないことを信じたがる者は誰もいない。きみが訪ねてきたら話をするよう、みんなに言っておく……わたしは木曜の夜、ヨルダンへ飛ぶ予定だ――大きな学会があり、ホットな議題のひとつが遺物の盗難なんだ。きみもわたしと同じく時間に追われていることは承知しているが――出発前にディナーをつきあってもらえないかな」

「とても光栄だわ」わたしは改まった返事をしたが、笑みで頬がゆるむのを感じた。

最後のキス。そして、サンセンは出ていった。

わたしはシャワーを浴びて歯を磨き、犬二匹を短い散歩に連れていった。こちらを監視している人物は見当たらなかった。ミッチは走りたそうな様子だったが、あと一週間は関節によけいな負担をかけないようにと獣医に強く言われている。

「我慢しなさい。もう大人なんだから、我慢するのよ。我慢は美徳だって誰もが言うでしょ。もっとも、きみもわたしもそう思ってないけど」

犬を連れて帰ると、ミスタ・コントレーラスがわたしを非難の目で見た。「仕事をどっさり抱えた私立探偵にしちゃ、ゆうべはずいぶん夜更かししたようだな。姪が無事かどうか、もう確認したのかね？」

「どっちの姪？　わたしと話そうとしない姪か、それとも、わたしに話すことができない姪か？」

「冗談言っとる場合ではない」隣人は険しい声で言った。「あの二人のギャルはあんたが頼りなんだぞ。人の命が危険にさらされておるときに、どっかの墓泥棒とベッドでいちゃいちゃするのはやめてもらいたい」

墓泥棒？　今後はこれがサンセンのあだ名になるの？　ミスタ・コントレーラスは以前、ジェイクのコントラバスを〝バンジョー〟と呼んでいた。わたしがつきあう男に老人が好意を抱いたことは一度もない。嫉妬のせいか、それとも、わたしが結婚して自分が見捨てられてしまうのを、当人は認めないながらも恐れているせいなのか、わたしにはわからない。わたしがもう一度結婚するなんて、はっきり言って想像できないが、たとえ再婚したとしても、老人を見捨てるつもりはぜったいにない。

「おっしゃるとおりよ」わたしは言った。「いますぐ階段を駆けあがって仕事を始めることにするわ。ところで、ミッチは元気そうね。思ったより治りが早いみたい……わたしの人生に登場する男性はミッチだけよ。そうでしょ？　あなたは別として」

隣人は真っ赤になった。「ふん、さっささと上へ行ってくれ。犬とわしは皿洗いをするから」

自分の住まいに戻ったわたしは、大判のスケッチブックのひとつをダイニングルームのテーブルへ持っていった。こういう作業は事務所でやるほうが楽だが、この部屋でサンセンと過ごしたひとときの余韻にもう少し浸っていたかった。

仕事にとりかかる前に、病院に電話してみた。リノはひきつづき回復途上にあった。水分補給と保温の効果で心臓の状態が安定し、ときおり意識が戻ったように見えるが、誰とも話そうとしないため、断定はできないとのことだった。おかげでわたしの心労が軽減するのはありがたいが、リノの書類に含まれた問題を早く解決できれば、リノの人生が危機を脱するのもそれだけ早くなる。

パソコンに保存してあるリノとフェリックスの調査ファイルをそれぞれ開き、これまでに出会った人の名前をすべてスケッチブックに書き写していった。まず、〈レストEZ〉と、そこで話をした人々。トレチェットの名前を冠したさまざまな投資会社の所在地（ラトヴィアからルクセンブルクまで）。次に、ふたつの法律事務所——〈クローフォード・

ミード〉と〈ランケル・ソロード＆ミナブル〉――に移り、ディック、テリー、グリニスを加えた。ついでにケティの名前も入れた。もちろん、ハーモニーも。

保安官とクック郡委員会のための列を加えた。

ロティ、フェリックス、ラーシマ・カタバ、その父親である詩人のための列。オリエント研究所の人々のための列。ピーター・サンセンの名前も加えた。わたしは人間だ。わたしの判断が百パーセント正しいとは言いきれない――なにしろ、リチャード・ヤーボローと結婚したことがあるのだから。

次のステップとして、どの人々や会社に最多の共通点があるかを調べることにした。すべての名前を書きだしたおかげで、簡単にわかった。〈トレチェット〉、〈トレチェット信託〉、そして、リノとディックに関係のある財団。ただし、フォーサンとは無関係。これらはまたケティとも間接的につながっている。ケティはディックと〈トレチェット〉の代理人であるアルノー・ミナブルと一緒に食事をしていた。清掃業者の〈フォース5〉はディックの法律事務所だけでなく、ケティの会社の清掃も請け負っている。

わたしはディックのオフィスを掃除していたとき、くずかごから〈トレチェット〉とミナブルの名前が書いてあるゴミを見つけた。フォーサンがここの掃除を担当していたのなら、ほかにも多くの証拠書類を見つけるのは簡単だっただろう。〈トレチェット〉とフォーサンを点線で結んだ。わたしはいまも、フォーサンが何かを見つけ、それを使ってケティを、もしくはディックを脅迫しようとした可能性ありとにらんでいる。大富豪ケティとフォーサンも点線で結んだ。

わたしが利用している企業・司法データベースにログインして、〈トレチェット〉と、スケッチブックに書きだしたその他の企業とのつながりを探した。ここまでやってもなお、きわめて重大なつながりをひとつ見落とすところだった。〈北米ティタニウム＝コバルト〉、略して〈ティ＝バルト〉が〈トレチェット〉を相手どって起こした訴訟である。

前のときは、訴訟の概要にざっと目を通しただけだった。今日はすべての書類と添付書類をじっくり読んだ。そのおかげで気がついたのだ。保険をじっさいに売った〈トレチェット〉の保険部門の子会社が〈レイコー保険〉だった。〈ティ＝バルト〉の建設部門がオーストラリア西部に抽出プラントを新設するに当たって、〈レイコー〉から三億ドルの履行保証保険を購入したのだ。

オーストラリアの新たな環境条例のせいで工事のペースが落ち、完成が一年以上遅れたが、その時点で〈レイコー〉は保険金の支払いを拒否した。訴訟書類に添付された往復文書によると、〈レイコー〉は〈ティ＝バルト〉の件を〈トレチェット保険〉にまわし、〈トレチェット保険〉はこれをアーヴル＝デ＝ザンジュの〈トレチェット信託〉にまわした。次に〈トレチェット信託〉は〈トレチェット財団〉にまわし、財団のほうでは、自分たちには〈レイコー保険〉に対する法的責任はないと主張した。〝〈レイコー保険〉はジャージー島にある〈トレチェット保険ホールディングズ〉の社屋の一部をオフィス用にレンタルしていますが、当財団と〈レイコー〉のあいだに賃借関係以外の権利義務は発生しておりません〞というのが、〈トレチェット財団〉の顧問弁護士の主張だった。

履行保証保険の価格は建設費の一〜三パーセントが相場とされている。すべての書類に念入りに目を通したところ、〈レイコー〉が競争相手より安い値をつけ、〇・八パーセントを提示していたことが判明した。〈ティ＝バルト〉はキャッシュフローが逼迫《ひっぱく》していた。まさに天の恵みと思えたに違いない。

保険会社は保険契約者に対して、合法的にビジネス活動をしていることと、莫大な保険金をせしめんがために建設会社を装っているのではないことを示す大量のデータの提示を要求する。〈ティ＝バルト〉のほうでも、保険会社を選ぶに当たって、リスク・マネジャーが似たような調査・分析をおこなったはずだ。

そのとき、新たな事実に衝撃を受けた。〈ティ＝バルト〉の取締役会にジャーヴェス・ケティの名前があったのだ。

わたしはゆっくりと慎重に腰を下ろした。まるで自分がガラスでできていて、衝撃を受けたら砕け散ってしまうかのように。ケティの誘導によって〈ティ＝バルト〉が〈レイコー〉と契約したのだとしたら？　書類を脇に置き、〈レイコー〉に関係した訴訟事件を〈レクシス・ネクシス〉で検索した。ほかに七件あり、そのうち六件は訴訟を起こしたのが有限責任会社であるため、公的書類に取締役の名前は出ていなかった。しかし、七件目が〈キープ・ユア・ペイント・ドライ〉といって、映画のセットと建築模型を作っている有名企業だった。

保険の額は六千万ドルで、億には達していないが、ここでもまた〈レイコー〉が履行保証保険に対する保険金支払いを拒否して、〈キープ・ユア・ペイント・ドライ〉をたらいまわしにし、その最後に登場したのが〈トレチェット財団〉だった。残念なことに、ケティは〈キープ・ユア・ペイント・ドライ〉の取締役の一人ではなかった。でも、あきらめきれないわたしはこの会社がセットを担当している映画を調べてみた。プロデューサーの一人として、ケティの名前があった。

〈レイコー〉の顧客に対する詐欺行為にケティが手を貸している証拠となるものを、フォーサンが見つけたのだろうか？　手を貸していたのが事実だとしても、億万長者がなぜそんなケチなことをするのだろう？　自分が法を超越した存在であることを証明したいからだ。億万長者の世界では、ルールは労働者階級のためだけに存在するのだ。
ピーター・サンセンとベッドで過ごした朝のすてきな余韻がすっかり消えてしまった。

50　不用意なコメント

〈レストEZ〉のオースティン支店に入ると、警備員のジェリーが野球の試合結果が出ている《サン＝タイムズ》のページを開いて、ドアのそばにすわっていた。いったん顔を上げ、新聞に戻ろうとしたが、ギョッとした顔でふたたびわたしを見た。

「ここに来られちゃ迷惑なんだよ。一週間前にはっきりそう言っただろ」

室内の半分ほどが客で埋まっていた。宝くじの上にかがみこんでいる者もいれば、融資用のマシンで複利計算中の者もいる。幼い子供を二人連れた女性があわてて出口へ向かった。知らない者ばかりの部屋で、頭のおかしな人間にまたしても銃を乱射されては大変だと思ったのだろう。

「一週間たてばずいぶん変わるものよ」わたしは言った。「アメリカのめまぐるしい社会ではとくに。一年前には我慢のならなかった連中が、いまじゃ大統領と閣僚ですもの。ドナ・リュータスに伝えてちょうだい。短時間で終わる質問をふたつ用意して、わたしが訪ねてきたって」

「あんた、聞いてなかったんだな？」ジェリーがだみ声で言った。「一週間前、おれはあんたをここから追いだすように言われた。今日も喜んでやってやるぜ」

いまは月曜日の午後。先週の土曜日はほぼ一日をつぶして訴訟と税金関係の報告書に没頭し、ケティと保険金もしくは履行保証保険詐欺との直接的なつながりを見つけようとした。うまくいかなかったので、サン・マチュー島の法律事務所〈ランケル・ソロード＆ミナブル〉を捜してみた。弁護士たちはクライアント関係の情報をみごとに隠していた。これまでに浮上した名前は〝トレチェット〟だけだが、どこを探してもトレチェットは見つからなかった。ディック・ヤーボローもしくはテリー・ヤーボロー、そして、グリニス・ハッデンも捜したが、そちらも見つけることができなかった。

土曜日の夜には、脳からゴムの焼ける臭いが立ちのぼっているような気がしてきた。オイルも差さずにギアを酷使していたのだ。一日オフにする必要がある。

日曜日、ロティと一緒に病院へリノのお見舞いに行った。リノの顔のやつれが少しましになっていた。わたしが話しかけると目を開き、じっと聴いているように見えた。でも、たしかなことはわからない。

そのあと、二人で市の北部にある植物園へ車を走らせ、植物に囲まれて心安らぐ午後を過ごした。ロティも休息を必要としていた。手術室で十時間のオペをやっても、フェリックスの身を案じるのに比べれば、さほどの疲れにはならない。

フェリックスのことも、リノのことも、二人の周囲に次々と出てくる厄介ごとも、今日はいっさい口にしないということで、わたしたちは同意した。かわりに、蘭の花を愛《め》で、日本庭園を歩き、最後にマックスの家へ行って、キッチンの裏にあるサンルームで夕食をとった。ミスタ・コントレーラスとアパートメントを一日中無防備にしておくのが心配だったが、帰宅したときは、全員無事だった。

月曜日の朝、ダロウ・グレアムに五分だけ時間を作ってもらった。クック郡委員会を動かす力を持つ人物となると、わたしの知りあいにはダロウしかいない。この地球上のどこにでも出没し、責任重大なミーティングに次々と顔を出す超多忙のCEOに連絡をとろうとするのは、つねに一か八かの賭けだが、キャロライン・グリズウォルドがグレアムのスケジュールにわたしを割りこませてくれた——先日、彼女に催促されて急いで報告書を渡したので、そのご褒美というわけだ。

車でループへ出かけ、十五分用の駐車スペースに車を止めた——ダロウに会うときは、五分の約束はきっちり五分だ。冬のように冷ややかな性格なので、雑談することはありえない。わたしはただちに本題に入った。「ジャーヴェス・ケティと個人的に親しくしてらっしゃるなら、頼みごとをするのは遠慮しておきます」

「〈ポタワトミ・クラブ〉でたまに見かける程度だ。あちこちの理事会に名を連ねている男で、資金集めパーティでわたしと顔を合わせることもある。ケティが何かしでかして、きみがそれを調査しているのかね？」

「ええ、たぶん。証拠を見つけようとしているのですが、ケティは、というか、それをおこなっている人物は、悪事の痕跡を巧みに隠しています。ケティがロシア人に借りを作っているかどうか、ご存じありません？」

「知らん。そうだとしても、驚きはしないが――自分がいちばんの大物だと人々に思わせようとする男だ。偽金さ。もちろん、わたしの意見に過ぎんが」

「偽？　保険証券を偽造してるとか？」

「違う、違う」ダロウはいらいらしはじめた――時間がないのに、この女ときたら的外れなことばかり言っている。「〈カリー〉は生産活動をしている。ビルを建て、品物を供給している。ところが、ヘッジファンドというのは金が金を追いかけるだけで、実質的には何もない。そこで、金や美術品を集める。自慢の種にできそうなことに手を出すわけだ。不動産も集める――当人が思っているほど有能でない場合は、すぐ苦境に陥ってしまうだろうが。

わたしのような人間がどんな理事会に名を連ねているかは、きみも知っているね。シカゴ交響楽団、シカゴ美術館。われわれはこの街に数百万ドルを寄付している。ケティも寄付すると言いながら、金を出したことは一度もない。人間の屑かもしれない。もしくは、無一文なのかもしれない」

「二週間前に、ロレンス・フォーサン、もしくは、ルロイ・フォーサンという男性が殺害され、街の西のほうにある森林保護区に遺棄されました」わたしはフェリックスと殺人事件との関わりや、わたしと姪たちが何度か襲撃された件を、かいつまんでダロウに話した。「わたしを襲撃し、わたしの姪を一週間以上にわたって小屋に監禁した男たちを捜しているのですが、どうしても見つかりません。ロシア人であることはほぼ確実で、ひょっとするとモスクワに呼びもどされて、ほとぼりが冷めるのを待っているのかもしれません。でも、その二人のロシア人が間違いなくフォーサンの殺害犯である証拠をわたしが示したにもかかわらず、誰かが保安官に圧力をかけてフェリックスを逮捕させようとしています。こんなことをお願いするのは図々しいと、いえ、たぶん図々しすぎると、重々承知してはおりますが――ロシアの連中を守ろうとしてクック郡委員会に圧力をかけている人物がいないかどうか、あなたに教えてくれそうな委員を、どなたかご存じではないでしょうか」

ダロウはすばやく、だが、慎重に考えこんだ。「できるだけやってみよう。きみはもちろん、その人物がケティであることを願っている。だが、保安官が捜査を早く完了させたがっているだけかもしれないぞ」

「わかっています。このところ、一か八かの賭けばかりなんです。よろしくお願いします」

「トリードの機械工場の件はよくやってくれた。シェルゲームのようなものだったな。連中はカップに入った品をわれわれの目の前ですり替えたわけだ」

ダロウは軽く頭を下げた——形ばかりの中途半端なお辞儀——ふだんから握手はしない人だ。

ダロウのオフィスを出たわたしは、車でオースティン・アヴェニューへ向かった。ジェリーが警備についていたらひと悶着《もんちゃく》あるだろう、暴力沙汰になるかもしれない、と覚悟していたが、ジェリーに左肩をつかまれた瞬間、彼のことはわたしの意識から消えていた。西側の壁にかかったテレビの大画面に注意を奪われていたのだ。にこやかな笑顔の人々が〈レストEZ〉の金融商品を宣伝するのを、わたしも意識の隅でぼんやりとらえていたのだが、ここで突然、ネクタイと糊のきいた白いシャツの男性が〝本日の推奨株〟を高らかに告げはじめた。

〝みなさん、人口のわずか一パーセントを占める富裕層になりたければ、誰一人見向きもしない小さな会社に注目しましょう。〈グリーン・グロウ・セラピューティックス〉こそが、新たな億万長者を生みだす会社です。昔ながらの億万長者は自分たちが何を見落としていたかを知ったとたん、嫉妬で青ざめることでしょう。先週、〈グリーン・グロウ〉の株価が七セントだったときは、その噂を聞いた人は誰もいませんでした。しかし、いいですか、来週になれば、全世界が知るのです。今日のうちに株を購入し、一夜で借金を帳消しにしましょう〟

「そうか！」わたしは叫んだ。「これだわ、ねっ！〝本日の推奨株〟が一パーセントの富裕層を〇・一パーセントの超富裕層にしてくれる。ジェリー、〝本日の推奨株〟を買ったことはある？　儲かった？　あなたが融資を受けるときの金利は特別レートなの？」

わが感情の激発に困惑して、わたしの肩をつかんでいたジェリーが手をゆるめた。頭のおかしな女とのあいだに距離を置いていた人々が近寄ってきた。ブラッドハウンドみたいに頬の肉が垂れているゴマ塩の無精髭の男がどなった。「そうとも、ジェリー。この株、あんたも買ったのかい？」

ジェリーは銃のホルスターに指をかけた。「会社の方針で――従業員が推奨株を買うのは禁じられてる。インサイダー取引になる危険があるんでな」

「わたし、こういう株を一回買ったわ」五十歳ぐらいのずんぐりした女性が言った。

「〝ひと株三セント少々。どうして買わずにいられるでしょう?〟って宣伝してたから。注ぎこんだ金はすべてパーで、そのうえ、株を買うのに借りた分の金利を払わされて、残りの金も消えちまった。毒だよ、あんな株は」

「株取引? 地獄さ。宝くじだって株よかましだ」ブラッドハウンドみたいな頬の男性がぶつぶつ言っているそばで、ほかの誰かが言った。「ナンバー賭博やってる店があったら、そっちで遊んだほうが利口だ。もちろん、宝くじに押されて、そういう店はほとんど消えちまったけどな」

喧嘩腰になるいっぽうの客たちの応対にジェリーが追われているあいだに、わたしはこっそり奥へ姿を消した。先週ここに来たとき、奥のオフィスに入るためのキーパッドにジェリーが数字を打ちこむのを見ていた。目を閉じ、左手を開いた。その数字をてのひらに書いておいたのだ。611785。お粗末なセキュリティ。コードナンバーを変更していない。ドナに注意しておこう。ほかの話が終わってから。

狭い廊下に面して並んだブースで仕事をしていた者が全員持ち場を離れ、ドナのオフィスに集まっていた。店頭で騒ぎが起きているため、警報発令というわけだ。

「株のことで客が騒いでるわ、ドナ、なんとかしないと」「暴動になりかねない」「そもそもの原因は探偵と名乗る女で――」

「そうよ」わたしは横から言った。「その探偵が株のことでいくつか質問したいの。国内にある〈レストEZ〉のすべての支店で、同じ日に同じ宣伝を流してるの？」

たちまち金融アドバイザーたちが黙りこんだため、ドナのパソコンの低いうなりが聞きとれるほどになった。やがて、ドナが言った。「まあ。あなただったの」

「ええ、わたしよ」

「どうやって入りこんだの？」アドバイザーの一人に問い詰められた。

「ジェリーの協力を得て」わたしは曖昧《あいまい》な笑みを浮かべた。「株の件に戻りましょう。二人で話すほうがいい、ドナ？　それとも、わたしの懸念をスタッフのみなさんにも聞いてもらう？」

「仕事に戻って、みんな」横柄な言葉遣いだが、ドナの口調には疲労がにじんでいた。

女性たちは視線を交わし、わたしがどれほどの危険人物かを判断しようとしてこちらを見たが、ついに、ドアが閉まるのを邪魔している書類でぎっしりの椅子のへりを横歩きで通り抜けた。さまざまなささやきが聞こえた。「ここに残ったほうがいいんじゃない？」「あの人、何を知ってるの？」「ドナが危なくない？」「誰かジェリーに連絡して」

わたしは椅子を動かし、その拍子にバインダーをいくつか落としてしまった。ジェリーに連絡すべきだと言った女性が、「散らかしたものを片づけてよ」とわたしに命令した。

誰もが権威をふりかざしたがるものだ。なんの権威も持たない者までが。わたしはドアを閉め、そこにもたれた。

「株のことを話して」

「どうして知りたいの？」ドナの声にはいまも疲れがにじんでいたが、警戒の目になっていた。

「わたしも〈レストEZ〉のカモにされてるみなさんと同じで──借金を返済して、〇・一パーセントの超富裕層の仲間入りをしたいと思ってね。〈レストEZ〉って、すべての支店で同じ銘柄を推奨してるの？」

ドナは何も答えようとせず、デスクの引出しを探りはじめた。

「非常ボタン？」わたしは言った。「やめたほうがいいわ。あなたが警察を呼べば、わたしは訴訟を起こし、その結果、あなたとスタッフのところに召喚状が届いて、法廷でいまの質問に答えなきゃいけなくなるのよ。あなたのキャリアはたぶんおしまいね」

ドナは腹立たしげにため息をついたが、ひきだしから手を抜いた。「シカゴ市内では、どの日にどの株を推奨するかを指示するメールが全支店にいっせいに届くことになってるわ。国内のほかの地域については知らないけど」

「で、株価は毎日変化するの？」

ドナは首を横にふった。「〝本日の推奨株〟って呼んでるけど、株を紹介しないことも多いし、一、二週間続けて同じ銘柄を宣伝することもあるわ」

「じゃ、メールは会社から送られてくるの？　イライザ・トロッセから？」

「企業用のメール送信システムを使うのよ。ほら、メール配信リストを使っていっせいに送信するシステム」

「じゃ、いまから六百四十億ドルの価値のある質問をさせてね。これに答えてくれれば、あなたはジャーヴェス・ケティやコーク兄弟に負けない大金持ちになれるわよ」

わたしはデスクまで歩き、ふたつの不安定な書類の山に手を突いて、ドナのほうへ身を乗りだした。彼女は両手を強く握りあわせたが、わたしを見ようとはしなかった。

「リノ・シールがサン・マチュー島から帰ってきたとき、あなたに株の話をしなかった？　あるいは、凌辱された話とか」

ドナは疲れた笑みを浮かべた。「どっちの話も出たわ。こう言ってた——会社に電話したい、誰が〝本日の推奨株〟を決めているかを知りたい、ガラパーティを企画した人物の名前も知りたい、って。わたし、よけいな詮索《せんさく》はやめるように言ったわ。リノのことが気に入ってたから。でも、リノは本社の人たちを怒らせてしまった。じつは、月曜日にリノが退社したあと、イライザからわたしに電話があって、リノを落ち着かせて冷静にさせる必要があるって言われたの。だから、リノが火曜日に欠勤したときは、イライザが彼女の自宅に電話して諭してくれたんだと思った。わたしも電話してみたけど、応答がなかったから、たぶん、社に戻るかどうかで迷ってるんだろうって想像してたの」

わたしが立ちあがった拍子に、書類の山のひとつが崩れて床に落ちた。膝を突いて散乱した紙を拾いはじめたが、ドナが椅子から飛びだしてきて、わたしを押しのけた。

「立ってよ。出てって。二度と来ないで」

51　トニーおじいちゃんは鼻高々

　表側のスペースに戻ると、ドアのところでジェリーが待ち構えていた。またしても必要以上の力でわたしをつかんだ。わたしはまたしても抵抗せずにおとなしく外へ押しだされた。

「なあ、ブラザー、そこまでやるこたなかろうが」こう言ったのは、頰の肉がブラッドハウンドのように垂れた男性だった。「その姉ちゃん、あんたに襲いかかろうとしてるかい？　あんたを脅してるかい？」

　ジェリーは言った。「ふん、ブラザー、あんたこそ落ち着きな。この女はな、支店長たちを脅しにきたんだ」

　ブラッドハウンドがわたしを追って通りに出てきた。「株のこと、ほんとなのか？　詐欺だってのかい？」

「連中が詐欺師だってことはわかってる。わたしは証拠をつかもうとしてるだけ」

男性はためらった。「あんた、政府機関の人？」

「いいえ。私立探偵よ」彼に名刺を渡した。

「Ｖ・Ｉか――名字はなんてんだ？」

わたしは彼のために発音してみせた。

「うちの妹があそこの株でずいぶん損しちまってよ、ミズ・Ｖ・Ｉ。宝くじとおんなじで、みんな、株の売買に中毒するんだな。〈レストＥＺ〉が客に強引に株買わせようとしてんのを見ると心配になる。助っ人が必要になったら電話してくれ。なっ？　おれの名前はアンディ・グリーン。あんたみたいな名刺は持ってねえけど、こいつがおれの電話番号だ」

彼はポケットから紙切れをひっぱりだし、インクがうまく出ないボールペンで番号を書いてから、通りを歩き去った。

わたしは自分の車のそばに立ち、通りをじっと見つつも何ひとつ目に入らないまま、〈レストＥＺ〉のオーナーたちが〝本日の推奨株〟プログラムを使ってどんなふうに金儲けをしているのかを推測しようとした。リノが持ち帰った破れた紙片に出ていた会社をもう一度調べたいと思った。これらの会社がどういった爆弾を抱えているせいで、書類を預けたロックボックスを守ろうとした姪が危うく殺されかけたのか？

電話の画面で株価を追っても、いらいらするだけだ。ラッシュアワーの車の流れに入り、這うように進んで、自分のパソコンのところに戻るしかない。〈レストEZ〉の窓を見て、一人でくすっと笑った――あそこのマシンを借りれば時間が節約できそう。

そのままじっと立っていたとき、使い捨て携帯に電話が入った。ティム・ストリーターが病院の公衆電話からかけてきたのだった。

「あんたの姪のハーモニーがたったいまやってきた。おじさんって男と一緒に。二人を通すしかなかった。なにしろ、ハーモニーは近親者だからな。ところが、その男がリノに話しかけようとすると、リノは悲鳴を上げはじめた。警備員が飛んできて二人を追い払ったが、あんたに知らせといたほうがいいと思って」

「ハーモニーがディックと？」わたしは叫んだ。「まったくもう！　あの子ったら、わたしに腹を立てて、世界に腹を立てて、八つ当たりばかりしてるけど――ディックを頼っていくなんて――」口をつぐんだ。いえ、そんなことを言ってる場合ではない。

「わたし、いまオースティンのあたりだけど、そっちへ向かうわ――大急ぎで」

この時間帯だと、高速に乗るより裏道を使ったほうが十倍も早く着ける。レイク通りに出て高架鉄道の線路の下を走り、ケッジー・アヴェニューで北へ曲がって、三十分もしないうちにベス・イスラエル病院の来院者用駐車場に入った。

走って裏口にまわり、階段をのぼり、ＩＣＵへ向かった。入口まで行くと、主任看護師がやってきた。

「さっき、姪御さんがひどく興奮したんです。これ以上動揺されては困るので、声をかけるときは気をつけてください」

「じゃ、いまは意識があるんですね？」わたしは訊いた。

「朦朧《もうろう》としています。日付や大統領などのことを質問しても答えようとしないので、言われたことをどこまで理解しているのかわかりかねますが」

看護師との口論で時間を無駄にしたくなかったが、リノが質問に答えようとしないのは当然だ。一週間以上にわたって拷問され、尋問されたのだ。

リノの病室の外でティム・ストリーターが待っていた。ディックがリノに話しかけるのを聞いたかどうか、彼に尋ねてみた。

「あっというまの出来事だった。妹が走り寄ってリノに腕をまわした。泣きながら、あんたがリノを見つけてくれて感謝してると言ってた――〝ヴィクが姉さんを見つけたのよ、リノ、姉さんを助けてくれたのよ。とっても感謝してるけど、いまのヴィクって暴君みたい〟――まあ、そんなようなことを言ってた。それから、〝おじさんも来てるのよ。きっと、力になってくれるわ〟と言った。

男がリノに近づいて、〝おじさんだよ。書類を渡してくれれば、おまえを危険から守ってやれる〟と言うと、リノは何度も何度も〝いや〟と叫びはじめた。そこで、おれはあんたが唾を吐くよりも迅速に馬鹿男を追いだしてやった。

リノがひどく暴れたもんだから、医者がやってきて、鎮静剤か何かを点滴に加えた。医者は〝反応するようになったのはいいことだ。患者の意識を奪うつもりはない。緊張をほぐすためだ〟と言った。彼は――医者は――次に、誰が大統領か知っているかとか、市長は誰だとか、そういった質問を始めたが、リノは黙って横になってるだけだった」

わたしが部屋に入ったとき、リノは短く荒い呼吸をしていた。目は閉じていたが、全身がこわばっていた。眠っているのではない。意識がないのではない。異様に警戒している。

わたしはリノの枕元に膝を突いた。「ヴィクよ、リノ。ヴィクおばさんよ。ここはシカゴ、病院よ。森のなかであなたを見つけて、ここに連れてきたの」

手は触れないようにした。多くの人間にべたべたさわられてきた子だ。知らない相手の手を歓迎するとは思えない。看護師が首にかけてくれたロケットは無事に残っていた。

「あなた、トニーおじいちゃんに言われたとおり、勇敢で利口だったわね。あなたがロケットを隠したおかげで、悪いやつらの手に渡らずにすんだのよ。あいつらには見つけられなかったの。ほら、こうして戻ってきたでしょ。わたしが鍵を見つけて書類をとってきたわ。安全な場所にしまってあるから心配しないで。書類にどんな意味があるのか、いま調べてるところだけど、まだわからないのよ」

わたしは床にあぐらをかいていた。椅子だと、リノよりわたしの頭のほうが二、三フィート高くなってしまうため、使うのを避けたのだが、床にすわったせいで頭の位置が低くなり、必要以上に大きな声を出さなくてはならなかった。黙って何分か待ってから、いまの言葉をくりかえした。細かい点をいくつか加えた——わたしは探偵よ。リノが何カ月も前からシカゴにいたことがわかってさえいれば……。悩みがあったのなら、わたしを訪ねてくれればよかったのに。

ふたたび辛抱強く待ち、もう一度くりかえした。声のトーンを低く抑え、あくまでも冷静に。飢えと苦痛で痩せ衰えたリノの顔を見ているうちに、頬をなでたくて、抱きしめたくてたまらなくなったが、必死に自分を抑えた。やがて、ティム・ストリーターがスツールを持ってきてくれた。ぴったりサイズ。ちょうどいい高さだ。

「書類」リノがつぶやいた。「隠してたの。倉庫。フリーポート。像、絵」

目を閉じたまま、リノは身を震わせた。「悪夢の美術館。現実？　夢？」

「現実よ」わたしは言った。「現実と悪夢。書類はそこで見つけたの？」

リノはわずかのあいだ目をあけた。「誰？」

わたしは自分の名前をくりかえした。トニーおじいちゃんの娘であることと、リノを森から助けだしたことも。

「トニーおじいちゃん。会いたい。ヘンリー、会いたい」リノは中国語で何か言い、目の縁に涙をにじませた。

「わたしも会いたいわ」わたしは言った。「わたしたち、二人から勇気をプレゼントされたのよ。せっかくのプレゼントだから、勇気を出さなきゃ」

リノはとろとろと眠りに落ちたようだが、わたしはそのますわっていた。二十分ほど過ぎたころ、リノがまぶたを震わせて目をあけた。

「ヴィクおばさん？　ヴィクおばさんなの？」

わたしはブリーフケースから財布をとりだし、私立探偵の許可証をリノに見せた。

「ディックおじさんがおばさんのこと怖がってる」

「すてき」わたしは言った。「うんと怖がればいいんだわ。書類のことを話してくれる？　サン・マチュー島から持って帰ってきたんでしょ？」

「サン・マチュー島」リノはつぶやいた。「男たちが市場で魚を見るみたいに、あたしたちのことを見てた。あたし、馬鹿だった。ママ・クラリスに――内緒にしといて。クラリスが――あたしとハーモニーを止めてくれた。あたしとハーモニーを救ってくれた。あたしがああいう男たちのとこに戻ったのを、クラリスが――クラリスが知ったら――」

「オークランド時代の男たちに会ったの？」わたしは思いきって尋ねた。

「ううん。知らない男たちだけど、見た感じが似てた。いくら〈レストEZ〉に言われたからって、どうしてあんなとこへ行ってしまったんだろ。ディックおじさんの話だと、大事なクライアントをちゃんと接待できる女が必要だったんだって。ああ、馬鹿だった、馬鹿だった、馬鹿だった」

リノは力なくシーツを叩いていた。わたしはここで彼女の手をとった。リノがすぐに手をひっこめられるよう、ごくゆるめに握った。

「ねえ、ベイビー。クラリスはあなたを愛してるのよ。あなたが何をしても許してくれるし、すべて理解してくれる。それから、わたしもあなたを愛してる。ヴィクおばさんがここにすわって、あなたを愛してるの。会社が贅沢な休暇を楽しむチャンスをくれた――わくわくする話だわ。誰だって行くわよ。シカゴが凍えそうに寒いときに白砂のビーチへ行けるとなれば、誰だって大喜びするに決まってる」

看護師と医師たちがやってきて、リノの容体をチェックし、わたしが居残っても差し支えないと判断したあとで、リノは少しずつではあったが、いろいろと打ち明けてくれた。話の断片の隙間をわたしのほうで埋めた結果、間違った部分はあるかもしれないが、おおよそ次のような状況が浮かびあがった――〈トレチェット〉がサン・マチュー島で大々的にカーニバルを祝う計画を立てた。世界じゅうの系列会社からエグゼクティブとクライアントを合わせて約三百人の男が参加。会社のほうでは、水着姿がセクシーな若い女を百人ほど用意した。

「ようやく事情がわかったのは、一日目のディナーのときだった。あたしは中国人のテーブルにすわらされた」

リノはパパ・ヘンリーと過ごした歳月のおかげで、広東語を理解できるようになっていた。「男たちの一人が——女のことを〝娼婦〟って呼んでたけど——こう言ったの。女たちを競売にかけるチャンスがあれば、あたしを落札するって。あたしは何もわからないふりをした。そいつにうなじをなでられたときには微笑してみせた。男は笑ってた」

リノのテーブルにいた別の男が、ロシア人にこれ以上金を払うつもりはないと言った。カーニバルに参加するために大金を払ったのだし、その金がすべてロシア人への負債の返済に使われることはわかっている、と。「女を無料で抱けないんだったら、興味はない。町へ行けば、こいつらに負けないような美人がわんさといるからな」

女たちはあらかじめいくつかのグループに分けられ、各グループにリーダーがついていた。要するに、男たちのいるパーティルームに女を閉じこめておくための番人だ。そこで、リノはトイレに行くふりをした。裏階段を見つけて自分の部屋に戻り、必要な品をかき集めた――パスポート、歯ブラシ、クレジットカード。ジーンズとスニーカーにはきかえ、ビーチにあった無人の小屋で夜を明かした。

翌朝の飛行機で島を出ようとしたが、航空会社のスタッフから、グループのリーダーが保管しているリノ名義のチケットがないと搭乗できないと言われた。スタッフがグループのリーダーに電話をかけているあいだに、リノは空港を抜けだしてホテルに戻った。

「仕方がないから、食事やパーティに顔を出して、リーダーにあたしの姿を見せることにしたわ。ハーモニーも、あたしも、こっそり出入りする方法を見つけるのは得意だった。安全な場所がほしいから。パーティ会場には――」リノは身を震わせた。「エクスタシーの錠剤でいっぱいのボウルがたくさん置いてあった。五百ドルぐらいしそうなお酒のボトルもあちこちにあった。カウチを置いたアルコーブがあって、誰もカーテンを閉めたりしない。あたしのお尻をなでる男たち。〝タレントショーが待ちきれんだろ？　ほら、おれのでかい……タレントを見せてやろう〟って」

リノは身震いして黙りこんだ。わたしは彼女の手を放したが、リノは発作的にすがりついてきた。「行かないで、行かないで」

「どこへも行かないわ。そばにいる。ここに、ベイビー。守ってあげる。誰にもあなたを傷つけさせはしない」

リノの話は最後の部分がいちばん悲惨だった。マルディグラ旅行の最終日の午後、ホテルの警備員たちがリノをつかまえて、海辺の巨大な複合施設へ連れていった。何十もの部屋があるビルに押しこめられたとき、入口の上にかかった表示板が見えた。〝サン・マチュー島フリーポート〟。警備員たちに廊下をひきずられていきながら気づいたのだが、ほとんどの部屋が美術品で埋まっていた。

リノが連れていかれたのは鏡張りの部屋で、真ん中に巨大な円形ベッドが置いてあった。リノを落札したいと言った中国人がそこにいた。

「悲鳴を上げて逃げだしたわ。廊下を走って、部屋を出たり入ったりするうちに、あるドアの上に〈レストEZ〉って字が見えた。棚の書類をつかんでさらに逃げた」

リノがどうにか非常口にたどり着き、ビーチを走ってワインショップに飛びこむと、カウンターの奥にいた女性が在庫品置場に匿ってくれた。ベッドがわりのマットレスを用意してくれた。朝になると息子を起こし、輪タクでリノを空港まで送るように言った。

「グループのリーダーがカンカンに怒ってた。〝せっかく連れてきてあげたのに、あなたにはがっかりだわ。あなたのキャリアはもうおしまいよ〟って」

リノは口答えを控えた。書類を無事に持ち帰りたかったので、この場の権力を握っている相手を敵にまわす危険は冒せなかった。書類をつかんだときは無我夢中だったが、株券に記された名前に見覚えがあった。〈レストEZ〉の〝本日の推奨株〟で紹介されていた会社だ。書類が何を意味するのか、リノにはよくわからなかったが、違法とまではいかなくとも何か胡散臭いところがあるのは確信できた――そうでなければ、いかなる国の政府も近づくことができないフリーポートのビルに書類を隠すはずがないではないか。融資契約書のほうはさっぱり理解できなかったので、ディックに相談することにした。

「おじさんなら力になってくれる、〈レストEZ〉のCEOの名前も教えてくれるって思ったの。あたしはCEOに会いたかった。〝本日の推奨株〟が選ばれる根拠を教えてほしかった。セックスゲームがどんなに非道なことかを訴えずにはいられなかった。ディックおじさんには、〈レストEZ〉の幹部連中に知りあいはいないって言われたわ。書類を見せるように言われたけど、あたしはおじさんを信用する気になれなかった」

最後の打ち明け話を終えると、リノはぐったりして眠りに落ちた。

わたしはリノの手を握ったまま、さらに三十分ほど枕元にいた。「あなたはシカゴでいちばん勇敢な少女よ」帰るためにようやく立ちあがって、わたしは言った。「いちばん勇敢で、いちばん頭のいい子。トニーおじいちゃんはきっと鼻高々だわ。わたしもそうよ」

52　うなずいても目配せしても同じこと

わたしが病室を出たときには、看護スタッフのシフトが変わり、ストリーター兄弟のシフトも変わって、ティムが見張りをしていた病室の外に今度はジムがすわっていた。太陽はすでに沈んでいた。

わたしはもっと大きな変化を予期していた——一世紀ほどたったような気分だった。髪が白くなり、顔に深いしわが刻まれているものと思っていた。トイレの鏡に顔を映してなんの変わりもないことを知り、妙な気がした。リノの話を聞いたあとで、わたしの全身が反乱を起こしていた。吐き気がこみあげるなどという生易しいものではなく、不快さのあまり痙攣に襲われて、骨や血液や神経など、体内のあらゆるものが外に飛びだしそうだった。

ディック——彼と寝たのは二十年以上も前のことだが、わたしの裸身に彼の肌が触れたことを思っただけで、この身を汚されたような気がした。病院に押しかけてきて実の姪から書類を奪おうとしたとき、ディック、あなたは何を考えてたの？　それから、ハーモニー——あなたがディックを訪ねたの？　それとも、ディックが訪ねてきたの？　アルカディア・ハウスに電話したが、ハーモニーはまだ帰っていなかった。夜間の責任者の話だと、誰にも行き先を告げずに出ていったそうだ。

ロティとマックスの二人もすでに勤務を終えて帰ってしまった。病院の管理棟全体が活動を停止し、残っているのはERの夜間の事務担当者だけだった。どこか休める場所がほしかった。苦悩に苛《さいな》まれた脳が少しでもバランスをとりもどせるように。

カフェテリアはほぼ無人だった。壁ぎわの椅子にぐったりもたれた。いまのわたしは、重病人の容体が知らされるのを待ちつづける、感覚が麻痺した無力な人々の一人になっていた。全身に痛みが広がっていた。まるでロシアの悪党どもに巨大なこぶしでガンガン殴られたかのように。

〝#MeToo〟運動の時代にあっても、女性たちの訴えを真剣にとりあげてもらうのはむずかしい。〈レストEZ〉で何が起きているかは知らないが、あの会社はカリブ海の乱痴気《ディボ》騒《ーチ》ぎが表沙汰になることより、リノが持ち去った書類のほうが気になるようだ。リノがエクスタシーの錠剤や高価な酒が用意された乱交パーティの話をしても止めようとはしなかったのに、ディックを病院に送りこんでリノから書類を奪わせようとした。その書類の隠し場所を白状しなかったために、リノは危うく命を落としかけた。

大金持ちというのは、あなたやわたしとは住む世界が違う。ヘミングウェイがフィッツジェラルドに言ったとされているように、お金をたくさん持っているからではなく、お金があるばかりに、自分たちの欲求がいかに下劣であろうとすぐさま叶えられるのが当然だと思うようになるからだ。億万長者がカリブ海で開く乱痴気パーティは下劣だ。主催者がパーティの余興として、客のために美しい女たちを連れてくるからだ。億万長者たちが女を競りにかけて楽しむのは、下《げ》の下《げ》だ。

わたしの語彙《ごい》が貧弱すぎるため、胸に湧きあがった嫌悪と憤りを示す言葉がどうしても見つからなかった。

リノの話からわかったのは、乱痴気パーティの件を表沙汰にすると言って〈レストEZ〉と〈トレチェット〉を脅したところで、なんの役にも立たないということだった。サン・マチュー島へ出かけた人間の屑どもが重視するのは金だけだ。盗んだ絵画や彫像のほかに、金もためこんでいるのだ。

激怒するあまり、わたしの脳がいきなり正解を導きだした。リノが持ち帰った融資契約書と〝本日の推奨株〟とのつながりが不意にわかったのだ。

〈トレチェット〉の子会社〈レイコー〉が親会社である〈トレチェット・ホールディング

ス〉に資金を貸していた。ということは、〈トレチェット〉は巨額の債務を負ったわけで、それを使ってキャピタルゲインなどの収入と相殺することができる。超低位のボロ株に金を入れて人為的に吊り上げた市場のトップで売却すれば、利益を生みだすことができる――それを他の子会社の債務と相殺するというわけだ。

贅沢好きな連中がカリブ海へ行くために金を払った。いくら払ったのか？　支払い方法は？　〈トレチェット〉の銀行口座にじかに入金した？　違う。ロシアのオフショア口座だ。リノのテーブルにいた中国人の男たちが、払った金はロシア人のふところに入ったと言っていた。饗宴《きょうえん》を主催した人物がロシア人に借金をしていたからだ。

わたしは銃撃され、嚙みつかれ、殴られ、蹴飛ばされた――極悪人どものサンドバッグにされるのはもうたくさん。リノのために四倍にして返してやる。そろそろ懲らしめてやらなくては。わがパソコンの天才、ニコ・クルックシャンクに電話をした。

「ヴィク！　報告できることはもうないよ、悪いけど」

わたしは彼に、とりあえずいまのところ、フォーサンのパソコンの中身をこれ以上復元してもらう必要はないと言った。「新しい頼みがあるの。ただ、危険を伴うけど」

「ぼくの趣味がスカイダイビングってこと、知ってるよね？」

「冗談？」わたしは訊いた。

「ぼくは毎日、パソコンのはらわたをえぐりだして暮らしてる。戸外で何かせずにはいられなくなる。だから、冬はストレスがたまりがちだ――アリゾナやメキシコへ逃げるとしても、中西部が暖かくなるまでにせいぜい二回ぐらいしか出かけられない。危険度の高いことをすれば、ストレスが発散できる」

電話で相談するのは気が進まなかった。少なくとも、わたしの電話では無理だと思ったが、ニコが彼の電話には暗号化と盗聴防止機能がついていると保証してくれた。「もちろん、限界はあるけどさ」

カフェテリアを見渡した。声の届く範囲には誰もいなかったが、それでもわたしは声を潜めた。「侵入したいコンピュータ・システムがあるの。郡全域のシステム。いえ、もしかしたら全国的かも。コードを挿入するにはIT部門のマシンに入りこまなきゃいけないの？」

「IT部門とつながったマシンにアクセスする必要があるけど、ぼくがその場にいる必要はない。きみって時代遅れだね、V・I。コミュニティ・カレッジに入って、コンピュータ・セキュリティの入門コースをとったほうがいいよ」

わたしは謙虚に同意した。一年ごとに最新テクノロジーの理解から遠ざかっている。わたしの最盛期は、トラッキングがじっさいの尾行を意味していたころだった。電話を盗聴しようと思ったら、受話器に盗聴器を仕掛けるために大汗をかいたり、電柱をよじのぼって接続箱まで行かなくてはならない時代だった。現代の電子工学は探偵たちを怠惰《たいだ》にする。

とはいえ、今夜のニコは予定がなかった。わたしが中止すると言わないかぎり、一時間後に事務所まで来てくれることになった。

ポケットに手を突っこみ、アンディ・グリーンの電話番号が書いてある紙片をとりだした。ブラッドハウンドのような頬をした例の男性で、〈レストEZ〉の〝本日の推奨株〟プログラムが顧客の借金を膨らませると言って怒っていた。

車のトランクから使い捨て携帯を一台とりだそうと思って、外に止めた車のところへ行った。わたしはたぶん、最新テクノロジーから部分的に遊離しているに過ぎないのだろう。

「おや、探偵さん。また連絡もらえるなんて思ってなかったぜ」電話をかけると、グリーンは言った。

わたしは彼に〈レストEZ〉に勤めているのかと尋ねた。

「違う。あそこで働くギャルたちに頼まれて、たまに使い走りをする程度さ。あんた、ローンが必要なわけじゃないよな？」

わたしは未払金リストを思い浮かべた。遺産でも入ったら払おう。「必要かもしれない。でも、〈レストEZ〉で借りるつもりはないわ。じつはね、閉店後に忍びこんで、コンピユータ・システムを点検したいの」

「盗みを働く気かい？」

「株の売買を中止に追いこみたいの。できるかどうかわからないけど、
グリーンは一瞬無言になった。わたしがどこまで信用できるかを推し量ろうとするかのように」「十時から十一時まで清掃クルーが入って、ゴミを捨てたり、汚れのひどいところにモップをかけたりする。人手が足りんときは、おれが手伝うこともある。十一時十五分ぐらいに裏路地のほうに来るといい。裏口のドアがきちんと閉まってないかもしれんからな」

予定どおり決行することをメールでニコに伝えた。一時間ほど余裕があるから家に帰れる。ついでに、ディックに連絡できる。病院の駐車場から彼に電話をした。

「ディック！」わたしは心をこめて叫んだ。もっとも、電話口の彼は噛みつきそうな口調だった。

「今度はなんだ？」

「ベッキーの娘たちにあなたが手を差し伸べてくれたのがすごくうれしかったから、それを伝えたくて電話したのよ。病院の人から聞いたけど、ハーモニーと一緒にリノのお見舞いに行ってくれたそうね」

「きみに褒めてほしくて行ったんじゃない、ヴィク」

「だったら、なおさら偉いわ」わたしは熱っぽく言った。「純粋に善行を積んだわけだもの。ハーモニーは目下、あなたとテリーの家に泊まってるの？　リノの容体が峠を越すまで、ポートランドには帰らないでしょうね」

「ハーモニーの予定など知らん。うちには泊まっていない。車もなしにシカゴから遠く離れるのを、あの子がいやがったからな」

「じゃ、どこでハーモニーを降ろしたの？」

「この二週間、きみがあの子たちの面倒をみてきたのはわかっている、ヴィク。だが、ハーモニーはきみに監視されるのが迷惑みたいだぞ」

わたしの唇が苦々しさにゆがんだ。ディックが嘘をついているのかどうか、わたしにはわからない——考えてみれば、ハーモニーとの最後の会話もひどくとげとげしかった。

「ディック、あなたにはすごく困難なことだと思うけど、二人のことを〝あの子たち〟じゃなくて、〝一人前の女性〟として考えてちょうだい。どこでハーモニーと別れたの？」

「証言を拒否する、ウォーショースキー。黙っててほしいとハーモニーに頼まれたんだ。その願いを尊重したい」

彼の声に含まれた偉そうな嘲笑の響きは、わたしには耐えがたいものだった。「あなた、リノがサン・マチュー島から持ち帰った書類のことを尋ねて、彼女の健康を大きな危険にさらしたそうね。病院はあなたを二度とリノに近づけないって言ってるわ」

一秒早く、彼に電話を切られてしまった。どれだけ満足できた？　ぜんぜんだめ。

アパートメントに戻ると、ミスタ・コントレーラスがわたしの報告におろおろしたが、ハーモニーを捜してシカゴ市内を駆けまわる時間はとれないというわたしの言葉には仕方なく同意した。「その悪だくみを阻止する計画を立てたんなら、最後までやってくれ、嬢ちゃん。わしゃ、明かりをつけたまま、起きて待っとるぞ。わしらのギャルがここでベッドを必要としたときのために」

53　給料日

〈レストEZ〉はペイデイローン会社で、シカゴのウェスト・ループに本社がある。

わたしはミスタ・コントレーラスのところのカウチに腰かけて、チャンネル13でベス・ブラックシンが真夜中のニュースを伝えるのを見ていた。テレビ画面に映ったブラックシンはアダムズ・アヴェニューにあるうらぶれたビルの前に立っていた。この貸しビルが〈レストEZ〉の本社だ。ブラックシンはウールのスカーフを首に巻いている。四月の第一週に入ったが、湖と川から吹いてくる風はあいかわらず身を切るように冷たい。

ブラックシンは〈レストEZ〉のビジネス・モデルを三十秒に要約した。〝本日の推奨株〟のことと、客を甘い言葉で誘って株を購入させ、取引のたびに株価を吊りあげていることを視聴者に伝えた。

「〈レストEZ〉が強く推奨している最近の一部の銘柄について、大至急調査をおこないました。〈レストEZ〉が顧客に株の購入を勧めると、その週のあいだに株価が急騰します。例えば〈グリーン・グロウ〉の場合は、ひと株数セントだったのが五ドルに上がりました。〈クライメート・リペア〉になるとさらに派手で、九ドルまで上がっています。週の終わりに謎の株主が両社合わせて五十万株を投げ売りしたため、〈レストEZ〉から融資を受けてこれら二社の株を買った顧客は、株が紙屑となり、自分の借金が増えるのを見る結果となってしまいました」

ニュース原稿を用意するまでのわずかな時間のあいだに、ブラックシンは〈レストEZ〉のローンのせいで自宅を失ったという初老の白人女性を見つけだしていた。株で儲けてローンを返済するよう〈レストEZ〉に強く勧められたという。「でね、気がついたときには、借金がいっきに五万ドルに増えてたの。〈レストEZ〉に家をとられてしまったのよ」女性は震え、泣いていた。

わたしの横で、ミスタ・コントレーラスが悲嘆と憤怒《ふんぬ》の叫びを上げた。「この会社の連中が、あんたの姪が関わりあったという相手かね? ふむ、クッキーちゃん、あんたがあの子らを守ってやらんといかん」

ミスタ・コントレーラスはハーモニーが戻ってくることを期待して、午前一時まで起きていた。老人を元気づけたくても、わたしにできることはほとんどなく、精一杯努力すると約束するしかなかった。

わたし自身はニコと一緒に午前四時まで起きていた。最初の二時間は、〈レストEZ〉の支店に忍びこみ、社のコンピュータ・システムに侵入する方法をニコが探りだすための時間だった。

ニコはパソコンのキーを何分か叩いてから、非難するように舌打ちをした。「ハッキングされて当然だな。セキュリティがお粗末すぎるから、きみでも侵入できそうだ。挑戦に値するとは言いがたい、V・I」

そのあと、ニコは防犯カメラに何やら細工をしてエンドレスの録画に切り替え、無人のオフィスだけが映しだされるようにした。最後に、株の宣伝に使われているプログラムを見つけだした。

北米にある〈レストEZ〉の三千の支社をつなぐTVネットワークに株情報を流すのに必要なコードが入手できたので、二人で退散することにした。よけいな危険を冒す必要はない。

わたしの事務所に戻った――ニコが何かミスをしてハッキングが露見した場合には、わたしが責任をとる。ニコに罪はない。ニコはわたしのファイルがすべて8テラバイトのディスクふたつにバックアップされたことを確認すると、わたしのMacProからディスクをとりはずした。そして、MacProをクラウドから切り離し、作業にとりかかった。作業を終えると、MacProのディスクの初期化に移った。それに要した時間は一時間。最後に、装置に私のファイルを再インストールし、今夜わたしたちが事務所に着いたときと同じ状態にした。

「倫理に大きく反することでなければ、市場が開く前に、ぼく自身が〈グリーン・グロウ〉の株を空売りしたいぐらいだ」ようやく一段落したところで、ニコは言った。「じつに悪辣《あくらつ》な企みで、長いあいだ露見せずに続いてたっていうのが怖いよね。ついでに、みんなの借金を帳消しにしたくなってきた。何か方法がないか考えてみるよ。レヴンワースの刑務所で会おう、V・I」

わたしは事務所のソファベッドで五時間眠った。アパートメントに帰って犬に吠えられるのを避けたかったのだ。ケティか、トレチェットか、さらにはディックあたりが、わたしが〈レストEZ〉のコンピュータ・システムに侵入したのではないかと疑って、FBIを差し向けてきたら、1Bの女性がうれしそうに言うに決まっている。「ええ、そうよ。あの人、午前四時に帰ってきたわ。〈レストEZ〉に忍びこんだのでなかったら、夜通し何をしてたのか、尋ねてみるといいわよ」と。

ニコとわたしにはもちろん、本物の俳優を雇うことなどできなかったので、ニコは〈レストEZ〉の株の宣伝に登場していた貫禄ある男性を使うことにして、セリフだけを新しくした。それに合わせて男性の顎の動きを調整する時間がないのが残念そうだったが、アルトの声を説得力あるバリトンに変えるプログラムをニコが実行するあいだに、わたしが原稿を読みあげた。

「〈グリーン・グロウ〉か〈クライメート・リペア〉の株を買いましたか？　無一文になってしまいましたか？　それはあなた一人ではありません。こうした株のおかげで〈レストEZ〉のリッチなオーナーたちはさらにリッチになりましたが、じつは、彼らがあなたを無一文にするシステムを作ったのです。その詐欺の手法を知りたくないですか？　詳しいことを知りたければ、ShortStock.comで」

ShortStock.comはニコが作った初歩的なウェブサイトで、詐欺の詳しい手口を人々に解説するためのものだった――例えば、〈トレチェット・ホールディングス〉を通じて借金と利益が無限のループを描くといったような。

「簡単に説明すると――あなたが〈レストEZ〉を通じて株を買うたびに、いいカモにされたあなたを見て、オーナーたちは高笑いするのです。

オーナーたちとは誰でしょう？　クルミの殻のどれに豆が隠れているかを当てるインチキ賭博のようなもので、正解にたどり着くのはまず無理です。フランス領西インド諸島に〈トレチェット〉という会社がありますが、そこには話を聞ける相手は一人もいません。

ついでに言っておきますが、〈レイコー〉という会社の保険にはぜったい入らないでください。〈レイコー〉が保険請求に応じたことは一度もありません。手持ち資金がないと言っています。そのような会社を、イリノイ州や、ミネソタ州や、その他さまざまな州の保険監督官がなぜ野放しにしているのか、理解に苦しみます」

〈レストEZ〉が営業を開始してから二十分もしないうちに社内のTVネットワークをシャットダウンしたことを、ベス・ブラックシンが視聴者に伝えた。ニコとわたしのプログラムを無効にしようとするたびに、コンピュータ・ネットワーク全体がクラッシュしてしまう。すばらしい――そんなおまけまで挿入していたなんて、ニコは教えてくれなかった。

「〈レストEZ〉のシカゴ統括担当チームに説明を求めましたが、これまでのところ、回答は来ておりません。ベス・ブラックシンが〈レストEZ〉のシカゴ本社前から中継でお伝えしました」

「ハーモニーの姉さんが働いとった会社だろ?」ミスタ・コントレーラスが言った。「しかも、金を借りにきた客をそんな目にあわせておったのか? わしなんか、競馬ですっからかんになったと思っとったが、このあこぎな株に比べたら、競馬で金をするぐらいどうってことないな。あんたの姪みたいに可愛いギャルがこんなことに関係するとは、どうにも信じられん」

もちろん、ミスタ・コントレーラスはリノに会ったことがないが、ハーモニーとリノのことは〝可愛いギャル〟としか思っていない。

「関係なんかしてないわ」わたしは冷静に言った。何があったかについて、わたしなりの推測を話すと、老人はひどい衝撃を受けた。

ミスタ・コントレーラスがじっと考えこんでいるあいだに、マリから電話があった。

「ウォーショースキー、テレビ局が〈レストEZ〉の誰かからコメントをとるためにブラックシンを派遣したが、おれは〈トレチェット〉の線を追っている。きみ、〈トレチェット〉に関して何か知ってることはないのか？」

「わたしが知ってるのは、たったいまチャンネル13で見たことだけよ――〈トレチェット〉は〈レストEZ〉の名目上のオーナーだって噂でしょ？　あなたもその方面の取材を進めてるわけ？」

「しらばっくれるんじゃない」マリはぴしっと言った。「おれはいまでも、手の指を使わずに十まで数えられるんだぜ。三日前にきみが〝トレチェット〟の名前を出した。あのときはおたがいに承知のとおり、きみはおれを愚弄《ぐろう》していた。先週キャップ・サウアーズ・ホールディングで姪を見つけたかどうかについても、きみはごまかそうとした。ヤーボロー家のことを調べてみたら、やつの妹が結婚によって〝シール〟という名字になってた。

その娘のリノが〈レストEZ〉に一年ほど勤めていた。さあ、〈トレチェット〉のことと、〈レストEZ〉の社内TVネットワークが奇怪なハッキングをされた件について、説明してもらおうか」

「わたしが知ってることは、あなたがいますべて要約してくれたわ。これ以上お話しできることはありません」

「なあ、ハッキングしたのはきみの姪だったのかい？」

「やっぱり、指がないと数えられない人のようね。そうでなければ、わたしの姪が意識不明で病院のベッドに横たわってることぐらい、ご存じのはずよ」

「きみか？　きみがハッキングしたのか？」

「わたしにそんなスキルがあったら、いまごろビットコインでひと財産築いてるわよ。物騒なロシアの連中につかまるまいとして、街じゅう逃げまわったりするかわりに。連中の一人に噛まれたってこと、あなたに話したっけ？」

「話をそらすんじゃない」マリがどなった。「ここ二十四時間以内に起きたことでないかぎり、ニュースとは言えん」

「その定義を大統領とシェアなさい」わたしはそう提案して電話を切った。

不安になった。マリは事件の断片を猛スピードでつなぎあわせている。〈レストEZ〉

には彼ほど勘の鋭い調査員はいないだろうが、ディックやグリニスならすぐさまわたしの名前を思い浮かべるはずだ。ニコもわたしもFBIの疑惑を招きそうな痕跡は残していないが、ロシアの悪党どもを陰で操っている人物なら証拠など重視するわけがない。そいつが重視するのは、無理やり情報をひきだすために相手の指の爪をはがすとか、そういったことだ。

「この二、三週間で、事態はさらに悪化してるわ」わたしはミスタ・コントレーラスに言った。「できれば、あなたと犬たちを車に乗せて娘さんの家に送り届けたいぐらいよ」

「その一、わしは行かん。その二、ルーシーは大事な自宅に犬を入れるのを嫌がる。その三、わしが外国の馬鹿どもにベッドからひきずりだされるようなことはない」

「でも――」

「あんた、今夜はどこに泊まる気だ？　こないだの晩ここに来とった、あのハゲ男のところかね？」

わたしは思わず赤くなった。ゆうべ、ニコと一緒にいたあいだに、電話でピーターと少しだけ話をした。寄付をしてくれそうな人々との土曜日のミーティングはうまくいったそうだ。彼がヨルダンに発つのは木曜だが、それまでにディナーの約束を入れるのはおたがいに無理だとわかった。でも、彼が帰国した週にデートすることにした。

「まわりの人を危険にさらしたくないの」わたしはミスタ・コントレーラスに言った。「あなたも、犬も、ピーター・サンセンも――向かいに住むあの意地悪女だって。あなたがここを出てくれたら、わたしは事務所で寝ることにする。あの倉庫は耐火建築だから」

耐火建築になっている理由はわたしの仕事ではない。倉庫を共同で借りている友人の彫刻制作に高性能のブローランプが必要だからだ。

「ふん、お断わりだ。ハーモニーが帰ってきて、ここが空っぽだと知ったらどうする？」

54 四番打者

犬の世話を終えてから事務所へ行ったが、収入源となる依頼人たちの仕事にはどうしても集中できなかった。二人のロシア人がいまもシカゴにいるのかどうかを突き止める方法があればいいのだが。あるいは、誰が二人を雇ったのか、二人を雇った男もしくは女が次に何をさせようと企んでいるのかを。

マーサ・シモーンの進捗状況が知りたくて、彼女に電話してみた。シモーンは上機嫌だった。ラーシマ・カタバの釈放をこころよく認めてくれる移民問題担当の裁判官が見つかったという。

「明日には出られるわ。運がよければ、たぶん今夜のうちに。そのあとは、ドクター・ハーシェルにフェリックスを説得してもらい、あなたが州検事を動かしてフォーサン殺しの真犯人の逮捕にこぎつけるまで、モントリオールに帰らせておくのがいちばんいいと思う」シモーンは言った。

「そうね」わたしは明るく言った。「二人ともわたしの意見を熱心に待ってるし」ついでにオリエント研究所のメアリ＝キャロル・クーイにも電話をして、ダゴンの不可思議な出現と消失について彼女が何を知っているかを確認するつもりだったのを思いだした。電話をかけたが、留守電に切り替わった。

デスクの上でコインをまわした。シカゴ大学があるハイドパークまで車を走らせ、クーイが見つかるかどうかやってみる？　それとも、〈フォース5〉の清掃クルーにもう一度加わったほうがいい？〈レストEZ〉の社内TVネットワークが乗っとられてケティがあわてふためいたとすれば、顧問弁護士と電話で協議したことは間違いない。ディックのオフィスにメモが散乱しているかもしれない。

できることなら、サンセンに声をかけるチャンスのあるオリエント研究所へ行きたかったが、一年生のころに〝義務はなんとかかんとかのきびしい娘〟という詩を教わった。いまは〈クローフォード・ミード〉を優先すべきだ。ピーター・サンセンに携帯メールを送って、メアリ＝キャロル・クーイに連絡をとろうとしたがだめだったことを報告した。返事が来た――〝わたしも連絡してみて、きみに結果を知らせる〟。この短いやりとりで満足するしかなかった。

車で帰宅する途中、最新のニュースを聴いた。ローカルニュースも、全国ニュースも

〈レストEZ〉の事件を大きく扱っていた。

〝ペイデイローンやキャッシング・サービス分野における国内第二の大手〈レストEZ〉では、株売買の手法が信用失墜を招き、そのため全国の支店に動揺が広がっています。何者かが社内TVネットワークに侵入して、〈レストEZ〉の株売買プログラムは善意に解釈しても〝インチキ〟であり、きびしい目で見れば、顧客に対する詐欺行為の成功例であると主張したのです。

本日、シカゴ本社のイライザ・トロッセさんが次のような声明を出しました。「大量の株式を購入する余裕のない一般の方々にもアメリカのサクセス・ストーリーに参加していただけるよう、当社が力をお貸ししているのです。当社の金融アドバイスにお客さまが疑問を持つよう仕向けた人物がいるとすれば、許しがたいことです。当社は現在、FBIの捜査に協力中で、犯人に対して法的に可能なかぎりの重い量刑を望む所存です」

ネットワーク侵入騒ぎの影響により、一部の支店では売り上げが五十パーセント落ちこんだということです〟

法的に可能なかぎりの重い量刑。こんな脅し文句を聞かされたら、ランニングシューズをはいた犯人の足が震えだすことだろう。ところが、犯人は愛犬ペピーを連れて湖まで走り、戻ってきた。それからホワイトカラーの装いに着替えた。テーラードスーツ、シルクのシャツ、控えめなメーク。無断借用した〈フォース5〉のスモックをブリーフケースに入れ、ついでに、ランニングシューズ、ジーンズ、Tシャツも押しこんだ。

シェフィールド・アヴェニューにある高架鉄道の駅まで歩き、ダウンタウン行きの電車に乗った。グロメット・ビルへ急いで、〈フォース5〉のバンが止まったちょうどそのときに到着した。メラニー・ドゥアルテ——わたしが先週やりあったチーフ——が点呼をおこなっているあいだに、彼女の横を大股で通りすぎてロビーに入った。わたしは管理職。清掃クルーなんてわたしの世界には存在しない。

窓ぎわのベンチに腰かけて、むずかしい顔で書類を見たり、携帯メールを送信したりした。〈フォース5〉のクルーが入ってくると、警備員がわたしにちらっと視線をよこしたが、このビルに勤務する者だと判断したらしく、クルーをなかに通すついでにメラニーと雑談しようとしてそちらへ行った。

そのまますわっていると、やがて、残業をする二人組の女性が入ってきた。顔を寄せあい、何かを話題にして笑っている。わたしは電話を身分証のようにかざし、二人に続いてセキュリティ・ゲートを通り抜けた。

エレベーターで三十八階まで行った。〈フォース5〉の女性清掃員にあてがわれた更衣室がこの階にあり、廊下を歩いていくと、警備員がちょうどドアのロックをはずしたところだった。わたしは警備員にうなずいてみせたが——あいかわらず偉そうな態度で、あいかわらず管理職っぽい雰囲気で——そこで足を止め、さらにいくつかメールを送信しながら、警備員が立ち去るのを待った。待つあいだに、ほかの清掃員が何人かやってきた。わたしが更衣室に入ると、みんなにじろじろ見られたが、気づかないふりをして、空いているロッカーのハンガーにジャケットと上等のブラウスをかけ、Tシャツとジーンズに着替えてスモックをはおり、それから、ペーズリー模様のバンダナを頭に巻いた。

ついに、女性の一人から、〈フォース5〉に新しく入ったのか、とたどたどしい英語で訊かれた。

「臨時雇いよ」わたしは英語で答えた。「ふだんはエッジウォーターの病院で働いてるの」

理解できないらしく、みんなが首を横にふったが、そこへさらに二人の女性がやってきた。その一人がわたしの返事を通訳してくれた。「わたし、五十階へ行くことになってるんだけど」わたしは言った。「五十階のチームリーダーが誰なのか、メラニーからまだ聞いてないのよ」

そのとき、わたしが初めてここに来たときに助けてくれた女性が到着した。わたしに気づくと、こちらのお粗末なスペイン語の力でもついていけるぐらい厳しい質問をよこした。

「あなた、誰なの？　ほんとはなんの用なの？」

さっき通訳してくれた女性が説明を始めたが、わが以前の救い主はそっけなくさえぎった。どうやら、わたしが先週彼女に語った甥云々《うんぬん》の話をくりかえしているようだ。八人か九人の女性がわたしのまわりに集まってきた。

通訳してくれた女性が言った。「あんたが先週ここに来て、身を隠し、リディアに甥の話をしたことはわかってる。今週もあんたはここに来て、臨時に雇われたなんて言ってる。あと八分で仕事が始まるから、七分以内にほんとのことを話してほしい。でないと、警備員を呼ぶよ」

わたしはうなずいた。ごもっとも。「話したいことがふたつあるの。ひとつは甥に関する話。もうひとつは姪に関する話。甥に関する話には、ロレンス・フォーサンが関係している。二週間前に殺されるまで、〈フォース５〉で働いてた男性よ」

いまの女性がこれをスペイン語に通訳するあいだ、わたしは黙って待った。さらに多くの女性がやってきたが、彼女たちが興奮気味に質問を始めると、最初のグループの一人が、時間がないと言って黙らせた。ヒジャブ姿の女性二人がうしろのほうに立ち、何が起きているのかと戸惑いつつも、わたしたちの話についていこうとしていた。

わたしはロティとの関係を示す言葉を見つけようとした。「わたしのゴッドマザーにフェリックスという甥がいて、大学で勉強するためシカゴに来たの。警察はフェリックスがフォーサンを殺したと思っている。わたしが先週ここに来たのは、フォーサンと一緒に働いてた男性たちに話を聞きたかったからなの。フォーサンはアラビア語をしゃべることができた」

動詞の時制を単純にし、文章を短くしようとして、わたしは必死だった。

「ああ！ エロレンゼ・フォッサーンね！」ヒジャブ姿の女性の一人が叫んだ。「エロレンゼ、アラビア語とても上手」

わたしは女性に笑顔を向けたが、そのまま話を続けた。「フォーサンがどうやってフェリックスと知りあったかを、わたしは突き止めようとしていた。成果はあまりなかった。今日もまたここに来たのは、二番目の話について調べるためよ。わたし自身の姪に関係したことで、姪はリノという若い女性なの。拉致されて危うく殺されそうになり、いまも危篤状態が続いているの」

通訳してくれる女性のために、わたしはふたたび言葉を切った。何人もの女性が鋭い声で意見を言った。通訳の女性が言った。「みんなこう言ってる——あんたはどんな話でも勝手にでっちあげられる。あんたの話をわたしたちはどうやって信じればいいんだ、と」

「二日前、わたしは街の西にある森林保護区で姪を見つけた。姪を拉致した男たちがわたしに襲いかかってきた」わたしはスモックの後身頃をひっぱりおろして、みんなに背中の傷を見せ、次に手を見せた。嚙まれた傷跡が目立たなくなり、黄色がかった緑色に変わっていた。

女性たちのあいだに衝撃と同情の低いつぶやきが広がった。わたしは電話をとりだして、森の小屋で撮ったリノの写真を見せた。つぶやきが恐怖のあえぎに変わった。

「大きな権力を持つ多くの人間がこのビルにオフィスを構えている。そうした男の一人がジャーヴェス・ケティよ。わたしの姪を拉致したのは、たぶん、ケティに雇われた犯罪者たちで――報酬も彼のふところから出ていると思う。五十階にある法律事務所の弁護士たちがケティに協力して――」

「ケティ！」ケティならやりかねないという叫びが上がった。

「わたし、時間がないの」通訳してくれる女性に、わたしは言った。

女性は手を打ちあわせ、きびしい口調のスペイン語でみんなに語りかけた。

「わたしは弁護士事務所に入りこみたい。拉致の証拠や、犯罪者たちへの支払いを示す証拠がないかを調べるために」

ピンク株の説明までしている暇はなかった。一分や二分ではとうてい無理だ。傷つけられた姪の身体を目にした衝撃が女性たちの心を動かしてくれるよう願った。

「警察？移民局？」みんなに訊かれた。

わたしは「違う」と答えたが、通訳の女性が言った。「それじゃ納得できない。誰の許可を得てここに入ったの？」

「許可は得てないわ」わたしは言った。「わたし、この種の調査にかけては経験豊富だから、わたしのゴッドマザーに頼まれたの。彼女の甥の——正確に言うと、彼女の弟の孫息子なんだけど——力になってほしいって。わたしが自分の姪を助けようとしてる理由もそこにあるのよ」みんなに私立探偵の許可証を見せた。

これであたりが騒然となったが、全員の電話からベルが響いたとたん、騒ぎは静まった。女性たちは備品カートを押して廊下へ出ていった。通訳の女性が、一緒に来るようわたしに合図をよこした。

「カリスタが五十階のチームリーダーだから、あんたをそこまで連れてってくれるそうよ。あんたが何か盗んだら、カリスタから会社に報告が行くけど、とにかく彼女についてって」

肌の浅黒い不機嫌な顔をした女性のほうを彼女が指さすと、向こうは看守のようにきびしい表情でわたしにうなずきをよこした。ネッカチーフからのぞく針金のような髪はほぼ白くなり、備品カートにかけた指は関節炎でねじれ、膨らみはじめている。もはや若くない者にとっては苛酷《かこく》な仕事だ。あと二人の女性がスペイン語でひそひそしゃべりながら彼女のあとを追った。

五十階に着くと、ロックされたドアをカリスタが特別なカードキーであけた。彼女は受付エリアにとどまって、背の高いカウンターの埃《ほこり》を払ったり、ガラスと金属の表面に洗剤をかけたりしはじめたが、あとの二人は受付エリアの西側に並ぶオフィスのほうへ向かった。カリスタは足をひきずっていた――手だけでなく、膝も炎症を起こしているのだろう――しかし、手伝おうとするわたしを払いのけて廊下のほうを指さした。わたしはカートからゴミ袋とポリ手袋をとった――オフィスを嗅ぎまわるついでに、少しは役に立つことをしよう。

グリニスが残業しているといけないのでうつむいて、慎重な足どりでディックのオフィスに入ったが、彼が使っているふたつの部屋はどちらも無人だった。デスクのスタンドをつけて、まずくずかごを調べた。前回はここで掘出し物が見つかったのだが、わたしに嘲笑されてディックが用心深くなったのかもしれないし、本日の微妙な打ち合わせは電話かメールでおこなったのかもしれない。今日もディックがスニッカーズを食べていたが、ミーティングのメモはなく、〝〈レストEZ〉のTVネットワークに侵入した不届き者を相手どって訴訟を起こせ〟というジャーヴェス・ケティからのメールを印刷したものもなかった。わずかに興味を惹かれたのは〝今夜の展示はキャンセル〟というグリニスの手書きメモだったが、何が展示されるのかも、場所がどこなのかも書かれていないので、役に立ちそうもなかった。

廊下側のオフィスに入り、グリニスのワークエリアを見渡した。グリニスは通りの向かいの店でサラダをテイクアウトしていて、食べ残しが意外とだらしなく捨ててあった。わたしはその食べ残しをディックのスニッカーズの包み紙と一緒にゴミ袋に放りこんだ。

グリニスのデスクはオーク材の高級品で、浅い引出しがふたつついていた。デスクの上は几帳面に片づいている。固定電話、パソコンのモニター、デスクよりわずかに濃い色をした空っぽの未決・既決書類入れ。平凡な緑の鉢植えが一個と家族写真。

パソコンのキーボードはデスクの下のスライド式トレイに収納してあったが、前回来たときにわかったように、彼女のパソコンはパスワードで保護されていた。彼女の――もしくは、わたしの――視界に入る場所にパスワードをメモした紙が都合よく入っていないかと思い、引出しをあけようとしたが、ロックされていた。こじあけるのは賢明ではなさそうだ。

グリニスのデスクに比べると、ディックのデスクはあまり片付いていなかった。準備書面が置きっぱなしで、黄色いマーカーで印をつけたページが開いてあった。書面の内容は、排泄物タンクの密封に不備があったとして訴えられた農業関係のコングロマリットからの回答に関するものだった。昔、養豚場をめぐる事件をわたしと二人で担当した夏以降、ディックはアグリビジネス関連の訴訟事件を専門に扱うようになったが、ケティが〈シー・2・シー〉の動物&動物副産物の部門に出資していないかぎり、この訴訟は〈レストEZ〉とは無関係だろう。

椅子にすわってディックのパソコンを調べてみた。グリニスのパソコンと同じく電源が落とされ、同じくパスワードで保護されていた。しかし、デスクの引出しはロックされていなかった。パスワードを求めて引出しを探ろうとしたが、右上の引出しをあけたとたん目に飛びこんできたのは女性の裸身像だった。

全長四インチほどだが、細部まで精緻な作りになっている。短い髪を金色の環で押さえ、目はつぶらで白く縁どられ、すべてを見通しているかに見える。頭から短く太い角が二本生えている。素材は銅で、光沢を失ったヒップと顔のあたりに緑青《ろくしょう》が吹いている。モダンアートのような雰囲気だ。サラキブ博物館の宝物展のパンフレットでこの彫像の写真を見ていなかったら、現代のアフリカから来たものだと思ったかもしれない。

ただ、パンフレットの女性は伸ばした両手に蛇を何匹か持っていた。ここにある像は両腕とも折れている。腕以外は瓜ふたつの女神像が二体あるということ？　一体はサラキブに、もう一体はディックのデスクの引出しに？

スモックの裾を使って女神像をつまみあげ、しげしげと眺めた。左腕が肘の上で折れたか、もしくは切断されたか。右腕は付け根からなくなっている。被害にあったのは最近のようだ。そこだけ銅色に輝いていて、残りの部分に見られる茶色がかった緑青は吹いていない。

「誰がこんなことをしたの、女神さま。ジャーヴェス・ケティ？　ケティが蛇をすごくほしがって――」

わたしは途中で黙りこんだ。九日前にエレベーターの前でジャーヴェス・ケティにへつらうふりをしていたとき、彼の指輪にわたしの髪がからまり、ラピスラズリに蛇を象嵌《ぞうがん》した細工がはずれてしまった。

「くすねる気？」

探偵落第。カリスタがオフィスに入ってきたことに気づかなかった。これがディックかグリニスだったら、わたしはとんでもない窮地に陥っていただろう。

「いいえ。調べてるの」女神像を引出しに戻したとき、下にカードがあったことに気づいた。分厚いクリーム色の紙で、ラピスラズリ色の華麗な模様に囲まれてKという金色の装飾文字があった。〝ありがとう、ヤーボロー〟

ありがとうって——何が？　カードにそこまでは書いてないが、わたしのほうで、かなり正確な最終候補リストを作れそうだ。

唇をきつく結んだカリスタが見守る前で、わたしはカードを写真に撮り、女神像のスナップも十枚以上撮った。ケティがディックに女神像を贈った。像はサラキブにあったものだ。サラキブのダゴンもオリエント研究所に届けられたあとですぐに消えてしまった。きっと、ケティが一枚嚙んでいるのだ。

「やめなさい！」カリスタが命じた。

「彼はふたつのことをしている」わたしは言った。「右手で準備書面を作り、左手で古代の遺物を盗んでいる。もしくは、ほかの人間が盗んだ遺物を手に入れている」

「やめなさいってば！」頼みではなく命令だった。「メラニーが——」カリスタは英語の単語を捜したが、焦るあまり、あとはスペイン語になってしまった。「メラニー・ベンドラ・ア・インスペシオナール・エル・トラバホ」

〝メラニーが作業を点検しにやってくる〟。わたしはカリスタに礼を言い、女神像を急いで引出しに戻した。家に持ち帰って、腕のない哀れな女神を大切にするか、もしくはせめてピーター・サンセンに渡したいと思ったが、やめたほうがよさそうだ。

廊下を走って受付エリアへ向かったが、メラニーがエレベーターから出てくるのが見えた。向きを変えて廊下を駆け戻ると、〈クロフォード・ミード〉が使っている六つの階を結ぶ専用階段まで行き、四十九階で〈クロフォード・ミード〉のオフィスを離れた。

55

〈トランスグレションズ〉

企業の幹部ふうの服装に戻ったあとで、わたしは三十八階の端の窓辺に立ち、眼下の市街地を眺めた。東にはインクのように黒い湖面が広がっているが、正面から西のほうにかけてはナトリウム灯の格子模様が何マイルも続いている。

電話がピッと鳴った。メールの着信だ。サンセンからだった。

〝ローガン・スクエアの〈トランスグレションズ〉にいる。メアリ＝キャロル・クーイも一緒だ。いまから来られる？　重大な用件〟

エレベーター・ホールへ行き、一階に下りるあいだに〈トランスグレションズ〉の住所を調べた。通りでタクシーをつかまえた。ローガン・スクエアはシカゴの人気スポットのひとつになりつつある。タクシーの運転手も〈トランスグレションズ〉を知っていて、住所を言う必要はなかった。

そこは路面店を改装したバーで、ドアの外に古めかしい街灯が立っていた。店内はたいそう暗く、接客スタッフがトレイにLEDライトをのせているほどだった。本物の照明はバーカウンターの端にあるだけで、そこにライブ演奏用の小さなステージがあった——幸い、今夜はライブがないようだ。とはいえ、録音された音楽が大音量で響いているので、会話をするには苛酷な状況だった。

サンセンはどこにいるのかと目を凝らすと、ようやく、iPhoneのライトをふっている彼の姿が見えた。接客スタッフを避けながら、サンセンのほうへよたよた進んだが、楽しそうに飲んでいる人々の群れに何度もぶつかってしまった。通りに面したガラス壁に沿って華奢《きゃしゃ》な錬鉄製のテーブルと椅子が並び、そのひとつにサンセンとメアリ＝キャロル・クーイの姿があった。

サンセンが立ちあがり、わたしの頬にキスしながら耳元でささやいた。「メアリ＝キャロルの住まいがこの近くなんだ。〈トランスグレションズ〉は彼女のお気に入りのバーでね、ここなら彼女もリラックスできると思う」サンセンはほんの一瞬、わたしの手を握りしめた。

メアリ＝キャロルはすわったままだったが、不安そうにわたしを見上げた。そこは一段高いスペースになっているが、テーブルと椅子二脚分の幅しかない。

「わたしが立とう」サンセンが言った。「すでにメアリ＝キャロルの話を聞いたから」

わたしは用心深く椅子にすわった。背中の傷跡に錬鉄が食いこんだ。二週間近く前にパソコンが身代わりとなって弾丸を受けてくれたのだ。傷はほぼ癒えたが、錬鉄の感触からあのときの記憶がよみがえった。「何があったの？」

メアリ＝キャロルが今度はサンセンに不安そうな目を向けると、サンセンは励ますように微笑した。彼女が話を始めたが、声が低すぎて、店内の喧騒《けんそう》のなかでは聞きとれなかった。わたしは頭がくっつくぐらいに、華奢なテーブルに身を乗りだした。

「ダゴンなの」メアリ＝キャロルは話をくりかえした。「あれが届いたとき、びっくりしたわ。そんなものが届くなんて知らなかったから。でも――盗まれたときのことなら……。オリエント研究所からって意味よ。だから――そのことを――ピーターに話さずにいられなかった。そしたら、あなたにも話すべきだってピーターに言われて……」

わたしはうなずいた――〝そこまではわかったわ〟というしぐさ。

「ラーシマ・カタバを知ってるでしょ。タリク・カタバの娘さん」

テーブルに身を乗りだしているせいで、首が痛くなってきたが、我慢することにした。

「ええ」

「わたし、シリア＝レバノン・センターで二、三回会ったことがあるの。彼女は現在ＩＣＥに拘束されてる」

　ふたたび沈黙。やがて、ついに一部始終が語られることになった。「彼女はフェリックスって男とつきあってて、二人とも工学部の学生なの。でね、月曜日の午後にフェリックスからわたしに電話があって、ダゴンをどこで保管してるか知らないかって訊かれたの」

　接客スタッフがわたしの鼻先にメニューを突きつけていた。おしゃれな名前がついたカクテルが何種類かと、小規模ブリュワリーで製造している地ビールが何十種類も。ジョニー・ウォーカーの黒などという凡庸なものはなかった。自家製トニック・ウォーターにライムツイストを添えたものを頼んだ。わたしがいつものバーで飲むウィスキーに負けないぐらいの値段だった。

「電話してきたのは間違いなくフェリックスだった？」わたしは訊いた。

「ラーシマが生まれたとき、お父さんが詩を書いてくれたんだって。英語にするとこんな感じ。〝計画されたものなど人生には何もない。わが運命も、赤子に恋をすることも／生真面目な黒い瞳をした赤子／さあ、この赤子をラーシマと名づけよう。ラーシマは計画、ラーシマは設計〟。フェリックスはアラビア語がうまくしゃべれないけど、この詩をたどたどしいアラビア語で暗誦したから、間違いなく彼だと思ったわ。ラーシマの詩のことを知ってる人がほかにいる？」

　身元を示す証拠としては、風変わりではあるが、信頼できると思われた。「ダゴンがどこにあるかを彼に話したの？」

メアリ＝キャロルはうなずいた。視線をはずしたままだった。

「だから、ダゴンが消えたとき、あなたはフェリックスが盗んだと思ったわけね？」

「どう思えばいいのかわからなかった」メアリ＝キャロルは言った。「電話のとき、彼に訊かれたの――オリエント研究所に忍びこむのはどれぐらいむずかしいかって。そのときは、ダゴンが安全に保管されてるのを確認したいんだろうと思っただけだった。でも、何者かが忍びこんだことを知って――とりあえず彼に電話して、ダゴンを持ち去ったのかと訊いてみたの。彼は〝まさか。そんなことするわけないだろ〟って言ったけど、彼を信じていいのかどうか、わたしにはわからなかった」

「電話のことを、あなたからファン・フリート教授かピーターに報告しなかったの？」

メアリ＝キャロルは首を横にふった。サンセンにもわたしにも目を向けようとしない。

「フェリックスをトラブルに巻きこみたくなかったから。だって、ラーシマと父親がＩＣＥにつかまってて、フェリックスが二人と関わってたとすると、わたしが告げ口なんかしたら、彼、刑務所行きになりかねないでしょ」

わたしは床にすわりこんで泣きわめきたくなった。メアリ＝キャロルの動機は崇高《すうこう》だが、おかげで窃盗事件の調査がにっちもさっちもいかなくなったのだ。

「なぜいまになってこんな話を？　しかも、大音量の音楽のせいで頭がくらくらしそうな店で話をするって、どういうこと？」

「そのあとで起きたことがメアリ＝キャロルを怯えさせたからだ」サンセンが言った。

「今夜、何者かが彼女に電話してきて、ダゴンはどこだと尋ねたそうだ」

「わたしは知らないって答えた。ダゴンは盗まれたって。すると男は〝盗まれたことぐらい知ってるさ、クソ女〟って言ったの。怖かった。チャンドラのオフィスにあったのは偽物で、自分たちは本物がほしいんだって言うのよ」メアリ＝キャロルは震えはじめ、自分の身体に両腕をまわした。

「向こうはなぜあなたに電話を？」わたしは尋ねた。

「わたし宛のメモを手に入れたからよ。像をどうするかを指示するメモ」

サンセンは暗い表情でうなずいた。「チャンドラはフィラデルフィアへ出発する前に、メアリ＝キャロルへの指示をメモしていったんだ。どんな方法で鑑定するか、どの権威に問い合わせるか、といったことが書かれていた」

「だったら、その男、メアリ＝キャロルじゃなくて、チャンドラを追いかければよかったのに」

「チャンドラはこの街にいなかったから」メアリ＝キャロルは言った。「でも、とにかく、男はわたしが本物と偽物をすり替えたに違いないって言いだした。わたしがダゴンのことなんて何も知らないって何度も言うと、やがて、男はこう言った。〝ふざけんじゃない、クソ女。顔に硫酸をかけられたあとのパキスタンの少女たちの写真、見たことあるか？本物の像がどこにあるか教えろ〟って。

男はわたしのアパートメントまでダゴン像をとりに来るって言いだした。わたし、フェリックスに連絡しようとしたけど、電話しても応答がなかった。ラーシマはあの不法入国者の拘置所に放りこまれてるから、電話できないし、だからピーターに電話したの。彼がアパートメントまで来てくれることになったけど、うちの玄関ドアの外に誰かの気配がしたから、わたしは思いっきり悲鳴を上げて、キッチンを通り抜け、裏階段を駆けおりてこの店に来たの。家の近くだし、ほかにどこへ行けばいいのかわからなかったから」

わたしは目をぎゅっとつぶって、いまの状況が消えてなくなることを願った。大音量の音楽と金切り声を上げる客と遅い時間が作りだした幻覚であってほしいと願った。目を閉じると、騒音がさらにひどくなった気がした。

「あのダゴンを見たときに、あなたとファン・フリート教授は偽物だと気づいたの？　それとも、疑いを持っただけ？」わたしはサンセンに尋ねた。

「点検する時間がなかった。いかにも本物らしく見えた。アッカド朝初期のメソポタミア美術に見られる特徴を備えていたからね。しかも、美しい品だった」

わたしはメアリ＝キャロルに視線を戻した。「オリエント研究所にダゴンがあることを、フェリックスはどうやって知ったの？」

「ニュースに出たじゃないか」サンセンがわたしに指摘した。「この街全体が知っていた――それどころか、考古学の世界全体が知っていた。うちにはすでに、ヨーロッパや北米の研究所はもちろんのこと、ヨルダンやイスラエルなどの研究所からも電話が入りはじめていた――研究者が切望するたぐいの品だ。たとえ来歴が不明であっても」

近くのテーブルに飲みものを運ぼうとしていた接客スタッフの一人が、わたしにぶつかった。わたしが道をふさいでいたのだ。どかなくては。喧騒に満ちたバーから逃れたいと思ったが、ケティに雇われたロシア人どもがメアリ＝キャロルを監視しているのなら、彼女の身が危ない。メアリ=キャロルを脅していたのがその連中だとすると。

この件でフェリックスがなんらかの役割を果たしたのだ。やはり彼と話をしなくては。いますぐ。フェリックスがファン・フリート教授のオフィスで盗みを働く理由など、何ひとつ思いつけないが、なんらかの形で関係しているのは間違いない。

「空気が少し必要だわ」わたしは言った。「この音楽をあと何分か聞かされたら、思考力がゼロになってしまう」

「わたし、家には帰れない」メアリ＝キャロルが言った。

彼女をベス・イスラエルのＩＣＵへ連れていって、リノのとなりに寝かせ、ストリーター兄弟に警備してもらってはどうだろう、という思いがちらっと頭をよぎった。ミスタ・コントレーラスと二匹の犬とわたしもＩＣＵで丸くなり、一週間ほど眠るといいかもしれない。メアリ＝キャロルを今夜どこに泊めればいいかと頭を悩ませてはいたものの、そんな光景を想像して、わたしは思わず口元をほころばせた。余分に使えるお金が十万ドルほどあれば、怯えた依頼人たちと探偵たちが逃げこめる隠れ家を作りたいところだ。

「メアリ＝キャロルがわたしのところに泊まり、わたしがきみのところに泊まってはどうだろう？　きみさえ迷惑でなければ」サンセンが提案した。

わたしは彼の手を握りしめたが、こう言った。「うれしいけど、わたし、フェリックスを見つけだして、どういうつもりでミズ・クーイを窮地に追いこんだのかをたしかめなきゃいけないの。彼が電話に出なかったら、ＩＩＴのキャンパスまで捜しに出かけるつもりよ。でも、あなたが一人でわたしのアパートメントに泊まるのは、ぜんぜん迷惑なんかじゃないわ――」

「そして、階下に住むきみの隣人に一人で立ち向かえと言うのかい？　わたしは以前、タリバンを相手にしたことがあるが、あの隣人に比べればそう怖くもなかった。わたしもきみと一緒に行くよ」

わたしは止めようとしたが、サンセンに言われた。「シリアの古代遺物を鑑定するとなったら、わたしが必要だぞ、ミズ・ウォーショースキー。きみがいかに多くのピンク株を売買しているとしても」

56 失踪者

サンセンはメアリ＝キャロルを連れて厨房《ちゅうぼう》のドアから路地に出た。彼の車は表の通りの向かいに止めてある。わたしは大きな一枚ガラスの窓から外を見守り、二人が角を曲がって姿を現わすのを待った。サンセンが車を出すと同時に、バーの正面入口まで行って通りを見渡したが、尾行はついていなかった。

サンセンが住んでいるのはバックタウン。バーから一、二マイルほどの距離だ。サンセンがメアリ＝キャロルを彼の住まいに送り届けて戻ってくるには三十分ほどかかる。彼の帰りを待つあいだに、わたしはサウンドシステムがオフになっているユニセックス・トイレのひとつに入り、フェリックスに連絡をとってみた。電話をしても、メールを送っても、返事はなかった。

サンセンが戻ってくると、彼の車で出かけようということで二人の意見が一致した。車はバーの裏の路地に置いてあった。尾行されていないことをたしかめるために、あたりを

二、三周して、それから高速道路へ向かった。

二人ともずっと無言だったが、やがて、尾行なしと確信できたところでサンセンが言った。

かなりまずいな。よくもまあ、オリエント研究所をそんな危険にさらしてくれたものだ。彼女はうちでもっとも期待される若手研究者の一人だが、今回の件が片づいたら、研究所を去ってもらうしかないだろう」

「わたしが理解できないのはフェリックスのことなの。ダゴンが置いてある場所を窃盗犯に教えたのは、ぜったいフェリックスだわ。わたしが彼を問い詰めるまで、メアリ＝キャロルのことをとやかく言うのは控えたほうがいいと思う」

フェリックスがオリエント研究所の人間を傷つけようと思うわけがない――そんなことができる子ではない。彼がダゴンを気にかけていたのは、ラーシマの故郷からやってきた品だったからだ。でも、フェリックスはなぜ、ダゴンがオリエント研究所から盗まれるように仕向けたのか？　しかも、偽物だったという事実がある――わたしは不意に、フェリックスの研究のことを思い、かすかな考えが頭の奥でうごめくのを感じた。

工学部長のポーズデュアが前に言っていた――金属をどういう形にすればいいかをフェリックスは彫刻家のように理解している、というような意味のことを。IITの金属加工室でラーシマと作業をする彼の姿が浮かんできた――作っているのは蒸留水製造装置の模型ではない。もちろん、武器でもない。偽のダゴンを作っていたとしたら？　ディックのデスクの引出しに入っていた腕のない女神像が心に浮かんだ――あれもレプリカだったの？

メアリ＝キャロルの告白に注意を奪われて、ディックのデスクに入っていた女神像のことをサンセンに話すつもりだったのに、すっかり忘れていた。ところが、話を始める暇もないうちにわたしの電話が鳴りだした。なんと、ディックからだった。

「ディック！」わたしは心にもない陽気な声を出した。「あなたから電話だなんてすてきだわ。わたしの声が聞きたくて真夜中に電話をくれたのは、ずいぶん昔のことだったわね」

サンセンがいぶかしげにわたしを見た。

「これはロマンティックな電話ではない、ヴィク。よくわかってるくせに。リノが持っている書類のせいで、彼女もハーモニーもひどい目にあわされた。きみがコピーを見せてくれたとハーモニーが言っていたが、オリジナルはリノが持っているそうだな。ぜひそれを見せてもらいたい」

「どうして？」わたしは尋ねた。

「リノが厄介なことになっているのは明らかだ。〈レストＥＺ〉にさんざんヒステリックな非難をぶつけておいて、姿を消してしまった。その書類を見せてくれれば、わたしがトラブルの原因を突き止めて、リノが復職できるよう会社に掛けあえるかもしれない」

「お口が達者ね」賞賛の口調でわたしは言った。「あなたという人間と数々の事実を知らなかったら、わたしもうっかり信じてしまうところだわ。でも、〈レストEZ〉の経営陣の誰かから話を聞かないかぎり、いわゆる〝ヒステリックな非難〟のことをあなたが知るはずはないわよね」

「わたしは姪を守りたいだけだ」

「だから、病院まで押しかけてリノを脅したの？　そのあいだ、ハーモニーはどこにいたの？　オーク・ブルックの家に泊めてもらって、三つもあるスペアの寝室のひとつでぬくぬくしてたのかしら」

「きみに教える必要はない。あの書類を渡してくれればそれでいい」

「いやだと言ったら、プーッと息を吐きかけてわたしのおうちを吹き飛ばすつもり？　ジャーヴェス・ケティにあのキュートな女神像をもらったから、お礼にそうしなきゃいけないの？」

「どうしてそれを――」ディックは途中で黙りこんだ。「わたしのオフィスに入りこんだのなら、無断侵入で警察に逮捕させてやる」

「無意味な脅しはやめなさい」

「わたしに向かって無意味な脅しなどという説教はやめろ。そっちの脅しこそ無意味だ。ケティにはなんの非もない。資本主義社会で成功する者が、きみには我慢がならないだけなんだ」

わたしは笑った。「かもね。でも、この次ケティと話をするときは、〈レイコー〉のことを訊いてみて」

ディックの返事がなかったので、参考までにとつけくわえた。「〈レイコー〉は保険会社で、〈トレチェット〉に対して起こされた訴訟に関係してるのよ。それから、〈トレチェット〉というのは、〈レストEZ〉のオーナーリストに出ている名前。〈レイコー〉には資本準備金がほとんどないみたいだから、〈ティ＝バルト〉とのあいだでどうやって履行保証保険の契約を結んだのか不思議だったけど、調べてみたら、ケティが〈ティ＝バルト〉の取締役会に名を連ねてることがわかったの。そこで、さらに探ってみたところ、ケティは〈レイコー〉と保険契約を結んだ多数の会社の取締役をやっていて、契約条件の履行を拒否する〈レイコー〉をそれらの会社が訴えていることが判明したわ」

「きみは昔から、法律については自分のほうがわたしより詳しいと思いこんでいた」ディックが言った。試験の点数はわたしのほうがいつも上だったという事実を忘れているらしい。「だが、法廷や法律書にはもう何年もご無沙汰じゃないか。ジャーヴェス・ケティの話をするときは、くれぐれも気をつけたまえ——きみの大嫌いな形で法廷にひきもどされることになりかねないぞ」

「名誉毀損が成立するのは、事実でないことを述べた場合だけよ。でも、ケティに関しては、状況が好転するどころか、どんどん悪化するでしょうね。もしあなたが彼とベッドに入ってるのなら、誰かがマットレスに火をつける前に逃げなさい」

電話を切ったわたしにサンセンが言った。「なんの話だか、わたしにはさっぱりわからないが、〈レイコー〉の発音を少し変えると、〝簡単〟という意味のロシア語になる」サンセンはその言葉を口にした。レフコー。〝フ〟の音が軽く入る。

わたしはうめいた。「もしそうなら、そういう持株会社の社名はすべて、ひねくれたユーモア感覚の持ち主が考えたと言ってもよさそうね。ジャーヴェス・ケティに、もしくはリチャード・ヤーボローにだって、そんな言葉遊びができたとは思えない。ケティは黄金の蛇を手に入れるために女神像の腕をもぎとるような男だもの」

「えっ？」サンセンが叫んだ。「頼むから冗談だと言ってくれ」

「悪いけど、言えないわ。サラキブ博物館の宝物展のパンフレットに出てたあの女神像を覚えてる？　二匹の蛇を手にしてたでしょ」

「ケティがそれを？」サンセンは叫んだ。「なぜまた——おっと、まずい、出口を過ぎてしまった」

ここはライアン高速で、わたしたちの車はチャイナタウン、ブロンズヴィル、レイク・ショア・ドライブに通じる交錯したルートを走っているところだった。次の出口で高速をおりてひきかえした。

三十一丁目を東へ向かっていたときに、わたしは言った。「今夜、それがディック・ヤーボローのデスクの引出しに入ってるのを見たの」

「どうしてそんなことができたんだ？　きみとヤーボローのやりとりを聞いたかぎりでは、彼のオフィスから一マイル以内の場所にきみが近づけるとは思えないが」

「デスクを調べてほしいって招かれたわけじゃないわ」わたしはつんとして言った。「引出しをあけたら、女神像が入ってたの。でも、両腕が消えていた。ぎざぎざの面が露出していて、へし折ったか、金鋏《かなばさみ》で乱暴に切断したような感じだった。引出しに入ってた像の下に、お礼の言葉が書かれたケティの個人的なメッセージカードがあったわ」

「サラキブのその女神像だが、ディックが両腕をもぎとったというのか？」サンセンは激怒していた。

「腕をもぎとったのはケティで、女神像の値打ちはもうなくなったから、ディックに渡したんでしょうね——不用品を処分するようなものだわ。わたしが初めてケティに会ったとき、彼は派手な黄金の指輪をしていた。四角いラピスラズリに黄金の蛇が象嵌されてるの」

「地獄へ行くがいい。そいつも、きみの別れた夫も、金さえ出せば人類の歴史を台無しにする権利を手にできると思っているその他の馬鹿どもも。あのたぐいの像は——かけがえのないものだ」サンセンがハンドルに思いきり手を叩きつけたので、警笛が響いた。

わたしは彼の怒りに反応するのを控えた。「像が引出しに入ってる写真を撮っておいたけど、写真からどれだけのことが読みとれるのか、わたしにはわからない。サラキブのパンフレットに出ている像と同一かどうか、あなたなら鑑定できる？」

「とりあえず写真を見せてもらえば……」サンセンの声が途中で消えた。フェリックスのアパートメントがあるインディアナ・アヴェニューまで来たのだが、ブルーと白のパトカー二台が道路をふさぎ、ストロボライトが夜の街を染めていた。その向こうに車が何台か止まっている。シカゴ市警の車、郡の保安官事務所の車。

サンセンはハンドルを切ってそのまま西へ走った。インディアナ・アヴェニューの角を曲がり、次の通りに出て、道路脇に車を寄せた。危険回避のための修羅場を何度もくぐり抜けてきた人だ。

わたしは腕からも脚からもすべての筋肉が消えてしまったような感覚に襲われた。フェリックス。逮捕されたの？　撃たれたの？

「戻らなきゃ」喉のこわばりがひどくて、ほとんど声にならなかった。

「一緒に行こう」サンセンが言った。

「まずいわ」わたしは声をひそめた。

「それぐらいわかるとも、ヴィク。あ、そうか。わたしの立場がまずくなるというんだね。心配しなくていい」

わたしは咳払いをして、首をすっと伸ばした。「フェリックスが逮捕されたか、もしくは――怪我をしたのなら、警察が事情聴取のためにわたしを連行するかもしれない。あなたには自由に動ける立場にいて、彼の弁護士と連絡をとってもらいたいの。そして、ロティとも」わたしは二人の電話番号をメールで彼に送った。

サンセンは彼の電話の画面を見た。「了解。わたしの番号を短縮ダイヤルに入れておいてくれ――助けが必要なときは電話してほしい。だが、何も言わなくていい。わたしが海兵隊を呼んでくる」

サンセンはわたしと一緒に車を降り、その場に立ってわたしを見守ってくれた。わたしはプレイリー・アヴェニューをふさいでいるパトカーの横を通り抜けるのをやめて、インディアナ・アヴェニューを走り、空き地を横切り、フェリックスが住む建物に南側から近づいた。

通りに人が集まっていた。あたりに緊張がみなぎっていた。真夜中の強制送還が始まったのだと思いこんだ学生たちが、反ICEのスローガンを叫んでいた。アフリカ系アメリカ人たちは警察が誰かを追い詰めて射殺する気だと思いこみ、「息ができないぞ」と叫んでいた。

バンの一台に記された鑑識チームという名称を目にして、わたしは吐きそうになったが、偉そうな歩調で建物のドアまで行った。

「居住者ですか？」入口を警備している警官が言った。

「シェイクスピア署のフィンチレー警部補かエイブリュー部長刑事を捜してるの。なかにいる？」

警備の警官がどうすべきか決めようとしているあいだに、鑑識チームのバンから技師が二人降りてきて、わたしの横を通りすぎた。わたしは二人にくっついて建物に入った。二人はエレベーターのほうへ向かったが、わたしは階段を使い、廊下を走ってフェリックスの部屋まで行った。

フラッドライト、人々、作業テーブルと床に散らばった金属片という混沌たる要素がひとつの風景としてまとまるまでに、一分ほどかかった。人々はみな、立って動いていた——法執行機関の連中だ。床を見ても、隅のベッドを見ても、死んでいる者はいなかった。作業テーブルに目をやった。フェリックスが作った機械の縮尺模型が叩きこわされていた。誰かが怒りにまかせて、模型をひとつ残らず床に払いおとしていた。いまも作業テーブルにのっているのは、蒸留水製造装置の銅の覆いだけだった。

部屋は法執行機関の男女でぎっしりのように見えたが、じっさいには七人だけで、鑑識の技師がわたしのあとから部屋に入ってくると九人になった。わたしが顔を知っているのはマッギヴニー警部補だけだった。向こうも同時にわたしに気づいた。

「ウォーショースキー」これほどとげとげしい声で名前を呼ばれたのは初めてだった。

「おれも予想しておくべきだった」

「警部補さん」わたしはごく軽く会釈をした。「この作業テーブルにのってた縮尺模型を破壊したのが警部補さんでないよう願いたいわ。値打ちのある品ばかりだったのよ」

「逃亡犯を捜すときは、アート作品より証拠品に重きを置くものだ」マッギヴニーは言ったが、声がうわずった——当惑のせいか、怒りのせいか、わたしには判断がつかなかった。

「逃亡犯？　正義の裁きを逃れた誰かをつかまえようとして作業テーブルの上を捜し、頭に来たから証拠品を破壊せずにいられなくなったの？」

部屋が静まりかえった。高架鉄道の轟音が背後に聞こえた。キッチンの流し台の蛇口から水が滴っていた。

「白状しろ、ウォーショースキー」マッギヴニーが言った。「フェリックス・ハーシェルとラーシマ・カタバはどこに消えた？」

57　国家安全保障vs殺人

安堵のあまり、頭がくらっとした。フェリックスは死んでいない。逮捕されてもいない。息を吸って十まで数えた。落ち着け、落ち着け。感情に流されてはだめ。心のバランスが失われてしまう。

「二人が消えたなんて知らなかったわ」落ち着いた声でわたしは言った。「あなたが最後に二人を見たのはいつ？」

「こっちが訊きたいわよ」フェリックスのベッドの近くに群がった人々のあいだから、濃紺のパンツスーツの女性が出てきた。「あなたがV・I・ウォーショースキー？　あなたに関してブリーフィングがあったわ。逃亡犯の代理人を務めているそうね」

「ひどく杜撰なブリーフィングねえ。少なくとも詳細が省略されてる」

女性の唇がゆがんだ。「詳細はあなたから述べたらどう？」

「あなたの身分証を見せたらどう？」

女性はわたしに向かってさっと身分証をかざした。警察ドラマでよくやるしぐさ。

「ちゃんと見せて」わたしは対決姿勢を抑えて、落ち着いた声で言った。ここでこの女性を怒らせてはならない。室内にわたしの味方がいるとしても、声を上げた者はまだ誰もいない。

女性は唇をすぼめたが、もう一度身分証をかざした。ディーナ・モンテフィオーレ、国土安全保障省、移民・関税執行局。

「あなたの噂はずいぶん耳にしてるわ。自分はクック郡の法執行機関の質問にすべて答えられる、と思っているそうね」モンテフィオーレは言った。

「わたしは証拠を捜す主義なの。捏造《ねつぞう》はしない。これで郡の法執行機関の関心事に対する答えになったかしら」

ベッドの近くの片隅にいた誰かが失笑を咳の発作に変えてごまかした。モンテフィオーレは身をこわばらせた。「ハーシェルとカタバから最後に連絡があったのは、もしくは二人と最後に会ったのはいつだったか、教えてちょうだい」

「ミズ・カタバとは一度も会ってないわ」わたしは言った。「声をかけたことも、メッセージを送ったことも、スカイプで話をしたことも、メールをしたこともない。そのいずれかの方法で彼女から連絡を受けたこともありません」

「でも、カタバはフェリックス・ハーシェルとつながりがあるのよ」

「かもしれない。でも、わたしの辞書によると、それは伝聞証拠ってものだわ」

「あなたはハーシェルを知っている。それは事実ね？」

「会ったことはあるわ、ええ」

「ハーシェルはカタバのことをどう言ってた？」

「わたしがイリノイ州弁護士会のメンバーであることはご存じ？ ミスタ・ハーシェルに会ったときはつねに、彼の弁護士という立場だった。彼から聞いたすべての話について、わたしには守秘義務があるのよ」

　室内はひどく乱雑だった。わたしは部屋の端を歩きはじめ、床に投げ捨てられた本と書類を見ていった。タリク・カタバの空色の詩集はどこにも見当たらなかった。安堵した――アラビア語で書かれたものがひとつでも見つかったら、モンテフィオーレが〝フェリックスを見つけしだい射殺せよ〟という命令を出していただろう。

　わたしはフェリックスに奪い返された本も捜していた。彼が本をつかんだ瞬間の光景を思いかえした。『銅の美術・技法の歴史』。それも見当たらなかった。

　モンテフィオーレが言った。「ハーシェルの弁護士はマーサ・シモーンだと聞いてるけど。彼とガールフレンドの申立書や何かはすべてシモーンが作成しているわ」

「複数の弁護士を雇ってる人はたくさんいるわよ。合衆国大統領を見てみなさい——弁護士が何十人もいるじゃない。ミスタ・ハーシェルに弁護士が二人いて何が悪いの？」

マッギヴニーが咳払いをした。「よく聞け、ウォーショースキー。けさ早く、マーサ・シモーンがカタバって女の子の——いや、女性の——釈放をかちとったことは、あんたも知ってるはずだ」

「いいえ」わたしは言った。「聞いてないわ。でも、よかった」

「そう言っていいのかどうか……」モンテフィオーレが文句を言った。「ICEも、国土安全保障省のほかの部署も、アメリカの安全を守ろうとしてるのに、あなたとお仲間はテロリストを庇うのが気高いことだと思っている。とんでもない話だわ。この国を危険にさらすだけなのに」

「ミズ・モンテフィオーレ、もう真夜中過ぎよ。わたしは疲れてくたくただから、あなたの論理の欠陥をすべてあげつらおうとは思わない。例えば、工学部の学生とテロリストを同一視してることとか。何があったのか教えてちょうだい。悪いけど、これ以上のプロパガンダは抜きにして」

モンテフィオーレがわたしの逮捕か射殺を命じる前に、ジーンズとスポーツコート姿の男性が大声で言った。「おれはブレイドン・レヴァイン。シカゴ市警第一管区所属の警部補だ。おれもさっき知ったんだが、聞いた話によると、長い三つ編みにブルーのヘッドスカーフの女たちが十五人ばかり、収容所の外でカタバを待っていたらしい。ICEが彼女を尾行しようとしたが、女たちが複数のグループに分かれて電車の乗り降りをくりかえすものだから、間違いなくカタバを尾行できたのかどうか、ICEにもわからなかったらしい」

「そうなのよ」モンテフィオーレが横から腹立たしげに言った。「二人か三人が電車を降りても、路線の先にある駅でさらに多くの女が乗りこんでくる。そのうち三人がオヘア空港まで行ったわ。調べたら、なかの一人が空港で働いてるって判明したの。あとの者はブルーラインからレッドラインに、レッドからグリーンに乗り換えて市内に戻ってきた」

「よく練られた作戦だ。いかにもあんたのような人間が立てそうなやつだ」マッギヴニーがわたしに向かってつけくわえた。

「すてきな褒め言葉ね。ありがとう」

床にころがった蒸留水製造装置の模型から小さな広口瓶がのぞいているのが見えた。拾いあげて、テーブルにのっている銅の覆いの横に置いたが、ふたつをつなぐための管が見当たらなかった。

「カタバの逃亡にあなたも手を貸したの？」モンテフィオーレが言った。

「話を聞いたかぎりでは、逃亡したとは思えないけど」わたしは反論した。「移民問題担当の裁判官が彼女の釈放を命じたわけだし」

「国土安全保障省の監視から逃れた者を現場で幇助した罪により、あなたを連行するようなことを、わたしたちにさせないでもらいたいわ」モンテフィオーレがぴしっと言った。

「あなたに何かさせたくても、わたしには無理だわ、ミズ・モンテフィオーレ。でも、ミズ・カタバが国土安全保障省の監視から逃れただけじゃ、逃亡者とは呼べないでしょ。それはともかくとして、なぜまた、多くの管区から多くの警官がミスタ・ハーシェルのアパートメントに集まってきたわけ？」わたしは尋ねた。

「ややこしい事情があるんだ」レヴァインが言った。「シカゴ市警のパトロール・チームが――」制服姿の二人組に向かってうなずいた。二人とも狭いバスルームに倒れこまずにすむ範囲で、できるだけ奥にひっこんでいる。「銃声を聞いてこの建物に急行した。この部屋まで来てみると、ドアの錠が吹き飛ばされ、こういう小さな模型があたりに散乱していた。誰が侵入したにしろ、そいつは値打ち物を探してあちこちひっかきまわしたらしい。何が盗《と》られたかははっきりしない」

「銃声？」わたしは叫んだ。「誰かが――何かが見つかったの――？」

レヴァインは首を横にふった。「死体なし。血痕もなし。ザウアーの九ミリの薬莢《やっきょう》が二個見つかった。廊下と階段の踊り場を調べたが、格闘や負傷の跡はどこにもなかった。発射された弾丸は、住まいに侵入するために錠を吹き飛ばしたものだけと見て、ほぼ間違いないだろう」

「何があったと思います？」わたしはレヴァインに直接話しかけた。捜査員にふさわしい行動をとっているのは、この部屋で彼一人だけのようなので。「ミスタ・ハーシェルが連れ去られたように見えます？」

「なんとも言えない。パトロール警官から報告が入り、そのあと修羅場になった。国土安全保障省と保安官事務所の連中が現われ、うちの警官を無理やり追いだそうとした。殺人事件の可能性と国家の安全保障の対決だな。うちの警官が署に連絡してきて指示を仰いだもんだから、おれが貧乏くじをひくことになった。鑑識チームを呼ぶことなど誰も考えてなかったんで、おれたちが呼んだ」

「国家と郡の代理人たちが、目についたものに片っ端から手を触れてなきゃいいけど」わたしは言った。「だって、シェイクスピア署の管区でアパートメントが外国人の悪党どもに荒らされたんだけど、手口がよく似てるから。ロレンス・フォーサンを殺したのもその連中だとわたしはにらんでる。でも、保安官事務所ではそちらを調べる気なんかないみたい」

マッギヴニーとモンテフィオーレがわたしに向かって異口同音に叫びはじめたが、レヴァインはリノのアパートメントの侵入事件についてさらに詳しく知りたがった。フィンチレーとは知りあいだという。遅い時刻にもかかわらずフィンチレーに電話をかけ、リノのアパートメントの件についてフィンチレーの口から説明を聞こうとし、犯人がサウス・サイドでふたたび悪事を働いている可能性があることを警告した。

レヴァインがフィンチに電話をしているあいだに、わたしは室内に視線を走らせ、賊の侵入中にフェリックスがここにいたことを示すものが何かないかと捜してみた。モンテフィオーレから、フェリックスとラーシマが窮地に立たされたら誰を頼るだろうと尋ねられた。

「合衆国政府ね」わたしは大真面目に答えた。「政府こそ、自由に呼吸したいと願う人々の避難所じゃない？」

モンテフィオーレが反応する前に、レヴァインがフィンチレーとの電話を終えた。「フィンチがあんたの話を裏づけてくれた。誰かをこっちによこして室内を調べさせたいと言っている。大歓迎だと答えておいた」レヴァインはそう言うと、鑑識チームに向かってつけくわえた。「リノ・シールのアパートメントで採取された指紋は分析済みだから、ここで見つかった指紋のなかに一致するものがないかどうか調べてくれ」

「フェリックス・ハーシェルの電話のことで話が……」わたしはレヴァインに言った。「電話してもフェリックスの応答はないけど、ここに置いていった様子もない。彼、ＩＣＥに盗聴されてると思ってたようなの。現在地を突き止める方法はない？」

「モンテフィオーレ」レヴァインが彼女の肩に手を置いた。「ハーシェルの電話、おたくで盗聴してんだろ？　最後に使用されたのはいつだった？」

モンテフィオーレはレヴァインに協力すべきか、それとも、国家安全保障法を盾にして返事を拒むべきか、しばらく迷っている様子だったが、やがて、電話に何かを打ちこんだ。

わたしはドアのほうへ行きかけたが、そこで彼女の返事を待った。「九時十七分にラーシマ・カタバがハーシェルに携帯メールを送っている。釈放されてから。彼は〝プランA〟と返信し、それが彼からラーシマ・カタバへの最後の連絡になった」モンテフィオーレは電話の画面をスクロールした。

「ウォーショースキーが彼に携帯メールを送り、留守電にも〝電話して〟というメッセージを残している。クーイという名前の誰かが何回もハーシェルにメールしているけど、ハーシェルからは返事していない。この二、三時間、電話は市内で移動を続け、短時間だけデュページ郡へ行っている」

室内の全員が作業の手を止めた。フェリックスが偽の臭跡を残しているのは明らかだが、どういう意味があるのだろう？　ラーシマはどこにいるのだろう？

「ハーシェルはずいぶん電話をかけている」モンテフィオーレは言った。「最後の電話は九十七丁目とウェントワース・アヴェニューの角から。こう言ってる。〝ドッグ、仕事中か？　どこにいやがる？〟」

　モンテフィオーレは質問事項を打ちこみ、返信を待ち、それからわたしのほうを向いた。

「ハーシェルの連絡先リストに〝ドッグ〟という人物はいない。誰のことなの、ウォーショースキー？」

　レヴァインと鑑識チームが視線を交わして横を向き、笑いを噛み殺した。〝ドッグ〟は男どうしで使う俗っぽい呼びかけの言葉だ。

「彼の電話はほかの誰かが持ってるようね、ミズ・モンテフィオーレ」わたしは穏やかに言った。「奪われたか、もしくは、自分から渡したんだろうけど、おたくの尾行係は現在、地下鉄駅のあたりで麻薬密売人を追ってるんだと思う。フェリックスの居場所はわからないままだわ」

　わたしはこれを退場のセリフにするつもりだったが、電話に聴き入っているレヴァインの顔から笑いが消えるのを目にした。レヴァインは二人のパトロール警官と鑑識チームの技師を手招きした。

「九一一から連絡だ。サウス・サイドの三つの博物館で侵入事件があった。オリエント研究所の警備員が撃たれた」

58 激しい雨が降る

プレイリー・アヴェニューの坂をのぼったところで、エンジンをかけたままの車の外にサンセンが立っていた。覆面パトカーが回転灯を光らせて猛スピードで走りすぎた——レヴァインがオリエント研究所へ向かったのだ。

「聞いた——？」わたしが言おうとするのと同時に、サンセンも言った。「ヴィク、研究所の警備員が撃たれた。わたしも駆けつけなくては、いますぐ」

「ついさっき、サウス・サイドでほかにも二館が襲われたようよ。デュサーブル博物館とスマート美術館。犯人一味はフェリックスとラーシマがダゴンを隠していたと思いこみ、それを見つけようとしてるんだわ。あなたはこのまま南へ走って。わたしは高架鉄道に乗るか、配車サービスの〈リフト〉を使うから」

サンセンに軽くキスをしたあと、リアシートからわたしのブリーフケースをとらなくてはと気づき、シカゴ市警の残りのパトカーが轟音と共にプレイリー・アヴェニューを逆走してきたので、あわてて歩道へ飛びのいた。サンセンはパトカーを追ってレイク・ショア・ドライブへ向かった。保安官事務所と国土安全保障省の車は動いていなかった。マッギヴニーとモンテフィオーレはアパートメントにとどまっているようだ。たぶん、フェリックスが戻ってきて彼らの腕に飛びこむのを期待しているのだろう。

霧雨になっていた。ジャケットの襟を立てて耳を覆い、帽子をかぶってくればよかったと思った。雨がデモ参加者の大半を追い払っていたが、頑固な連中がわずかに残ってシュプレヒコールをあげている。

ヒールのある靴で走れるかぎりのスピードで三十一丁目を走った。立ち止まってランニング・シューズにはきかえることのできそうな物陰はどこにもなかった。

ラーシマの友人たちは高架鉄道の路線を何度も乗り換え、何人かはグリーンラインに乗ったという。IITの学生たちが利用している路線だ。ラーシマがフェリックスのアパートメントへ向かったとは思えない――彼女も、フェリックスも、自分たちが監視されていることを充分に承知している。でも、二人が工学部のラボへ向かったとしたら？ ダゴンのレプリカを作っていたのなら、そこにオリジナルがあるかもしれない。

サラキブの宝物のオリジナルは黄金でできていて、ケティはなぜかそのことを知っていた。フェリックスとラーシマに黄金でレプリカを作るだけの資金はないが、銅もしくは何かの合金を使えばできたはず。だから、ケティも本物のダゴンでないことに気づいたのだろう。ケティが手に入れようとするのは黄金だけだ。あの女神像にしても、像自体は彼にとってなんの価値もなかったので、腕をもぎとった。黄金の蛇を手に入れるために。

ラボで誰かが遅くまで作業をしてくれているよう願った。ブザーを押してわたしを入れてくれるよう願った。ステート通りに出たとたん、そんな思いは頭から消し飛んだ。さらに多くのパトカー、消防車の赤いストロボライトがパトカーのブルーと混ざりあっている。二ブロック向こう。工学部のすぐそば。

全速力で駆けだすと、パンプスのヒールが歩道の泥のなかでグシャっと音を立てた。学内警備員の制服を着た男が市警の警官と身ぶり手ぶりで話をしていて、そのいっぽう、消防士が道路の縁に倒れた人物に毛布をかけていた。

わたしは警備員たちの抗議の声を無視して横を通りすぎ、倒れた人物のそばに膝を突いた。フェリックス・ハーシェルだった。痛ましいほど小さく見え、ストロボライトに照らされた顔は蒼白だ。

「死んでないわよね?」わたしは消防士に向かって叫んだ。

「知りあいか?」警備員と警官がそばに来た。

「うちの学生だ」ウィンドブレーカーの男性がわたしの横にやってきた。ナイキをはいているが、靴下はなし——急いで駆けつけるために着替えてきたのだろう。

わたしは立ちあがった。「ポーズデュア学部長！　V・I・ウォーショースキーです——前にお目にかかったことが——」

「覚えている」ポーズデュアは重苦しい口調で言った。「なぜこんなことに？」

「わたしもいま来たばかりなんです」

わたしはふたたびフェリックスのそばに膝を突き、喉の脈動がわかる部分に指を当てた。わたしに気づいたのか、フェリックスが目を開き、まばたきをし、痛みに悲鳴を上げた。

「ヴィクよ、フェリックス。ロティのところへ連れてってあげる。もう大丈夫よ」

濡れた歩道で消防士と警官の一人がわたしに加わった。「意識が戻ったのか？」警官が尋ねた。「よかった。名前は言えるか？」

「フェリックス」彼がつぶやいた。目を閉じていた。

サイレンを鳴らして救急車が到着した。わたしは警官に詳しい話をしているポーズデュアをその場に残し、救急救命士たちについて救急車に乗りこんだ。

「わたし、この子のおばよ」と言った。「両親はカナダにいるの」

電話でロティを起こして要点を説明した。ロティが救急救命士と話をしたいと言ったので、その一人に電話を渡し、フェリックスの頭のそばの床に膝を突いた。

フェリックスを包んでいる毛布の下で彼の片手を見つけて、軽く握った。「ヴィクよ、フェリックス。ラーシマがどこにいるか知ってる？」

「ライトで目が痛い」フェリックスが不機嫌な声で言った。

「そう、脳震盪《のうしんとう》を起こしたみたいね」わたしは冷静な口調を崩さないようにした。「もう大丈夫よ。何があったの？」

「誰にもつけられてないと思った。工学部のラボへ行って――」まぶたを震わせてフェリックスが目をあけたが、ライトにすくみあがり、ふたたび閉じてしまった。

「ええ、ダゴンをとりに行ったんでしょ。ケティが飛びかかってきたの？」

「でかい男たち。ラーシマとぼくをつかまえて、押しこんだ……SUV車に……。ぼくはドアを蹴ってあけた。二人で飛びおりたけど、やつらが――車をバックさせて……ぼくにドアをぶつけた。ラーシマの――姿はなかった。どこにいるの？」

電話でロティと話をしていた救命士がフェリックスのバイタルを彼女に告げたが、もう一人の救命士は、フェリックスとの話をやめるよう、わたしに言った――彼の血圧が急上昇しているという。

わたしは膝を起こしてかかとに体重を移したが、フェリックスがわたしの手にすがりついた。「ラーシマ」

「ラーシマを見つけてあげる」わたしは彼に約束した。

「ごめん、ヴィク、ごめん……ヴィクのこと……信用してなかった。してなかった」くりかえすうちにフェリックスは呂律《ろれつ》がまわらなくなり、やがて沈黙に陥った。

ERの入口に着くまで、わたしはフェリックスに寄り添い、手を握りしめていた。もっとも、彼の指からはすでに力が抜けていた。フェリックスに付き添ってなかに入り、わかっているかぎりのことをERの主任看護師に伝えた。警官たちもわたしと話をしたがったが、わたしは質問に集中できなかった。ラーシマを見つけなくてはならないが、ロティが来るまでフェリックスのそばを離れるわけにはいかない――救急車到着から十分ほどたったころ、ロティがやってきた。ロティは最高にくつろいでいるときでさえ、運転だけは無謀だ。今夜はきっと、インディ500のスピード記録を破ったに違いない。

ロティはつかつかと受付デスクへ行くと、担当医師を呼ぶよう要求し、ロティを列の最後尾へまわそうという受付係の努力を踏みにじった。

「もちろん、わたしの身分証はお見せするけど、それと同時にドクター・デヴェレルに連絡してわたしが来ていることを伝えてくだされば、時間の節約になるわ」ロティはわたしの姿に気づいた。「ヴィクトリア！　ありがとう。どうやってフェリックスを見つけてくれたの？」

病院内部に通じるドアの向こうから手術着姿の人物が現われ、ドクター・ハーシェルはどこかと尋ねた。わたしは歩いて――小走りで――ロティのところへ行った。

「わたし、もう行かないと。ラーシマ・カタバの行方を突き止められるかどうか、やってみなきゃいけない。彼女とフェリックスは工学部のラボで悪党どもにつかまったそうなの。フェリックスが車のドアを必死にあけて、二人で飛びおりたけど、ラーシマは消えてしまった」

ロティはうなずいた。「早く行って。こちらの状況はわたしから連絡する」

59　盗まれたダゴン

わたしは泥のこびりついたパンプスを脱ぎ、〈フォース5〉の清掃チームにもぐりこんだときのランニング・シューズにはきかえた。オーダーメイドのパンツは道路に膝を突いたせいで泥とオイルで汚れてしまったため、ジーンズにはきかえる意味はなさそうだった。いまのわたしはガス欠で走っているようなものだが、ここで足を止めたら二度と動けなくなると思った。〈リフト〉で車を呼び、三十三丁目とステート通りの角まで戻った。

すでに午前二時、あたりには人っ子一人いない。パトカーの姿も、消防車の姿も、さらには、わたしと通りを共有する酔いどれの姿さえない。徹夜する学生がいることを示すＩＩＴの校舎のわずかな明かりだけが、わたしが深い孤独に陥るのを防いでくれていた。せめてもの救いは、霧雨がすでにやんだことだ。なにしろ、わたしには帽子も傘もないのだから。

電話はバッテリー残量が少なくなっていたが、いまは電話のライトが必要だった。フェリックスが倒れていたのは、三十三丁目からわずか数歩だけ北へ行った地点だった。道路の縁石に沿って泥が飛び散っているのは、救急車のクルー全員が集まった地点を示すものだ。

ラーシマはフェリックスを助けようとして、少なくともしばらくはこのあたりにいたはずだ。電話のライトで周囲を照らしたところ、やがて、タイヤ痕が目についた。ときたま足跡も見分けられた――小さな足。急いで移動している。

ラーシマは通りから逃げだしたのだ。SUV車が彼女を追っていた。わたしは少しのあいだ足跡を見失ったが、やがて、濡れた地面に大きくえぐれた箇所が見つかった。SUV車がUターンした跡だ。ラーシマは来た道を戻っている。通りを渡っている。タイヤ痕は彼女を追ってセンターラインを越え、次に学生センターの近くで停止している。

ラーシマは高架鉄道のほうへ向かっている。SUV車は泥のなかでふたたびターンしてステート通りに戻ったが、ラーシマが車に押しこめられたのかどうかは、わたしにはわからない。

高架鉄道のホームへ向かう途中、抵抗したあとがないかと階段を調べてみた――落ちたスカーフとか、ちぎれたボタンとか。何も見当たらなかった。これ以上ラーシマを追う方法は思いつけなかった。朝が来たら、シリア＝レバノン・センターを訪ねて助けを乞うことにしよう。でも、いまはまともに立っているのも無理だった。電車が近づいてきて、波形鉄板のトンネルに轟音が響きわたった。よろよろと電車に乗り、崩れるようにすわりこんだ。汚れ放題の服でシートにだらしなくすわっているホームレスの人々に溶けこんだ。ループの駅に着くまで半分寝たような状態を保ち、よろめく足でレッドラインに乗り換え、あとはベルモントに着くまで眠りこんだ。

家までの半マイルを歩くあいだ、警戒を怠るまいとしたが、頭に浮かんでくるのは浴槽のことばかりだった。アパートメントの建物を一周する用心深さだけがかろうじて残っていた。待ち伏せしている者はいないようだったが、それでも、建物に入るときは裏路地を使った。表側の踊り場はなかに入ってから点検するつもりだった。裏階段で三階までのぼり、裏のドアに鍵を差しこんだとき、背後で何かが動くのを耳にした。疲労のせいでぎこちなくふりむき、ドアに背中をつけて身構えた。この体勢なら勢いよく蹴りを入れることができる。

「ヴィクトリア?」

となりの踊り場から現われた小さな人影を見て、わたしは息をのんだ。街灯の光のなかに、ヘッドスカーフから垂れている長い三つ編みが見えた。「ラーシマ?」

あわてて彼女を台所に入れた。彼女は震えていた。熱があるようだ——移民問題担当の裁判官が釈放を決定したあと、ずっと逃げつづけていたのだ。

「フェリックスは？　彼——ご存じ——？」ラーシマは切れ切れに尋ねた。

「元気よ」わたしは答えた。「とても元気。車のドアをぶつけられて意識をなくしたけど、話もできるようになったわ。あなたのことだけが心配だったみたい。大おばさんのドクター・ロティが病院で付き添ってくれてる」

ほっそりした顔に刻まれていた懸念のしわが薄れた。ラーシマはアラビア語で何やらつぶやき、衝動的にわたしの手を握りしめた。わたしは彼女を浴室へ連れていった。詳しい話をする前に、汚れを落とし、温まってほしかった。ラーシマが浴槽に浸かっているあいだに、わたしは台所の流し台でスポンジを使って身体を拭き、清潔なジーンズにはき替え、蜂蜜入りの熱い紅茶を用意した。わたしのカップにウィスキーを垂らしかけたが、意識が朦朧としそうなものは加えないほうがいいと思い、残念ながらあきらめた。

ラーシマが着られそうな服を探してみたが、彼女のほうが六インチも低いし、体重はたぶん五十ポンドほど軽いだろう。彼女がわたしのバスローブに埋もれかけた姿で台所の椅子にすわっているあいだに、わたしは彼女のジーンズについているひどい泥汚れをスポンジで拭い去った。

ラーシマは怯えた口調で少しずつ話を始めた。拘置所からの釈放。フェリックスへのメール。〝プランＡ〟というのは、ラーシマの友達十六人に彼からメールを送り、全員にブルーのペーズリー模様のヒジャブを着けてもらって、ラーシマが監視の目から逃げだすさいに協力を仰ぐというものだった。ラーシマの顔が笑いで一瞬だけ輝いた——計画を立てるのは怖いながらも楽しいことだったのだろう。

「フェリックスとわたしはブルーラインの終点でようやく落ちあったの。九十五丁目で」

ラーシマの声は柔らかく、アラビア語よりもフランス語を思わせるかすかな訛りがあった。

「二人とも用心に用心を重ねたわ。彼はカフィエをかぶり、わたしは目だけを出すニカブというベールを着けた」ラーシマはリュックのなかを探って黒いベールをひっぱりだし、見せてくれた。「伝統を固く守るアラブ人カップルという感じにしたの。あまり楽しいことではなかったけど、それなら誰も近づいてこないでしょ。いかにも異国の人間って感じで、周囲からすれば不愉快だから——ふだんヒジャブを着けてるときより、侮辱の言葉をたくさんぶつけられたわ」

それはわたしにも想像できたが、黙ってうなずくだけにして、彼女のジーンズを乾かすためにヒーターの前に置いた。

「わたしたち、フェリックスのアパートメントへ行くつもりだった——わたしの釈放が急に決まったため、彼はカバンをとってくる暇がなかったから。旅行に必要なものはすべてそこに詰めてあったの。ところが、彼が住む通りに着いたとき、大型SUV車がやってくるのが見えた。降りてきたのは――どう言えばいいのかしら――バッシャール・アサドの命令で動いてた悪党連中に似たタイプで、ただ、体格が三倍ぐらいあったわ。

そいつらがフェリックスをつかまえに来たことだけはたしかだった。ICEの人間なのか、警察なのか、それとも、父《バーバ》のダゴンを盗んだ男なのかはわからないけど。そこで、わたしたち、ダゴンをとりに行くことにしたの。工学部のラボに模型と一緒に置いておいたから――「盗まれた手紙」のようにしようって、わたしがフェリックスに提案したのよ――その話、知ってる？　ええ。

二人で作業するふりをして、ほかのみんなが帰るまでラボでじっと待ったわ。びくびくしどおしだった。ドアがあくたびに、ICEの捜査官じゃないかって怯えてしまうの。でも、ようやく、校舎に残ったエンジニアはわたしたちだけになった。そこで、ダゴンをとりだした。ケースはあらかじめ作ってあったのよ。模型を作る材料のあいだに、なんの変哲もないブリキの箱みたいに紛れこませておいたの。外に出ると、SUV車の悪党が待ちかまえていて、わたしたちをつかまえた。仲間がいたわ。同じく大男。二人がわたしたちをSUV車に押しこんだ――あいつらにつかまれると、こっちはまるでオレンジの袋みたいで、まったく――まったく重さがなかった！」

怒りと恐怖を思いだして、ラーシマの目がぎらついた。「向こうはわたしたちのことを、弱すぎて抵抗もできない人間だと思ったらしく、わざわざ縛ろうともしなかった。そいつらが車を出そうとした瞬間、二人でドアを蹴って開き、飛びおりたのよ。フェリックスが倒れた。車のドアをぶつけられた。わたし、彼のことが心配でその場にとどまりたかった。それだけは信じて。でも、二人とも犠牲になるわけにはいかなかったの」

そこでラーシマは泣きだした。細い身体をあまりに激しく震わせるので、彼女自身の身を傷つけはしないかと心配になったほどだった。わたしはラーシマに両腕をまわし、優しくなでながら言った。「あなたの判断は正しかったわ。あんな怪物どもの手に落ちたら、朝まで生き延びられなかったでしょうね」

ラーシマは紅茶を飲んで心を静めた。「こんなふうに泣くなんて時間の浪費ね。エネルギーの浪費でもあるし。父がアサドに逮捕されたとき、わたしはそれを悟ったの。いまになってその教訓を忘れるなんて情けない。ふたたび危険にさらされてるというのに。わたし、ダゴンを父に届けに行かなきゃ」

「持ってるの？」わたしは息をのんだ。

「ジャケットの内側に特別なポケットが作ってあるの」ラーシマは椅子のところへ行った。その椅子の背にわたしが彼女のベージュのウールのジャケットをかけておいたのだが、ラーシマはその内側のポケットのファスナーを開き、柔らかな黒い布に包まれた像をとりだした。

彼女がダゴンを台所のテーブルに置いた瞬間、古代の黄金が真昼の太陽のごとく輝いた。皿と使用済みのティーバッグがみすぼらしく陰気に見えた。わたしはそれを集めて流しへ運び、膝を突いて魚人を眺めた。高さ五インチほどの小さな像――男の頭を覆った魚のうろこがひとつずつ丹念に彫刻してある。目はつぶらで、瞳孔がくっきりと刻まれている。

上半身は裸。短いスカートのようなものと、紐で結ぶサンダルをはいている。片方の手にバケツ、もう一方の手に松かさ。

「種に水やりをしているところよ。彼が守っている宮殿の王さまか、もしくは貴婦人の前で豊作を約束してるの」ラーシマが説明した。

像に見とれるわたしを、ラーシマはさらに何秒かそっとしておいてくれ、そのあとで像をポケットに戻して、ダゴンを父親に届けなくてはとくりかえした。

60 凍結した北部

飛行機からだと大地は緑色に見えたが、すぐそばで見ると茶色だった。芽吹きを待つ茶色の木々、泥と氷が混ざりあった茶色の地面。折れた枝がトレイルに散乱している。飛行機から見たトウヒとヒマラヤ杉の樹冠がいまはわたしたちの頭上にある。

ミネソタ州北部はまだまだ冬で、気温もシカゴより十度ほど低い。シカゴに戻れたら——いえ、戻ったときには——寒いなどという文句は二度と言うまいと心に誓った。ラーシマとわたしはすでに一時間近く歩きつづけているが、少しも進んでいないような気がする。泥だらけのブーツを湿地から交互にひきぬいているだけだ。

ラーシマを連れてくるのは気が進まなかった。しかし、連れていってくれなければダゴンは渡さない、と彼女に言われた。「わたしの身を案じてくれてるのね、ヴィクトリア。でも、あなたはわかっていない。父はわたしの身の安全を図るためにベイルートの学校へ行かせてくれて、おかげでわたしは安全に暮らせたけど、七年間も父に会えなかったのよ。

おまけに、アメリカ大統領が移民を迫害しはじめ、怯えた羊みたいに集めて逮捕するものだから、父は話をする相手や眠る場所に気をつけなきゃいけなくなり、それ以後、わたしはほとんど父に会ってないの。父の無事をたしかめなきゃいけない。この姿を見せたいの。わたしも無事でいることを知ってもらうために」

タリクはミネソタ州北部に身を隠している。カナダとの国境に近い場所だ。

「フェリックスは荒野を抜ける道を見つけるつもりでいたのよ。そうすれば、父がカナダとアメリカを行き来できるから。フェリックスはわたしの父がカナダで安全に暮らすことを願っていた。でも、父にしてみたら、わたしの顔を見るまではカナダへ移る気になれなかったのね」

ラーシマは悲しげな顔になった。「荒野を抜けるなんて無理。どこもまだ半分ほど凍ってて、体力的に――ぜったい無理だわ。父の体力って意味よ。さすがのフェリックスも、この北極みたいな荒野を歩いて通り抜けるのは困難だと悟り、父が一人でここにとどまったら――アサドに強いられた監獄暮らしに耐えてきた人だけど、荒野で寒さと孤独に包まれたら――とうてい耐えられないだろうって言った」

フェリックスは先住民アニシナベ族の協力を得て、グランド・ポーテッジの先住民居留地にある空き家を借りた。

「父がいまもそこにいてくれるといいけど、いまは連絡をとることができないの。わたしやフェリックスに届いたものは、メッセージも、メールも、さらには、たぶん手紙まですべてICEに監視されてるから。レバノンの友人たちから手紙が届くと、誰かが開封したことがわかるのよ。封筒に脂じみた指紋がついてるんですもの――手紙を読もうという気にもなれない」

わたしは北部行きを断念するようラーシマを説得するのをやめ、かわりに、現地までの交通手段を考えることにした。旅客機には乗れない。ラーシマの名前が国内のあらゆる法執行機関の指名手配リストにのっているだろうし、わたし自身も似たようなものだ。わたしの車だって監視リストにのっているかもしれない。でも、レンタカーを借りたとしても、ケティに筒抜けになりそうな不安がある――〈レストEZ〉を通じて、ケティがクレジット監視ソフトを使えるからだ。

プライベート・ジェットがあればいいのに。ディックだったらたぶん、上流の依頼人に一機貸してもらえるだろう。いや、考えてみたら、彼の事務所自身が何機も所有しているだろう。はっとしてすわりなおした。わたしにだってジェット機を所有していそうな依頼人がいる。その人は今回の件をすでにある程度知っている。

ダロウ・グレアムのそっけない応答は、午後半ばのミーティングであろうと、真夜中であろうと同じだった。わたしの話に二分ほど耳を傾けてから、切らずにそのまま待つよう無愛想に言い、やがて電話口に戻ってくると、迎えの車に乗ってジェット機が置いてあるデュページ郡の空港まで行くようにと言った。

「パイロットがグランド・マーレイにきみのための車を用意しておくから、それで行きたいところへ行くといい。二日後にわたしがこちらでジェット機を使う予定だから、帰れそうもない場合は、自分で交通手段を見つけてほしい。ケティに機体を破壊されないよう気をつけるんだぞ。大量破壊兵器による被害を保険でカバーできるかどうかわからないから」ダロウは笑い声を上げた——冗談のつもりらしい。

お礼を言う暇もないうちに電話を切られてしまった。

ラーシマと二人でわたしのアパートメントを出たときは、午前五時近くになっていた。ミスタ・コントレーラスの玄関ドアの下にメモを差しこんだ——旅に出ることをじかに説明する時間もエネルギーもなかった。わたしの足音を聞いてペピーが鋭く吠えたが、老人を起こすには至らなかった——いや、さらに重要なこととして、廊下の向かいの女性を起こさずにすんだ。

空港へ向かう途中で、ダロウの車の運転手が二十四時間営業の〈バイ＝スマート〉にこころよく寄ってくれた。わたしはラーシマのために、ハイキング・ブーツ、清潔なジーンズと下着、パーカーを購入した。ほとんどジュニア用品売場でそろえることができた。ブーツにつける超小型スパイクをセール用ワゴンで見つけた。わたし自身は、防寒着、懐中電灯、予備のバッテリー、使い捨て携帯二台、ペットボトルの水、グラノーラ・バーをダッフルバッグに詰めこんできた。

フライトのあいだ、ラーシマもわたしもカウチに横になってうとうとしていたが、途中で一度、フォーサンのことを彼女に訊いてみた。

ラーシマは悲しげに微笑した。

「ロレンスはサラキブで父と親しくしていたの。父の詩をすごく崇拝してたし、夜になると、男たちと一緒にすわりこんで煙草をすったり、あの地域の歴史について語ったりするのが好きな人だった。シリアが大国だったころの歴史よ。父がアサドに逮捕されたあと、サラキブの宝物は自分が守ると約束してくれた。内戦が始まって国が崩壊しはじめると、ロレンスはもっとも貴重な宝物二点——ダゴン像と女神像——を安全に保管するために持ちだした。小さな品だから簡単に運ぶことができたの。

もちろん、わたしはその場にいなかったけど——ベイルートの高校《リセ》に行ってたから——父がようやくシカゴに着いてから話してくれたのよ。釈放から二年後のことだった——わたしが学生ビザでシカゴに住んでたから、父も手段を見つけてやってきたの」

どんな手段を見つけたのかは、尋ねないほうが賢明だろう。

「ロレンスは奨学金を打ち切られて——それはたぶん、ご存じね？——〈フォース5〉で働きはじめていた。シリア＝レバノン・センターで知りあった男の人たちの多くがそこの仕事をしてたから。ロレンスはアラビア語をしゃべるチャンスができて喜んでた。父がシカゴにやってきたときも、父のために〈フォース5〉の仕事を世話してくれた。賃金はそんなに悪くないし、書類の提出を求められることもないから。やがて、〈フォース5〉がケティのオフィスの清掃を請け負い、ロレンスはケティが所有する古代遺物の数々を目にするようになった。その多くは盗掘されたものだった。

ロレンスはお金をほしがってた。内戦が終わったら大規模な遠征隊を組織して、シリアかイラクへ出かけることを夢に見てたの。ISISが後ろ盾になってくれることを期待して、そちらと取引を始めていた。彼がダークウェブで見つけた盗掘品をケティが買いとるようになった。父はとんでもない話だと思ったけど、ロレンスの悪事を通報することはできなかった。だって、父自身が強制送還されてしまうもの。

やがて、ロレンスがとんでもないことをした。ダゴンと女神をケティに売ってしまったの。ずっと彼のところで保管してた品なのよ。だって、ICEが不法滞在者を摘発しようとして、わたしが住む建物によく来てたし、ときにはわたしの部屋まで来ることもあったから。下手をすれば、父がICEに見つかったかもしれないし、連中が黄金の遺物を押収して、わたしたちのことを密輸人だと主張したかもしれない。

父がケティのオフィスの清掃を担当した夜、ケティはダゴンを披露するために大きなパーティを開いていた。父には信じられないことだった！　ロレンスを問い詰めると、ロレンスはお金があればシリアに戻れる、もっと多くの宝物を救うことができる、と言った。そこで父は清掃がまだ終わっていないふりをして、パーティが終わるのを待った。ケースをこわしてダゴンを持ち去った──女神像のほうは、捜したけど見当たらなかった。〈フォース5〉のバンが走りだす寸前に飛び乗って、シリア＝レバノン・センターに戻った。センターの夜間警備員が父を入れてくれた──仕事で遅くなったとき、センターに泊まる男の人がけっこういるそうなの──でも、次の日、サンジーヤ・ヤジキっていうセンターの管理責任者に追いだされてしまった。ヤジキは父がセンターに来たことをICEに知られたら、みんなの書類が調べられることになると思って警戒したの。

父にはダゴンを持ち歩く勇気がなかったから、玄関ドアの外の柱に穴があるのを見て、そこに隠すことにした」

わたしはシリア・センターの石とコンクリートの部分にひび割れがあったのを思いだした。

「恐怖の二日間だったわ。父にとっても、わたしにとっても。なにしろ、父の居所がわからないんですもの。父は三十五丁目にある高架鉄道の駅の近くでホームレスのなかに身を隠していて、ある日、わたしの姿を目にしたの。そのあとフェリックスが父を匿ってくれたけど、突然フォーサンが殺されて、フェリックスが容疑者にされてしまった」

ラーシマはヒジャブの端をひっぱって目を覆った。記憶から逃れて身を隠そうとするかのように。

「ケティはロレンスにダゴンを奪いかえされたのだと思いこんだ。ロレンスに電話をかけて、ダゴンを返すよう要求した。ロレンスは震えあがり、盗んだのはタリクだと言った。するとケティは、タリクの隠れ場所を正直に白状しろと迫った。ロレンスはフェリックスとわたしがIITで友達になったことを知っていた。助かりたい一心で、父に一夜の宿を提供しそうな人物を捜していた。わたしに会いに来て、父のことを心配しているふりをした。わたしがお茶の用意をしているあいだに、わたしの手書きの住所録をこっそり開き、フェリックスの名前が書いてあるページを破りとった。

あとのことはご存じのとおりよ。わたしたちはダゴンのレプリカでケティをだませると思った。メアリ＝キャロル・クーイがパロスのシリア＝レバノン・センターによく来てたから、わたし、彼女のことを知ってて、それで、彼女が協力してくれると思ってオリエント研究所を選んだの。わたしたちが作ったレプリカがあそこの博物館にあって、盗みだすしかないとなれば、ケティだって本物だと信じこむだろうから」

笑うべきか、泣くべきか、わたしにはわからなかった。若さ、性急さ、想像力。すべてが混ざりあい、ケティによって致死的なものに変えられてしまったのだ。

「楽しかったのはダゴンのレプリカ作りだったわ。すごく勉強になった！　五千年前に作りだされた合金はみごとなものだった」ラーシマはすわりなおして目を輝かせたが、その輝きはすぐさま消えてしまった。

「わたしがアメリカで暮らしはじめ、父がようやくわたしを見つけてくれたときは、わたしたちの身はもう安全だと思った。アメリカがアサドに支配されたシリアみたいに危険な国じゃないことはわかってる。でも、あのケティっていうのはISISの司令官みたいな男だわ。私設の軍隊を持ってて、莫大な資産があるから、政府を好きなように動かすこともできる。父とわたしにとって、アメリカは自由の国ではなく、独裁者の監視の目が光る国になってしまった。正規の書類がそろっているのに、わたしは旅行することも、自由に出かけることもできない。そして、わたしの父は詩を書いたばかりにシリアで拷問を受け、その後、身を隠さなくてはならなくなった」

ラーシマが話を終えたところで、わたしは革製のカウチに横になって眠った。着陸すると、パイロットがわたしを揺すって起こし、ジェット機を降りて、外で待機しているジープ・ラングラーまで案内してくれた。シカゴに戻る準備ができたらメールしてくれ、と言った。「いや、シカゴ以外の場所でもいい。ミスタ・グレアムから、あんたが希望する場所へ行くよう指示されている。だが、二日後にはかならず、デュページ郡の空港にジェット機を返さなきゃならん。それから、地上にいるあいだは、ジープの運転手があんたの望みどおりの場所へ連れてってくれる」

61　上空からの急襲

　ジープの運転手は背の低いがっしりした女性で、名前はレノア・ピッツォラ。この土地に二十年以上住んでいるという。必要な品はなんでも手配するし、北部の森林地帯で行きたい場所があればどこへでも案内する、と言ってくれた。

　ラーシマがジープのリアシートに乗りこむあいだに、わたしは外に立ち、使い捨て携帯の片方を使っていくつか電話をかけた。まずロティのところに。

　フェリックスは頭蓋骨にひびが入っていたが、ごく軽いもので、脳組織の損傷はないとのことだった。脳震盪を起こしたせいで前夜の出来事が思いだせず、道路に倒れるに至った経緯は覚えていないが、逃げようとしたときに鎖骨を折っていた。

「友達は元気だってフェリックスに伝えてちょうだい。わたしたち、いまから、彼が先月行ったのと同じ詩の朗読会に出かけるところなの」

　次の電話の相手はミスタ・コントレーラスで、こちらはけっこう大変だった。

「嬢ちゃん、わしとは二度と口を利く気がないというなら、あんたを責めるのはやめとこう。けさの八時ごろ、見たこともない女が訪ねてきたが、ハーモニーも一緒だったんで、怪しい人間ではなかろう、あんたの別れた亭主の再婚相手かもしれんと思った。女はあんたのことを心配しとると言い、ハーモニーはあんたがどこへ行ったか教えてほしいと言った。

まあ、わしも五分ほど前に起きて、コーヒーを飲んだばっかりだったし、すっ裸の上にあんたがくれたバスローブを着ただけだったから、頭がうまく働こうとせんかった。あんたはまだベッドのなかだと思う、起きてランニングに出かけたのならペピーも連れてったはずだ、とわしが言うと、女はあんたが姿を消しちまったと言った。それから、女はあんたが置いてったメモを見つけた――嬢ちゃん、クララの墓に誓って言うが、メモがそこにあることなど、わしは知らなんだ」クララというのは彼の最愛の妻で、亡くなってから三十年近くになる。

「いいのよ。あなたがわたしたちを裏切るはずはない。それはわかってるわ」

「だが、女はメモをつかむなり、ミス・ハーモニーを連れて出ていった。そんなわけで、あんたがどこにいるのか、何をしとるのか、わしにはさっぱりわからんのだ」

わたしはいまいる場所を老人に教えた。ダゴンのことを説明するのはやめておいたが、フェリックスが怪我をしたことと、彼にかけられたロレンス・フォーサン殺しの容疑を完全に晴らすことのできる人物を、わたしたちが現在捜していることを伝えた。

ミスタ・コントレーラスを安心させるべく精一杯努力したものの、わたしも内心では動揺していた。レノアのとなりの助手席に乗りこんだとき、それを顔に出さないよう気をつけつつ、身体をひねってラーシマに話しかけた。

「お医者さまと話をしたわ。お兄さんは大丈夫だそうよ。鎖骨を折って、軽い脳震盪を起こしたんですって――通りでスケボーをやるときはヘルメットと肩パッドが必要だってことを、学習してくれるかもしれない」

「よかった」ラーシマは輝くばかりの笑みを浮かべた。

「それから、あなたのおじいさんとも話をしたわ。わたしたちがさよならも言わずに出かけたものだから、ご機嫌斜めだった」わたしは言葉を切り、誰のことかがラーシマに伝わっているかどうか確認した。

「でも、犬がおじいさんを起こさなかったからほっとしたわ」ラーシマは急いで言った。

「あなたのおばさんの一人が訪ねてきて、わたしたちが置いてきたメモを見つけたそうよ。あなたも知ってるように、お節介な人だから――あなたのおじさんをせっついて、二人でここまで押しかけてくるかもしれない。だから、本格的にハイキングするつもりなら、二人が来る前に出かけたほうがいいわね」

「おたくたち、ハイキングかい？」レノア・ピッツォラが訊いた。「どこのトレイルでも降ろしてあげるよ。で、あとで迎えに来よう」

「乗用車かSUV車をレンタルできれば、そのほうが便利だわ。いちいちあなたを待たずに、あちこちのトレイルへ自由に移動できるでしょ」わたしは言った。

「このあたりはレンタカー屋なんてないよ」レノアが言った。「あたしがこのジープを、そして、マイク・ノーガードって男がランドローバーを持ってるだけ。けど、彼、あたしのことが気に入ってるから、金を払えばランドローバーの運転手もやってくれると思う。どうしてもレンタカーにしたいんなら、ダルースまで連れてったげてもいいけど、あたしを待つ時間のことを気にしてんのなら、そんな心配はご無用。二日間の契約であんたの会社に雇われたんだから、好きにこき使ってくれていいよ」

ラーシマがわたしにうなずいてみせた。そうしましょ。ラーシマはダゴンを隠したポケットから紙片をとりだし、レノアに渡した。

「カウボーイズ・ロード。ポーテッジ・トレイルヘッドを越して半マイルほど行ったとこだって？」レノアがわたしたちを凝視した。「あんたたちみたいなギャルで大丈夫かい？荒野だよ。外見だけで判断するつもりはないけど、二人とも荒野のハイキングに向いてるとは思えないね。ピジョン川の氷は五日前に割れたばっかりだし、トレイルは氷と石と泥が交ざりあっててすべりやすい」

ラーシマは唇を嚙み、紙片を返してもらって、しばらくじっと眺め、やがてうなずいた。

「そうよ。ここに行きたいの。向こうに着いたら、わたしたちがどんなにたくましいか見せてあげる」

レノアはふたたびわたしたちに視線を走らせ、首を横にふったが、ラングラーのギアを入れた。ルートの最初の部分はスペリオル湖畔の道路だった。美しい湖で、朝日を受けた湖面が銀色を帯びたピンクに輝いていたが、命ある物騒なもののように見えた。ミシガン湖も穏やかな湖ではないが、スペリオル湖は湖面が持ちあがってわたしたちをのみこんでしまいそうな雰囲気だ。

レノアが湖畔を離れて樹木に覆われた丘陵地帯へ入っていったときは、思わずほっとした。道路は舗装され、シカゴ市内の通りより保守管理が行き届いているが、冬場の凍結と融解のくりかえしのせいで、ひび割れや穴ぼこができている。ジープのサスペンションは骨身にこたえるものだった。レノアはもしかしたら、わたしたちがこのルートを行くには軟弱すぎることを示そうとして、あちこちの穴ぼこにまっすぐ突っこんでいるのかも——わたしはそんな疑いを持ちはじめていた。

郡道を離れてカウボーイズ・ロードへ向かったところで、舗装道路とはお別れだった。ジープは砂利だらけの路面で安定した走りを見せていたが、衝撃はひどくなるばかりだった。ジープの騒音より大きなエンジン音が聞こえたように思ったが、道路にはほかに一台の車も見当たらなかった。

レノアもエンジン音を耳にした。スピードを落とし、窓から顔を突きだした。

「スティーヴ・サクストンが自家用ヘリを飛ばしてる。誰か行方不明なのかね。ここらの森で行方知れずになるのは簡単なことだ。わかったかい、二人とも？　どんな地図にも出てない沼地、オオヤマネコ、冬眠からさめた熊――自分たちが何しようとしてんのか、知っといたほうがいいよ」

ラーシマが青ざめた。わたしもたぶん同じだったと思う。安全な家にこもっているとはいえ、タリクは一人きりで大丈夫だろうか？

ポーテッジ・トレイルヘッドを示す標識を通りすぎたとき、雷鳴のような音がジープを揺るがした。岩が砕け、こぶし大の破片がフロントウィンドーにぶつかった。大きな金属音と破裂音が続けざまに響きわたり、道路の氷と泥が飛び散った。

「な、なんだい――」レノアがわめいた。

「ヘリから銃撃してる！」わたしは叫んだ。「道路を離れて。木陰に入って！」

レノアはハンドルとギアを相手に格闘して道路脇の溝に突っこみ、向こう側に渡って、森に逃げこんだ。銃撃がやんだ。ヘリの轟音が遠ざかった。

レノアは激怒していた。彼女の電話の短縮ダイヤルをタップした。「スティーヴ・サクストン、どういうことよ？　オオカミ狩りのハンターでも乗せてんの？　こっちは危うく――えっ？　誰だって？」

電話の向こうで誰かが長々としゃべるあいだ、レノアは黙っていた。電話を切ったとき、彼女の顔は怒りで青ざめていた。

「よし。二人とも車を降りな。いますぐ。アラブのスカーフをかぶったこのギャルを見たとき、ちょっと変な気がしたけど、まあ、自由の国だからね。あたしは銃を持ってて、いつでもぶっぱなせる。国境のこっち側ではテロリストに目を光らせてなきゃいけないんだ。そいつらがカナダ側で何をしようと勝手だけどさ」

「スティーヴ・サクストンって誰なの？」わたしは訊いた。「それから、さっきの銃撃はどういうこと？」

「しらばっくれる気？」レノアはシートの下から銃をとりだした。グロックだが、車の床の泥がついていた。

「ほんとに知らないんだもの。わたしたち、ピジョン川の近くをハイキングしたくてここに来たのよ。銃撃してきたのは誰だったの？」

レノアは首を横にふった。目がぎらついていた。「サクストンが言うには、ICEの捜査官二人がヘリに乗ってて、二人はアラブのテロリストを追ってるらしい。父親と娘がこのあたりの森に隠れてるそうだ」

「わたしのことを誰かの父親だとあなたが思ってるのなら、X染色体とY染色体の違いを説明させてもらいたいわ」わたしは言った。「でも、ICE捜査官の人相を説明するよう、ミスタ・サクストンに頼んでちょうだい。そいつらがセコイアの巨木並みの体格で、髪の毛のかわりに熊の毛皮をかぶってたら、ICEの人間じゃないわ。ロシアのマフィアのメンバーよ。ミスタ・サクストンとあなたを殺し、わたしと姪まで殺すわよ。人に危害を加えるのが楽しくてたまらないという以外、なんの理由もなしに」

「そうかもしれないし、違うかもしれない」レノアの口元は妥協を拒んでいた。「降りて。ほんとにハイカーだったら歩きな。あたしはひきかえして、誰が誰なのか確認するから」

レノアはラーシマに向かって銃をふりまわした。ラーシマ自身の顔も恐怖でゆがんでいた。ラーシマはシートベルトをはずし、震える脚でジープを降りた。

「その銃、ボックスかホルスターに入れとくほうがいいわ」自分たちのリュックをとって車を降りながら、わたしは言った。「グロック19は銃口に大量の泥がつくとヤバいのよ。

バックファイアを起こしかねない」

レノアはわたしに、車のドアを閉めるよう命じただけだった。ジープのハンドル操作に両方の手が必要だったが、グロックを下に置こうとはしなかった。わたしか仲間のテロリストが銃に飛びつくのを恐れたのだろう。ジープが左に大きく傾きそうな勢いで、溝のそばをバックした。

「ごめんなさい、ヴィクトリア」ラーシマが小声で言った。「あなたの命を危険にさらしてしまった」

わたしは首を横にふった。「そんなことを言うのは泣くのと同じことよ。〝泣くのは時間とエネルギーの浪費よね〟って、あなた、前に言ったじゃない。非難するのも時間とエネルギーの浪費だわ。わたしたち、ポーテッジ・トレイルヘッドの近くまで来てるのよ。ブーツに超小型スパイクをつけて、水を飲んで、スナックを食べて、どの道を行けばいいのか考えましょう」

62 火と氷

ヘリはボーダー・トレイルから離れようとしなかった。ラーシマとわたしはできるかぎり木立に身を寄せて進んだが、シダ類をかき分けたり、泥沼をよけたりするせいで、歩くのに難儀した。トウヒの樹冠がどの程度の隠れ蓑《みの》になっているのかよくわからなかったが、少なくとも銃弾が飛んでくることはなかった。熊に追いかけられることもなかった。〈バイ＝スマート〉に寄ったついでに杖も買っておけばよかった。大きなチョコバー、万能ナイフ、エアマットレス、携帯こんろ――そういうのもあれば助かったのに。レノア・ピッツォラに〝わたしたちギャル〟が本物のハイカーじゃないと思われたのも不思議ではない。たしかにハイカーじゃないもの。落ちた枝が何本かころがっていたので、それを杖代わりにすると、歩くのが楽になった。

わたしたちが頼りにしていたのは磁石とフェリックスの手書きの道案内だった。フェリックスはハッキングを警戒して、パソコンに打ちこむのを避けたのだ。

二人で歩くあいだに、ラーシマがフェリックスから聞いたことを話してくれた。フェリックスはタリクと一緒に車でこちらに来て、グランド・マーレイの近くで安いキャビンを借りた。掃除や食事のサービスがいっさいついていないものを。フェリックスが国境地帯の偵察に出かけているあいだ、タリクは一日じゅうキャビンに隠れていたという。

「もちろん、二人がわたしに電話をよこすのは無理だったから、シカゴに残されたわたしは四日のあいだ、怖くてたまらなかったけど、二人もやっぱり怖がってた。先住民の何人かが、毎日のようにフェリックスの姿に気づいていた。住人の数がすごく少ないから、よそ者は目立つのね。

先住民がフェリックスに、くれぐれも用心するようにって警告してくれた。移民局の国境監視隊が――専門用語があるけど、いまは思いだせない――とにかく、その連中が目を光らせてるから、って。フェリックスはついに、誰かに一部始終を打ち明けるしかないと決心し、危険を覚悟でその人たちに話をすることにした」

先住民たちは、一軒の空き家を使うようタリクに勧めてくれた。森のかなり奥にあって主なトレイルから離れているが、場所さえ覚えておけば、歩いていくのはむずかしくない。フェリックスとラーシマがダゴンを持って戻ってくるまで、彼らがタリクの世話をすると約束してくれ、気候がよくなって楽に歩けるようになったら、国境を越えてさらに内陸へ行くといいと言ってくれた。

ラーシマとわたしがめざしているのがその家だった。苦労しながら、フェリックスの指示どおりに進んだ。まずボーダー・トレイルを一・二三マイル歩き、次にその道を離れて、森のなかを北北西へ向かった。鳥のさえずりと森の動物たちが立てるガサッという音を圧して、絶えずヘリの音が聞こえていた。上空を旋回し、西のほうへ遠ざかり、弧を描いて広い湖のほうへ向かい、そしてまた戻ってくる。

ラーシマが倒木につまずいて、イバラの茂みに頭から突っこんでしまった。わたしがラーシマの顔と手に刺さったトゲを抜くあいだ、彼女はうめき声ひとつあげなかった。わたしは氷で足をすべらせ、泥のなかに倒れこんだ。いいカムフラージュになるわね——めげずに進むためにジャケットの袖で目のまわりの泥を拭きとりながら、つぶやいた。磁石と道案内の紙を二人で交互に手にした。寒さと疲労に体力を奪われるにつれて、気力も萎えていった。二人ともゆうべは一睡もしていないが、勾留中に衰弱したラーシマのことがとくに心配だった。時刻は三時を過ぎ、太陽が丘の向こうへ沈みはじめると、暗い森がさらに暗くなってきた。

すでにコースからはずれていたが、そのとき、ラーシマが左のほうに家を見つけた。苔《こけ》に覆われたグレイの石壁が周囲の森に溶けこんでいた。

その家はリノが森林保護区で監禁されていた小屋とさほど変わらない大きさだった。近くまで行くと、北側にひとつだけある窓からストーブの煙突が突きでているのが見えた。煙突にパイプを継ぎ足して地面を這わせ、家から三十フィートほど離れた場所で煙が吐きだされるようにしてある。そこから立ちのぼった煙が下草のなかへ消えていた。

ラーシマが疲労を忘れてドアのほうへ駆けだし、「バーバ、バーバ、エネマ・ラーシマ！」と叫んだ。

幅の狭いドアが開いて、ラーシマと同じぐらい小柄な男性が現われた。両腕をふりまわし、アラビア語で何か叫びながら、ラーシマを追い払おうとした。ラーシマは足を止めた。苦悶に満ちた表情になっていた。わたしはラーシマに追いついて彼女の腕をつかんだ。タリクの背後に大柄な白人男性が姿を見せた。真新しいオレンジ色のハンティング・ジャケットを着ているが、グレイになりつつある髪は今日もポマードを使ってオールバックにしてあり、サイドからうしろへなでつけた髪などは彫刻と見紛うほどだった。

「ジャーヴェス・ケティ！」わたしは笑顔で進みでた。「アーヴル＝デ＝ザンジュのビーチが似合う人だと思ってた。森の住人ってイメージじゃないわね。シュメール文明を伝える蛇を自宅に置いてらしたのならいいけど——木の枝にひっかかりでもしたら、はずすのがひと苦労ですもの」

「誰だか知らんがひっこんでろ。そっちの女に用があるんだ。邪魔立てすれば撃つ」

「わたしはV・I・ウォーショースキーよ、ジャーヴェス。数週間前にグロメット・ビルのエレベーターの前で顔を合わせたでしょ。あなたは弁護士たちと一緒だった。でも、その弁護士たちは〈レストEZ〉のTVネットワークへのハッキングを防ぐことができなかった。そうでしょ？　お金で買えないものって何かしら？　幸せは買えない。それから、分別も買えない。あなたは莫大なお金と莫大な権力を手に入れたせいで、昔ながらのささやかな常識が必要だということを忘れてしまった」

「ヴィク！」横でラーシマがあえいだ。「その人を挑発するのはやめて」

「こいつはアサドみたいな男なのよ。なだめようが、挑発しようが、鼻息の荒い牡牛みたいに突進する点ではなんの変わりもない」わたしは声を低くした。「アラビア語でお父さんに伝えて――わたしが走りだしたら、地面に伏せて逃げてって。あなたもよ」

わたしは木をはさんでケティと対峙《たいじ》しつつ、家のほうへ歩を進めた。右側で何かが動くのが目の端に映った。ボディガードのミッティだ。自動ライフルを小脇に抱えている。

「ヤーボローの最初の女房だな。小生意気な女め」ケティが言った。「いま思いだした。わたしがヤーボローのためにおまえを撃ってやったことを知れば、あいつも喜ぶだろう。やつの人生から厄介ごとがひとつ消えるからな。黄金の像をよこせ。いますぐ。そのあとでおまえを撃ち殺す」

わたしはリュックに片手を突っこんで黒っぽい色のソックスをとりだした。「この袋に入ってるわ。ほしかったら、とりに来なさいよ」

わたしは低く身をかがめると、ジグザグに走って家の横を通りすぎた。ラーシマがアラビア語で叫んだ。発砲。叫び、悲鳴、わたしを追ってくる足音。ふりむく危険は冒せない。皮膚がチクチクするなかで、弾丸が飛んでくるのを覚悟した。

泥沼に踏みこんでしまい、ようやく足を抜いて右へ曲がった。脇腹に痛みを感じたが、背後の足音とあわただしい動きに急かされるように走りつづけた。

目の前に川が現われた。突然のことだったため、足を止める余裕がなかった。つんのめって氷に顔面をぶつけ、足先は冷たい水に浸かり、ようやく足をひきあげたときにはすでに感覚がなくなっていた。

茶色く濁った水。氷のかたまりの下を荒々しく流れていく。わたしは立ちあがるのをやめて、お尻で氷の上をすべりながら向こう岸へ向かった。お尻の下の氷にひびが入り、徐々に割れはじめた。別の氷のほうへ腕を伸ばし、最初の氷が砕けた瞬間、そちらへスライドした。

ケティのオレンジ色のジャケットが目に入った。ケティは全力疾走していたが、川に落ちる寸前にミッティがつかまえた。ミッティはわたしを狙って撃ってきた。ふたつめの氷のかたまりにひびが入りはじめ、わたしは足先を水に浸け、両腕で氷の端をつかんで身体をすべらせた。身をよじりながら必死に前へ進んだ。氷がバウンドしたが、ひとりでに元に戻った。小さな枝がそばを流れていった。わたしの両手はほぼ使いものにならず、氷のかたまりと化していたが、やっとのことで枝をつかみ、即製のパドルにした。わたしがいまいるのは川の真ん中だった。急流がわたしを翻弄《ほんろう》し、〝ビッグ・ウォーター〟と呼ばれるスペリオル湖のほうへ押し流していく。わたしは枝で身体を支えてどうにか立ちあがった。

「ダゴンをとりに来なさいよ、ケティ。あと五分でカナダの領土に入ってしまうわよ」

ソックスを頭上にかざしてふりまわした。ミッティがまたしても銃を撃ちはじめたが、ケティに押しのけられた――川の真ん中でわたしを撃てば、ダゴンを永遠に失ってしまう。わたしはケティに背を向け、かじかんだ手で氷の舵《かじ》取りをしようとした。氷は小さくなるばかりで、水がわたしの足を洗っていた。流れてきた木にぶつかった。その衝撃でわたしは倒れてしまった。倒れた瞬間、木をつかんで、どうにかまたがった。逆巻く水に持ちあげられた氷のかたまりに木が衝突した。アメリカと六十フィート先のカナダをつなぐ不安定な氷のダム。カナダまであと六十フィート。一インチずつ進んでいけば、あそこにたどり着ける。安全な地に、自由の地に。

前方に川霧が立ちこめていた。寒くてたまらない。ふりむくと、ケティのオレンジ色のジャケットが見えた。こちらに突進してくる。氷のダムのアメリカ側まで来て、わたしに駆け寄ろうとしている。

「これ、あげるわ、ジャーヴェス。あなたの勝ちよ」わたしは叫び、濡れたソックスを彼のほうへ放り投げた。

ケティが飛びだし、ソックスが水面にぶつかった瞬間につかんだ。乱暴にソックスの口を開いて手を突っこんだ。手に触れたのが濡れた毛糸だけだとわかると、激怒してわめき散らし、ソックスを川に投げこんだ。ミッティがふたたびライフルを撃ちはじめ、弾丸が氷の上に飛び散った。不意に轟音があがった。氷のダムが崩れて、億万長者とボディガードはビッグ・ウォーターのほうへ流されていった。

63　国境を越える

背後から誰かにつかまれたが、わたしはもう余力がなかった。毛布にくるまれた。抵抗する力もなかった。命なきボロ布のごとく、バンの後部に放りこまれた。まばゆい光で目がさめた。誰かの手がわたしの首に触れている。わたしは弱々しく殴りかかった。

「やめなさい。やめるのよ。もう大丈夫。ここは病院よ」

アニシナベ族の人々がカナダ側の川岸で氷のなかから救出してくれたのだが、わたしがそれを知ったのはあとになってからだった。もっとあとになって、サンダー・ベイの病院で。もっとあとになって、わたしが低体温症と凍傷から回復しはじめ、カナダの移民局の係官が不法越境をめぐってわたしを尋問しに来たときに。

わたしのパスポートはリュックのなかだったが、リュックは木曜日に森を走り抜けたときに落としてしまった。移民局の係官に尋問されるあいだ、わたしは負傷を逃げ場にし、寝たふりで通した。ラーシマがどこにいるのか、川岸のどちらかで彼女を官憲から守る必要があるかどうかがわかるまで、国境で何をしていたかは説明したくなかった。アニシナベ族のほうが助けになった。わたしのパスポートを見つけだし、カナダ側へ届けてくれたのだ。

わたしはサンダー・ベイの病院のベッドに横たわったまま、夕方のニュースでケティの遺体を見た。ケティとミッティは川の下流へ流され、スペリオル湖のほうへ向かったが、河口のところで岩の上に打ちあげられた。二人を蘇生させようとする地元の救急救命士たちの懸命な努力を、サンダー・ベイのテレビ取材班がカメラに収めていた。

「ここピジョン川では、毎年、氷にも急流にも負けるものかと思いこんでいる不慣れな観光客が何人か命を落としています。シカゴの探偵、V・I・ウォーショースキーさんが軽い凍傷だけですんだのは、奇跡的に幸運なことでした。アメリカ財界の大立者ジャーヴェス・ケティ氏とボディガードのドミトリー・ラキーチン氏はそこまでの幸運には恵まれませんでした」

必死の救命活動を伝えるクローズアップの画面のなかで、ケティの右手にはまった蛇の指輪をカメラが大きくとらえた。

「調査の結果、この珍しい飾りは古代の中東からやってきた博物館級の品であることが判明しました。ケティ氏はイラクおよびシリアで出土した遺物のコレクターとしてよく知られています。ケティ氏の娘さんが当テレビ局の取材記者に語ったところによると、これは最近入手したもので、氏は自らが関わっている多数の企業の経営に幸運をもたらすものと思っていたそうです。悲しいことに、ピジョン川の危険な流れのなかで身を守る役には立ちませんでした」

わたしとしては、残虐に腕をもぎとられた女神がケティに復讐したのだと思いたかった。そのついでにわたしを助けてくれたのだろう。感謝するのみだ。そのような過分の厚情に対してシュメールの女神がどんな生贄《いけにえ》を要求するのか、サンセンに尋ねてみなくては。女神の厚情がラーシマと父親の保護にも及んでいるよう願ったが、国境警備隊を刺激するのが怖くて二人のことを尋ねるわけにもいかず、わたしは病室で悶々としながら一夜を過ごした。

翌日、病院がアニシナベ族の老女の一人に面会の許可を出した。これまでの一部始終を老女が話してくれた。タリクが隠れていた家で銃声が響いたので、アニシナベ族の人々は警戒態勢に入ったという。一族の長が発行する狩猟許可証がある場合を除いて、保留地での銃の使用は禁じられている。男たちの一団がタリクの隠れ家へ走ったが、そのときすでに、ケティとミッティが森でわたしを追いかけていた。ミッティがラーシマとタリクを撃とうとしたが、あとにしろとケティにどなられた。わたしが姿を消す前に追いつきたかったのだ。

アニシナベ族の人々が暖かく安全な一族の建物へラーシマと父親を連れていこうとしたが、ラーシマはケティのあとを追うと言いはった。「ヴィクトリアがわたしたちのために命を懸けて戦ってるときに、わたしたちだけ、ぬくぬくとすわってるわけにはいかないわ」

折れた枝や、ケティとわたしが残した泥だらけの足跡をアニシナベ族が追うのに、さほどのスキルは必要なかった。彼らが川にたどり着いたのは、ケティとミッティが氷に飛び移ろうとしていたときだった。

「わたしのいとこたちが川に浮かんだあんたに気づいて、大丈夫かとやきもきしたけど、近づく方法がなかった。カナダ側のいとこたちにメールした。いとこたちはゴムボートを出したが、あんたはすでに丸太から落ちて川岸に打ちあげられていた」

老女は乾いた笑い声を上げた。「あんた、わたしのいとこたちと格闘しようとしたんだよ。あんたを助けようとしたのに。死んだ二人について言っとくと――先週、氷が割れたときに、枯れ枝が自然のダムとなって氷をせき止めた。二人はそこを渡ってたんだが、銃をぶっぱなしたもんだから、音の衝撃でダムが崩れてしまった。なぜまた人殺しをするためにわれわれ一族の土地に無断で入りこもうとしたのか、わたしには理解できないから、二人の死を悼《いた》む気にはなれない」

わたし自身もそんな気にはなれなかった。ケティほどの財力と権力があれば、身を守るための法的手段をいくらでも講じることができるから、彼に正義の裁きを受けさせる方法をわたしが思いつくのはとうてい無理だっただろう。

わたしがアメリカ側とカナダ側の官憲と渡りあうのを、レノア・ピッツォラが手助けしてくれた。入院二日目に、後悔の念でいっぱいの彼女が訪ねてきた。ラーシマとわたしを見捨てて車から降ろしたあと、レノアはピジョン川の河口にある合衆国国境検問所まで車を走らせたという。

「あたしはこう言った――ヘリがテロリスト二人を追ってることは知ってるけど、捜査官たちにあたしのジープを危うく破壊されるところだった、と。それを聞いて、警備隊の連中が色めき立った。もちろん、ヘリには捜査官なんか乗ってなかったからね。スティーヴに無線で連絡をとって、いったいどういうことかと問いただした。そのときはもう、大男二人がスティーヴに銃を突きつけて、上空でホバリングさせようとしていた。着陸後、どうする気だったか知らないけど。あいつら、たぶん、スティーヴまで撃ち殺しただろうね」

「あの二人は何をしても、いつだってお咎めなしだったわ――暴行も、レイプも、殺人も」わたしは言った。「大富豪に雇われてたから。二人の故郷はロシアよ——逮捕されたことは一度もないし、ましてや、判事の前にひきずりだされたこともない」

レノアは腹立たしげな顔をした。「あきれた話だね。スティーヴが言ってたけど、あの二人、若いギャルの父親が住んでた森のなかの家を捜してたらしい。上空から、ケティって男ともう一人のロシア人を誘導してたそうだよ。ときたま、あんたとギャルの姿がちらっと見えて、そうするとロシア人二人は笑ってたそうだが、スティーヴはロシア語ができないから、二人が何を言ってるかはわからなかった」

レノアは深く息を吸った。「国境警備隊のせいで、今日は長い一日だった。もちろん、何人かは知りあいだし、そのうち一人はラットセンに住んでて、あたしと一緒に犬ぞり用の犬の訓練をしてるけど、誰に雇われたのか、誰があんたをこっちによこしたのか、あたしがあんたのことをテロリストだと思いこんだのはなんでかって、みんなにうるさく質問された」

レノアは時計のベルトをいじっていたが、やがて、きっぱりした表情でわたしを見た。「あんな態度をとって悪かったよ。スカーフをかぶってるってだけで、あの若い女の子のことを判断するなんて。このあたりは国境に近いから、週に十回は不法越境者発見って警報が出て、そんなのは肩をすくめて無視してるのに、本物のムスリムの女の子と顔を合わせたとたん、その子が手榴弾を身体にくくりつけてイラクからやってきたみたいな目で見てしまう。ほんとに恥ずかしいと思ってる」

わたしはレノアの反応しだいで違う結果になっていたのだろうかと考えこんだ。わたしたちがボーダー・トレイルを離れたあとで歩いたあの森を通り抜けるのは、いくらレノアのジープでも無理だっただろう。でも、レノアがもう少し先までわたしたちを乗せていってくれれば、ケティより先にタリクの隠れ家に着けたかもしれない。もっとも、その場合は、どこかほかの場所でケティとミッティに出会うことになっただろうが。

「いまの時代、誰もが大きな恐怖のなかで暮らしているわ」ようやく、わたしは言った。わたしが口にできる許しの言葉にいちばん近いものだった。「自分がテロリストでないことを証明するのは簡単なことじゃない。わたしが今後飛行機に乗るときは、たぶん、つねに要注意人物リストに入れられるでしょうね。歓迎する気にはなれないけど」

「よくわかるよ」レノアはつぶやいた。

沈んだ声で、彼女は話を終えた。国境検問所の責任者は最後にダロウ・グレアムと話をした。わたしたちを運んできたジェット機が〈カリー・エンタープライズ〉名義だったからだ。ダロウはわたしの保証人として、個人秘書のキャロライン・グリズウォルドをこちらによこしてくれた。キャロラインはフィンチレーやシカゴの有力者何人かの証言映像を持ってきた。いちばん重視されたのは、もちろん、ダロウの証言だ。多国籍企業のＣＥＯで、カナダの国益にもかなり関わっているとなれば、シカゴの警官の証言より重みがある。ダロウはわたし向けの短いコメントも録画していた――〝ロシアのマフィアどもの射撃からわたしのジェット機を守ってくれて礼を言う〟――無味乾燥な彼の笑い声があとに続いた。

キャロラインはまた、わたしが帰りたくなったらすぐシカゴに飛べるジェット機を用意しておくと約束してくれた。ガルフストリームはダロウがナイロビへ飛ぶのに必要だが、社には小型機もあるので、キャロラインはそれでこちらに来たという。シカゴに戻ったら、その小型機をグランド・マーレイに送り返してくれるそうだ。

退院のとき、すでにダロウが医療費を払ってくれていることを知って驚いた。辺境の森林地帯での奮闘は、ダロウに依頼された仕事とはなんの関係もないというのに。

病院を出たときに押し寄せてきたカメラには、それほど驚かなかった――億万長者の死はいつだってニュースになるものだ。ロシアのマフィアと一緒に川で溺れ死んだ億万長者となれば、ビッグニュースだ。

「ケティはシリアとイラクの博物館から略奪された古代の美術品をコレクションしていました」わたしはリポーターたちに語った。「そのひとつをわたしが入手したと思いこみ、とりもどすために川の向こう岸から追ってきたのです」

「どういう品だったんです?」全員が知りたがった。

わたしは両手を広げてみせた。「ケティが誤解したのです。盗まれたにしろ、そうでないにしろ、わたしは美術品などひとつも持っていません。ケティは錯乱状態でした。彼のビジネスの中核となる企業のひとつ、ペイデイローン会社のスキャンダルの対応に追われていたため、まともにものを考えられる状態ではありませんでした」

わたしは株価操作の件に話を移そうとしたが、誰も興味を持ってくれなかった。シリアから盗まれた黄金の品のほうがニュースになる。

「シカゴの弁護士、リチャード・ヤーボローから話を聞いてください。ケティが彼に古代の小像を何点か譲っていて、腕をへし折られた女神像もそこに含まれています。腕を折ったのは、彼が右手にはめていた指輪の飾りにするために、あの黄金の蛇がほしかったからです。ヤーボローがすべて話してくれるでしょう」わたしは親切にも、ディックの個人的な電話番号と、グリニスが事務所で使っている直通番号をみんなに教えた。

レノアがグランド・マーレイまで車で送ってくれたので、シカゴに戻る前に、タリクとラーシマと一緒にひと晩過ごすことができた。しつこく追ってくるTVリポーターの群れはレノアがみごとに撃退してくれた。そろそろ彼女を許すことにしようと決めた。そもそも、ケティがわたしの行き先を知ったのはレノアの責任ではないのだから。責任はディックにある。いや、少なくともグリニス・ハッデンのせいだ。彼女がハーモニーを連れてきてミスタ・コントレーラスをたぶらかし、情報をつかんだのだ。

レノアがラーシマとタリクのために貸別荘を用意してくれていた。わたしが泊まる部屋もあった。彼女が別荘のオーナーに掛けあってくれたおかげで、一週間無料で使えることになった。オーケイ、レノアを許す。

わたしが別荘の玄関を入ると、ラーシマが抱きついてきた。「ヴィクトリアはわたしの生涯のヒーローだわ。見ず知らずの二人のためにここまでしてくれるなんて——信じられない」

父親がラーシマの背後に立ち、娘の熱狂ぶりに優しい笑みを向けていた。ラーシマがわたしから離れると、彼が両手でわたしの右手をとり、アラビア語でラーシマに何か言った。

「どれほど感謝してるか、あなたに伝えてほしいそうよ。問題が残ってるのは事実だけど、知らない人がどこからともなく現われて友達になってくれたんだから、前よりも楽に耐えていけるわ」

残された問題というのは、もちろん、タリクが不法滞在者であることだ。ここミネソタ州の国境警備隊は、ケティと、お供のロシア人たちと、わたし自身の行動に注意を奪われ送還だ。

てきたが、タリクを永遠に放っておくとは思えない。たとえ放っておきたくても、ワシントンから圧力を受けて行動に出ざるをえなくなるだろう。行動というのは、すなわち強制送還だ。

「カナダ側から父に招待が来てるの」ラーシマがわたしに説明してくれた。「トロントの大学で詩の講座を担当してほしいって。トロントにはシリア人がたくさん住んでるし、アラビア語をしゃべる人もたくさんいるから。でも、そうすると、わたしと会えなくなる。父がこちらに戻るのは無理だし、わたしは学生ビザだからアメリカとカナダを行き来することはできない。でも、父がアメリカに残れば、ICEがやってきて強制送還ってことになってしまう」

「あなたがカナダの学校に入るという手があるわよ」わたしは提案した。「モントリオールには名門の工科大学もあることだし」

ラーシマは赤くなった。「ええ。フェリックスとわたし……二人でそのことも話しあったわ……でも、殺人容疑でフェリックスが逮捕される危険をあなたが消してくれて、ダゴンを安全に保管しておくという悩みからわたしたちを解放してくれたから、わたし自身や父の、あるいはフェリックスの身の安全を危惧しなくてもよくなったいま、シカゴを好きになれるかどうか、自分の目で見てみたいと思っているの」

フェリックスは退院して自分の住まいに戻っていた。ラーシマと何回か話をし、メールでも絶えず連絡をとりあっているという。マーサ・シモーンからは、とても満足そうな声で、フェリックスがロレンス・フォーサンの死と無関係であることを保安官も認めたという報告があった。ラーシマとわたしをヘリで追ってきた二人のロシア人は国境警備隊に逮捕された。ケティとミッティ——ドミトリー・ラキーチン——が死んだことを知らされると、たちまち、悪事のすべてをラキーチンのせいにした。フォーサン殺しも、リノを拉致して拷問にかけたことも。

タリクが娘の通訳を介して、二十四時間以内という枠のなかで決断を下すのはもうこりごりだと言った。「アサドに命令された連中がわたしを逮捕しに来て以来、ずっとそうだった。ラーシマをベイルートへ、妻と息子をヨルダンへ送りだすまでに二十四時間。釈放されたときは、ハバナ行きの船に乗る決心をするまでに二十四時間。やがて、娘に会うためアメリカ行きの船に乗るチャンスがめぐってきた。このときも二十四時間だった。今回はもうごめんだ。今回はふたたび国境を越える前にじっくり考えたい」

わたしにできるのは、タリクをマーサ・シモーンにひきあわせ、何かいい方法がないか彼女に考えてもらうことぐらいだった。

夕食のとき、投獄される原因となったマンデリシュタームの詩の翻訳について、タリクに尋ねた。

タリクはロシア語ができた。こんなふうに説明してくれた。

「わたしは冷戦時代、シリアがソ連と密接な同盟関係にあったころに、工学部の学生としてモスクワで一年を送ったが、いちばん愛していたのはつねに詩だった。地下出版に携わる人々と親しくなった。彼らを通じて、一九三〇年代に活躍した偉大なる反体制派の詩人たちの作品を知った。

アフマートヴァ、パステルナーク、ツベターエワ。わたしにとって最高の詩人は、つねにマンデリシュタームだった。翻訳しようとした。ロシア語はむずかしいが、同じくむずかしいのが——」ラーシマが言葉を探すあいだ、カタバは片手で腿を叩いていた。

「リズムね」わたしは言ってみた。「あるいは、韻律《いんりつ》」

「そう。むずかしいが、すばらしかった。サラキブに戻って、わたしは結婚した。息子と、美しく聡明な娘を授かった。自転車を修理し、ツアー客を案内したが、いつも詩を書いていた。フランスの親切な友人たちがわたしの詩を集め、それがわたしの——」ラーシマがふたたび言葉を探した。わたしと相談して〝破滅〟という言葉を選んだ。

「わたし自身の詩と、お気に入りのロシアの詩を訳したものが編纂されて、ベイルートで出版された。アサドにつき従う意気地なしのおべっか使いの一人がマンデリシュタームの詩を目にして、アサドに見せた」

タリクは『スターリン・エピグラム』をわたしのためにロシア語で、次にアラビア語で暗唱してくれた。どちらの言語も美しい響きだった。もっとも、どちらも意味不明だったが。電話をとりだして検索したとき、わたしはこの詩を一度目にしたことがあるのを思いだした。そして、ようやくなぜこの詩が独裁者を激怒させたのかがわかった。マンデリシュタームはスターリンの口髭が〝ゴキブリ〟に似ていて、彼に従う者たちは〝媚びへつらいのうまいおべっか使いの集まり〟であり、彼に命じられるままに〝ニャオと鳴くか、ピーピーさえずるか、クーンと泣くか〟だ。彼が作る法律は〝蹄鉄〟で、これが人々の頭や目や股間を直撃する、と言っているのだ。これはたしかに怒りを買うだろう。

「一九三三年、『エピグラム』がスターリンの耳に届くと、彼はマンデリシュタームを逮捕させ、最後は処刑するに至った。もちろん、真夜中に警察がやってきても、詩人たる者、驚いてはならない」

わたしはアメリカでも、媚びへつらいのうまい政府のおべっか使いどもが〝フェイク・ニュース〟をめぐっていないないていることを思い、身を震わせた。

「問題は口髭だった」タリクはつけくわえた。「スターリンの口髭は大きくて、唇の上でゴキブリが休んでいるように見えた。アサドの口髭は小さくて、鉛筆で――」タリクは指でテーブルをこすり、消しゴムのまねをしてみせた。

「描いたみたいに見えた」わたしは推測で言ってみた。

「三分間の裁判のとき、わたしは必死に言ってやった——アサドがスターリンと間違えられることはありえない。口髭が小さすぎるから、と」

「刑を軽くしてもらう役には立たなかったでしょうね」わたしは笑いをこらえることができず、あわてて謝ったが、タリクも穏やかに笑っていた。

「そう。役に立たなかった」と、英語で言った。「アサドはゴキブリのように大きな口髭をほしがっている」

タリクはアサドの監獄に一年十カ月も放りこまれていた。そのあいだにさまざまな拷問を受けたが、とりわけ残酷だったのが電流を通したワイヤでの鞭打ちだった。釈放されると、タリクはただちにシリアを離れた。妻はすでに亡くなり、息子は依然としてヨルダンにいたが、ラーシマは、彼の愛する〝小さな赤子〟はシカゴにいた。タリクはシカゴへ向かった。

64 自己弁護

わたしはダロウが所有するジェット機のうち二番目に上等なものでシカゴに戻った。どうしてもフェリックスに会いたいというラーシマも一緒だった。タリクはアニシナベ族の客人としてグランド・ポーテッジに残った。長くそこに落ち着けるわけではない。でも、合衆国がアニシナベ族の居留地にいきなり捜査官を送りこんできても不思議ではない。でも、多少は時間の余裕ができるから、タリクが二十四時間以内に決断を下す必要はない。

翌週、サンセンがアンマンから帰国する予定だった。ラーシマと父親の意見が一致して、ダゴンをサンセンに返し、サラキブの宝物の数々が故郷に戻れる日が来るまでオリエント研究所で保管してもらうことになった。

「わたしが生きているあいだには実現しないかもしれない」タリクが言った。「だが、いずれ実現する。運命の車がまわって善が悪を滅ぼしてくれるという希望を持たずに人生を歩んでいくことは、わたしにはできない」

帰宅した翌朝、わたしはうんと朝寝坊をし、そのあと、ミスタ・コントレーラスと、ふたたび老人のところに泊まっていたハーモニーと一緒に、フレンチトーストを食べた。

「できれば許してほしいの、ヴィク」ハーモニーが消え入りそうな声で言った。「謝りたくて、あなたが戻ってくるまでここに泊めてもらってたのよ」

「すべて過ぎたことだ」ミスタ・コントレーラスが心をこめて言ったが、ハーモニーは首を横にふった。

「あたしは混乱して、怒りに駆られて、大きな間違いをしてしまった。ディックおじさんの家族にしてほしい気持ちがあったから、リノを守るためにあの書類を手に入れる必要があるっておじさんに言われたとき、信じてしまったの。まあ、半信半疑だったとは思うけど。グリニスのほうは、あたしが初めてこっちに来たときに比べると、あたしへの態度が大きく変わってた。最初のころは、疫病神って言わんばかりの扱いだったのに、急に――どう言えばいいのかな――姪みたいに大事にしてくれるようになった。グリニス夫妻の家のゲストルームに泊まらせてくれた。でも、あの朝、グリニスと一緒にここに来て、おばさんがサルおじさんに残してったメモをグリニスが持ち去ったあとで、あたし、彼女とディックおじさんに利用されてただけだって気がついた」

「そのとおりだ」ミスタ・コントレーラスが言った。「誰が本当の友達かが、ハーモニー

「……にもわかったんだ。グリニスって女から逃げだして、ここに飛んできた」

ミッチとペピーはわたしの帰宅を知って有頂天だった。わたしは二匹とハーモニーを連れて湖へ出かけた。二週間前にハーモニーとわたしが襲撃された小道まで行くと、近くで水仙とクロッカスが風にそよいでいた。シカゴに春がやってきた。

その日遅く、ハーモニーはポートランドに帰っていった。リノの回復を見届け、わたしに謝罪するまで、シカゴにとどまっていたのだ。ハーモニーを車に乗せて、ミスタ・コントレーラスとわたしが空港まで送っていったとき、老人はハーモニーに薄型の宝石箱を渡した。

「あんたのママがくれたのとは違うが、ここにもあんたの身を案じる家族がいることを思いだす助けになるだろうよ」

わたしはふたたび睡眠をとり、それからロティに会いに出かけた。もちろん、サンダー・ベイの病院にいたあいだも電話で話をしたが、どうしてもじかに会って話したかった。ロティはわたしの両手をとり、凍傷が残っていないかと指先を調べた。

「手遅れにならないうちにちゃんと手当てをしてもらえてよかった」ロティは言った。「フェリックスのために大きな危険を冒してくれて、本当にありがとう」

「フェリックスのためにやったんじゃないわ。あなたのためよ」

でも、結局のところは、ケティへの怒りからやったことだ。ケティは何年ものあいだ略奪行為を働き、それなのに罪を免れてきた――古代の遺物を略奪し、金を略奪し、テーブルに食べものを並べるために〈レストEZ〉にすがりつこうとする、社会の底辺で暮らす人々の尊厳を略奪した。四百パーセントの金利をとるだけでは満足せず、株価を操作して人々から金をだましとった。それもこれもすべて、彼の莫大な資産を増やすためだった。

「ケティが溺死したのは、たまたまこっちの運がよかっただけよ。ある意味では、助かってほしかった。これまでの悪事をすべて公にすることができるもの。でも、よく考えたら、いまの時代、超富裕層が法律の裁きを免れるのはきわめて簡単なことだわ。ケティもたぶん、あらゆる裁きから楽々と逃げだおおせたでしょうね」

「会社を維持していくために、ケティにはロシアの連中が必要だった」ロティとわたしが再会を喜びあうあいだ、マックスは黙って隅にすわっていたので、彼が発言した瞬間、二人ともギョッとした。

「ベス・イスラエルが〈ケティ・エンタープライズ〉の株式を保有していないことを確認しておこうと思い、病院のファンドマネジャーに少し調べさせた。ケティはこの十年のあいだ、開発プロジェクトを派手に展開しすぎて、プーチンの友達何人かに金を借りる羽目になっていた。そんな立場にはなりたくないものだ」

「黄金の像にどうしてそれほど執着したのかしら」ロティが言った。「あなたとカタバを自分の手で殺そうとしたのはなぜ？」

わたしは肩をすくめた。「たぶん、裏切りにあって激怒したのね。ロレンス・フォーサンの殺害を命じたのも、結局はそれが理由だった。そのあと、彼が雇ったマフィアの連中がラーシマとフェリックスを始末できなかったものだから、妨害を受けたときに本物の男ならどう対処するかを連中に見せてやろうとしたんだわ」

マックスも同意した。「億万長者の連中が老化プロセスを止めるテクノロジーに投資しているのを知っているかね？　自分たちはどんなものでも売買できるから、不死の存在になって当然だと思っている」

ロティは両手を上げた。「いつの時代も同じね。わたしには耐えられない。次から次へと権力者が登場して軍靴で歩きまわり、周囲のすべての者を支配しようとする。もうたくさんだわ」

「そんな人間ばかりじゃないわ」わたしは言った。「あなたは病人を癒している」

「そして、きみはあの豚野郎を氷の上へ誘いだし、激流に投げこんだ」マックスがニッと笑いながら、わたしのワイングラスにおかわりを注いでくれた。

「ケティに家族はいたの？」わたしは尋ねた。ケティの私生活を調べようと思ったことは一度もなかった。

「別れた妻が二人」マックスは言った。「成人した娘が二人。一人はスイスと地中海で散財するのが好きだが、もう一人は父親の鮫のような気質を受け継いでいる。父親の非業の死に対して娘から訴訟を起こされないよう、きみも気をつけたほうがいい」

マックスはクスッと笑ったが、わたしはたじろいだ──冗談じゃない。新たなるケティがわたしを破滅させようとするなんて。


翌朝、リノを見舞うため、ベス・イスラエル病院へ出かけた。ストリーター兄弟はすでに病院をひき払っていた。ケティとミッティが死亡し、ロシアの殺し屋二人が逮捕された以上、リノを一人にしても心配ないと判断したのだろう。リノは誰の助けも借りずに歩けるようになり、食事もできるようになったので、一般病棟へ移されていた。

声を聞くまで、リノはわたしのことがわからないようだった。前回話をしたときは衰弱しきっていたため、わたしの声だけが記憶に残ったのだろう。わたしが名前を呼んだとたん、リノの顔が輝いた。

「ヴィクおばさん。守ってくれてありがとう」

リノとわたしは午前中の大半を費やして、ここ数カ月の出来事を思いかえした。「あなたは信じられないほど強い女性だわ」わたしは言った。「サン・マチュー島から決定的な情報を持って帰ってきたし、命の危険に直面しても、ケティが雇ったマフィアからロケットを隠しとおした。男性にしろ、女性にしろ、そこまでできる人なんて、わたしの知りあいには一人もいない。あなたのおかげでジャーヴェス・ケティは死亡し、彼に雇われた悪党どもはいなくなり、ケティが関係していた会社はすべてつぶれかけている」

リノは赤くなった。「ジャーヴェス・ケティが死んだのはヴィクおばさんのおかげよ」

わたしは彼女に、拷問で痛めつけられた人々のためのグレーテ・バーマン・インスティテュートという施設のことを話した。「これ以上入院を続けるわけにはいかないでしょ。でも、ここに移れば、あなたのようなトラウマを抱えた人にかぎりない助けの手が差しのべられるのよ。わたしも以前、刑務所に放りこまれ、痛めつけられたあとで、そこに一カ月いたことがあるの」

できれば思いだしたくない過去だったが、リノが詳しく知りたがったので話すことにした。わたしの体験を知っておけば、今後待ち受けている回復のための苛酷な日々を乗り切る助けになるだろう。

しばらくのあいだ、毎日リノの見舞いに行き、シカゴ郊外にあるグレーテ・バーマン・インスティテュートへ移るのに手を貸し、わたしがいつもそばにいることをリノに理解してもらおうとした。二人で話をしていたある日、ディックとのあいだに何があったのかを、リノがちらっと口にした。

「あたしの職探しに協力してくれたのよ。ディックおじさんも、おじさんの秘書の人も。でも、サン・マチュー島から帰ってきたら、口も利いてくれなくなった。どれほどひどい目にあったかを訴えたのに、泣きごとばかり言うやつに用はないってディックおじさんに言われてしまった」

わたしの胸に怒りが湧きあがったが、冷静な声だけは崩さないようにした。ここでわたしが怒り狂ったりしたら、弱っているリノをなぎ倒すことになりかねない。「あなたを拉致した男たちと話をするように勧めたのはディックだった？　それとも、グリニス？」

「ううん、違う。聞き覚えのない声だったけど、男の人から電話があったの。こう言ったわ――きみが〈レストEZ〉のトップと話をしたがっていると聞いた。わたしがそのトップだ。サン・マチュー島で破廉恥《はれんち》なことがおこなわれているとは知らなかった。そちらのアパートメントにお邪魔してじかに謝罪をしたい、って。あたし、ほんとに馬鹿だった。おしゃれな服を着て、ヘンリーがプレゼントしてくれた幸運のシルクのスカーフなんか巻いていたんだもん。でも、やってきたのは〈レストEZ〉のトップじゃなくて、三人の怪物で、飛びこんでくるなりあたしを押さえつけたの」リノは声を詰まらせた。

「やっぱり幸運のスカーフだったのよ」リノの嗚咽が弱まったところで、わたしは言った。

「木の枝にひっかかったスカーフの切れ端を追って、わたしがあなたを見つけだしたんだから」

リノの病室を出たわたしは、その足でダウンタウンのグロメット・ビルに向かった。ディックも、グリニスも、警備員のデスクを通りすぎる許可をくれなかった。警備員に頼んでグリニスに電話をつないでもらうしかなかった。

「わたしが次に話をする相手は《ヘラルド＝スター》のマリ・ライアスンよ。わたし、アニシナベ族にピジョン川からひっぱりあげてもらって以来、マリにインタビューを申し込まれてるの。インタビューに応じれば、あなたに大きなスポットライトが当たることになるわ。マリにすべてを話すつもりだもの。あなたがハーモニーを連れてわたしの家に来たことも、わたしが隣人のために置いていったメモを盗んだことも、ジャーヴェス・ケティへご注進に及んだことも……」

「五分だけなら会えるわ」グリニスは言った。

五十階でエレベーターを降りると、彼女が待っていた。わたしをオフィスのほうへ押しやろうとしたが、わたしは足を止めて壁に目を向けた。〈ランケル・ソロード＆ミナブル〉のプレートがはずされていた。

「賢明だわ」わたしは空っぽのスペースを指さしてグリニスに言った。「世界じゅうのさまざまな法執行機関と有価証券監視機関に注目されてる事務所だから、〈クローフォード・ミード〉のプラスになるとは思えない」

「何も理解してないのね、ヴィク」

「だからここに来たのよ。理解したくて。あなたがなぜハーモニーを利用してわたしの行き先を探りだし、ケティに知らせたのかを知りたいの。なぜディックがケティとベッドで深い仲になり、二人を結びつけているシーツがほどけなくなってしまったのかを知りたいの」

わたしがこう言っていたとき、若いアソシエートの弁護士が通りかかった。ひどく驚いた様子だったので、グリニスはタックルせんばかりの勢いでわたしをディックのオフィスに押しこめ、ドアを閉めた。

わたしはディックのデスクまで行き、前に女神像が入っていた引出しをあけた。像はすでに消えていたが、ケティの感謝の言葉が書かれた分厚いクリーム色のカードは残っていた。

「いったい何を――」ディックが言いかけた。

「ここにあった女神像だけど、あの石像の女神と一緒にあなたの家に置いてあるの？　それとも、用心のために捨ててしまったの？」わたしはデスクの引出しにもたれた。人間工学に基づいて設計されたデスクチェアにすわっている彼の脚に触れそうになった。

「なんの話だかさっぱりわからん」

「お粗末ね、ディック。信じられないわ――あなたみたいなベテラン弁護士が、犯罪者たちが世界の始まりからずっと使ってきたお粗末きわまりないセリフしか口にできないなんて」わたしは〈サラキブ博物館の宝物展〉のパンフレットをとりだし、女神像の写真が出ているページを開いた。

「あなたの仲良しのケティがロレンス・フォーサンから女神像を受けとり、ここに持ってきた。盗品であることを承知のうえで。きらきら光るものが好きな男だから、黄金の蛇がほしくて女神の腕をへし折った。自分の指輪につける黄金の蛇を手に入れるため、四千五百年の歴史を破壊した。蛇がなければ、女神像にはなんの魅力もない。価値が失われてしまったのだから。ケティはあなたに女神像を渡した。捨てたわけね。ケティから見れば、あなたの価値はその程度だった。あなたがせっかくケティの汚れものを洗ってあげたのに、ケティのほうは、こわれたおもちゃを渡しておけば充分だとしか思わなかった」

ディックの肌の色が濃くなったように見え、息遣いが荒くなった。「証拠もないくせに」

「そんなの関係ないわ。あなたの仕事は信用の上に成り立つものよ。ケティのようなクライアントはたぶん、あなたを信用して犯罪の隠蔽《いんぺい》を一任するだろうけど、あなたにはそれ以外のクライアントもついているのよ。あなたなら法を順守し、クライアントの利益を誠実に守ってくれるだろうと信じている人たちが」

「ああ、くそっ。くそ、くそ、くそ」ディックは両手に顔を埋めた。

「何があったの？」わたしは尋ねた。「莫大な資産のそばに身を置くのがすごく刺激的だから、ケティが資産を築くために何をしてきたかには目をつぶったというの？」

「そんなんじゃない」ディックはつぶやいた。

「ええ、そうでしょうとも」わたしは言った。「どういうことなのか説明して」

「うちの事務所は、〈ケティ・エンタープライズ〉のシカゴにおけるリースや税金関係の案件を担当している」ディックは彼の膝に向かって言った。「ケティがジャカルタで建設予定だった物件に投資するチャンスを与えてくれたのだが、計画が頓挫《とんざ》してしまった。わたしは自宅を抵当に入れていて、われわれは――テリーとわたしは――何百万ドルもの負債を背負いこむことになった。ボロ株を使って負債の一部を穴埋めする方法をケティが教えてくれたものの、窮地を脱することはできなかった。サン・マチュー島で使っている法律事務所のためにオフィスのスペースを用意してくれたら、借金の半分を帳消しにしよう、とケティに言われた。われわれはそのとおりにした――グリニスとわたしという意味だが。リノが就職の世話を頼みに来たとき、ケティはローン会社に見栄えのいい女を――女性を――置いておく価値について、それまでに何度もコメントしていたものだった」

「そこであなたは思った――この美人の姪以上に女っぽいケツを持った色気たっぷりの女は見たことがない、と」わたしは意地悪な笑みを浮かべた。

「あきれるほど下品な言い方ね」グリニスが言った。

「男が言えば〝ほどよく下品〟だけど、わたしが言うと非難の的になるわけ？　コラムニストの〈ミス・マナーズ〉が休暇をとるときは、あなたがマナーに関するコラムを書くの？　下品じゃないお二人はご存じだった？――カリブ海に出かけた女性たちが選ばれた理由が女っぽい色気にあったことを？　少しは姪の力になろう、守ってやろうとは思わなかったの？」わたしはタルボットの絹のネクタイでディックを絞め殺したりしないよう、両手をパンツのポケットに突っこんだままにしておいた。

「あの子なら一人でちゃんとやっていけたさ」ディックは言った。「シカゴに来たとき、まずオーク・ブルックに押しかけた――図々しくも、テリーの前にいきなり姿を見せて、哀れな身の上話をしようとした」

「もういいわ」わたしは突然すべてにうんざりして、まっすぐに立った。「何があったかはだいたいわかった。リノが持ち帰った株式売買詐欺に関する情報も、ロシアのマフィアにあなたが借りを作ったことも。でも、あなた、ハーモニーに何をしたの?」

「何も」ディックは驚いて顔を上げた。

「ごまかすのはやめて、リチャード。わたしがグランド・マーレイへ出かけた木曜日に、グリニスがハーモニーを連れてわたしの家に来たのよ」

「ああ、そのことか」ディックは優等生の男の子が万引き現場を見つかったときのような、むっつりした声に戻った。「ハーモニーはグリニスの家に泊まっていた。ケティがわたしのところに来て、どうしてもきみの居所を知りたいと言った。その必死の形相《ぎょうそう》を見て、わたしは借金の残りをケティが棒引きにしてくれることを期待した。値切り交渉が始まった――二千五百万が七百万になった! ケティはその交渉を一分一秒に至るまで楽しんでいた。家庭を持つ男が冷や汗をかき、はした金を請い求め、それを億万長者が見守る、という図式が気に入ったのだろう」

「そうね、あなたはお金に困っていた」わたしはうなずいた。「ひどく困ってたから、ケティがわたしを殺す気でいるのを知りながら、わたしのところに彼を差し向けた」

「殺す気だとは知らなかった!」ディックは叫んだ。「ケティはきみと理性的に話をしたいと言ったんだ」

「なるほど。すばらしく理性的な男だったものね。さあ、ハーモニーのことを話して」

「どこにいても、ひどく不安定な子だった。いまきみのガッツを憎んでたと思ったら、次の瞬間には、きみのことを彼女とリノの救い主だと言いだす始末だ。それはともかく、ハーモニーはグリニスに、あの老人ならきみの居所を知ってるはずだと言った。ドクター・ハーシェルに尋ねても無視されるのはわかっていたが、コントレーラスならハーモニーに甘いことを彼女も知っていた。そこで、グリニスがハーモニーを連れて老人のところへ出かけた。だが、そのあとでハーモニーがわたしを裏切ったんだ」

「リチャード、あなたの経済的苦境なんてわたしにはどうでもいいことだけど、あなたの姪たちにはこの先何年もお金のかかるセラピーが必要になるわ。費用を出してね。あなたとグリニスとテリーで。請求書はすべてこちらに届くようにするから、届いたらすぐ支払ってちょうだい」

「わたしにはできない――きみにも――」

「できるわ。するつもりよ。いやだと言うなら、今回のことを公表させてもらう。そしたら、あなたは弁護士資格を剝奪されることになる」

じっと待つうちに、ディックがわたしの目を見て、妥協の余地のないことを悟った。

わたしは二度と冷静になれないような気がしたが、事務所に着くと、通りの向かいのコーヒーバーでラーシマとフェリックスがわたしの帰りを待っていた。

二人の胸には、感謝と、わたしを信用できなくて事情を打ち明けなかったことへの申しわけなさと、二人とタリクの命を救ったわたしへの謝意があふれていた。

「父の詩のなかでわたしが好きなのは『亡霊の館』よ」ラーシマが言った。「アサドの牢獄に放りこまれていたあいだに頭のなかで書いたもので、牢獄にいることと自由でいることの意味を伝える寓意物語なの。イスラムの伝説でおなじみの魔物と天使もたくさん出てくる。わたしの好きな天使はアーティヤイール。人が憂鬱と悲しみに耐えきれなくなったとき、それらをとりのぞいてくれるの」

ラーシマはわたしに、額に入れた羊皮紙を渡してくれた。彼女かフェリックスがそこに金色の葉を描いていた。

〝わたしは夜の帷《とばり》のなかで目をさまし、重さのない自分に気づいて泣いた。熱病は去った。アーティヤイール、あなたはわたしを見つけ、わたしを悲しみの重荷から解き放ってくれた〟

65 真の黄金

その日の真夜中、わたしが眠りに落ちたちょうどそのとき、わが家の玄関の呼鈴が鳴った。犬たちが吠えはじめた。1Bの女性が廊下に出てきて、二匹に向かって金切り声を上げた。わたしがジーンズをはいて階段を駆けおりると、ミスタ・コントレーラスと1Bの女性がどなりあっていた。

建物のドアのところにピーター・サンセンが立っていた。「遅い時間なのはわかっていた。電話すべきだとわかっていた。自宅にまっすぐ帰って、明日の朝電話するつもりだった——しかし、なぜかタクシーがここに止まったんだ」

「よくあることよ」わたしは間の抜けた笑みを浮かべていた。「よかったら上に来て」

ミスタ・コントレーラスと女性がこちらを見て、不意に黙りこみ、それぞれの住まいに戻っていった。

「きみはアンマンのヒーローだ」サンセンが言った。「ダゴンをとりもどし、遺物の盗掘者を片づけた――いずれ近いうちに、公式晩餐会に招かれるかもしれないぞ」

サンセンがわたしを追って寝室に入り、服を脱ぎはじめたが、わたしはクロゼットに作りつけになった金庫まで行き、ダゴンを持って戻ってきた。サンセンはわたしからダゴンを受けとると、畏敬の念に顔を輝かせ、がっしりした手で黄金の像に優しく触れた。金色の魚の尾がいまにも動きだしそうに見えた。世界じゅうの邪悪なるものをすべて追い払ういっぽうで、松かさを持つ手を高く差しあげて祝福を与えている。〝わたしを悲しみの重荷から解き放ってくれた〟

訳者あとがき

V・I・ウォーショースキー・シリーズの十九作目、『クロス・ボーダー』をお届けしよう。前作*FALLOUT*（邦題『フォールアウト』、二〇一七年ハヤカワ文庫刊）の翻訳出版が二〇一七年十二月だったので、V・Iは日本の読者の前に四年ぶりに登場することとなる。前作ではシカゴを離れてカンザス州へ出かけ、巨大な陰謀の渦に巻きこまれてしまったV・Iだが、本書ではシカゴに腰を据え、この街を縦横無尽に駆けまわる。

そもそもの始まりは午前二時にかかってきた電話だった。かけてきたのはフェリックス・ハーシェル。V・Iの親友であるロティの弟の孫で、イリノイ工科大学の工学部に在籍中だが、警察へ連れていかれそうになり、彼女に助けを求めてきたのだった。シカゴ市の南西部に広がる森林保護区で無惨な遺体が発見され、遺体のジーンズのポケットにフェリックスの名前と電話番号を書いた紙が入っていたため、彼が第一容疑者にされてしまったのだ。「フェリックスの容疑を晴らして」とロティに懇願され、しぶしぶひきうけるV・I。ところが、さらにもうひとつ、厄介な事件を背負いこむことになった。

V・Iはずっと昔、ほんの短いあいだ、ディック・ヤーボローという男と結婚していた。夫婦ともに弁護士だったが、金と名誉を愛し、夫に尽くす妻を理想とするディックと、正義感に燃え、弱者に寄り添うV・Iがうまくいくはずもなく、ディックの浮気をきっかけに二人は離婚することになった。

その元夫の姪に当たるハーモニーが突然V・Iを訪ねてきて、「姉のリノが行方知れずなの。お願いだから、捜すのを手伝って」と泣きついた。離婚したとはいえ、かつての夫の姪なら、V・Iにとっても姪に当たる。気は進まないながらも、ことわりきれずにリノ捜しにとりかかるV・Iだったが、最初はまったくの無関係と思われたふたつの事件につながりがあることが徐々に判明してくるあたりから、持ち前の正義感に突き動かされ、最初は気乗り薄だったことが嘘のように全力で事件にぶつかっていく。

デビュー作では三十代だったV・Iも徐々に年齢を重ね、四十代に入ったころから体力の衰えを嘆くようになった。訳者であるわたしはシリーズの翻訳を続けながら、「このごろ、ヴィクって愚痴が多くなったわね。このままパワーダウンして、いずれ事務所を閉じるつもりかしら。シリーズが終わってしまうのかしら」と、ひそかに心配したものだった。二〇〇五年刊の *FIRE SALE*（邦題『ウィンディ・ストリート』、二〇〇八年ハヤカワ文庫刊）からしばらくシリーズが中断されたため、いよいよ探偵事務所を閉鎖する気かもしれないと不安になった。ところが、四年後の二〇〇九年、*HARDBALL*（邦題『ミッドナイト・ララバイ』、二〇一〇年ハヤカワ文庫刊）で、V・Iはみごとに復活。これ以後の作品では「年をとった」とか「疲れやすくなった」というセリフを口にしなくなり、デビューのころ以上にパワフルな活躍をするようになる。「だっ、大丈夫？　そんなに無理しなくてもいいんじゃない？」と、思わず声をかけたくなるほどだ。

本書でも彼女の超人的なタフネスぶりはいっこうに衰えを見せていない。姪のハーモニーの身を守るために悪漢どもに立ち向かってフラフラになったり、事件関係者の住まいに忍びこんだところを見つかって背後から撃たれたり、物語のクライマックスに至っては無謀としか言いようのない行動に出たりして、一時期のパワーダウンが信じられないほどの頼もしいV・Iに戻っている。

本書がアメリカで刊行されたのは二〇一八年。ちょうどトランプ政権下にあった時代で、作中にも、大統領に対する皮肉っぽいコメントが登場する。

〝一年前には我慢のならなかった連中が、いまじゃ大統領と閣僚ですもの〟

〝おまけに、アメリカ大統領が移民を迫害しはじめ、怯えた羊みたいに集めて逮捕するものだから……〟

V・Iが見た二〇一六～二〇一八年のアメリカを、パレツキーはこんなふうに辛辣に描きだしている。この時代のアメリカの姿を伝える貴重な記録として残ることだろう。

最後に次作 *DEAD LAND*（早川書房より刊行予定）のご紹介を少し。『カウンター・ポイント』で初登場して、コントレーラス老人にすっかり気に入られたバーニー・フシャールが帰ってくる。一時カナダに帰国していたが、女子アイスホッケー・チームのコーチをするため、シカゴに戻ってきたのだ。バーニーのおかげで、V・Iはまたまた大きな事件にひきずりこまれ、その身を危険にさらすことになる。元気いっぱいのバーニーと、タフなヴィクの活躍をどうぞお楽しみに！

二〇二一年八月

女には向かない職業

An Unsuitable Job for a Woman

P・D・ジェイムズ
小泉喜美子訳

探偵稼業は女には向かない——誰もが言ったがコーデリアの決意は固かった。最初の依頼は、突然大学を中退して命を断った青年の自殺の理由を調べるというものだった。初仕事向きの穏やかな事件に見えたが……可憐な女探偵コーデリア・グレイ登場。第一人者が、新米探偵のひたむきな活躍を描く。解説／瀬戸川猛資

ハヤカワ文庫

くじ

The Lottery: Or, The Adventures of James Harris

シャーリイ・ジャクスン

深町眞理子訳

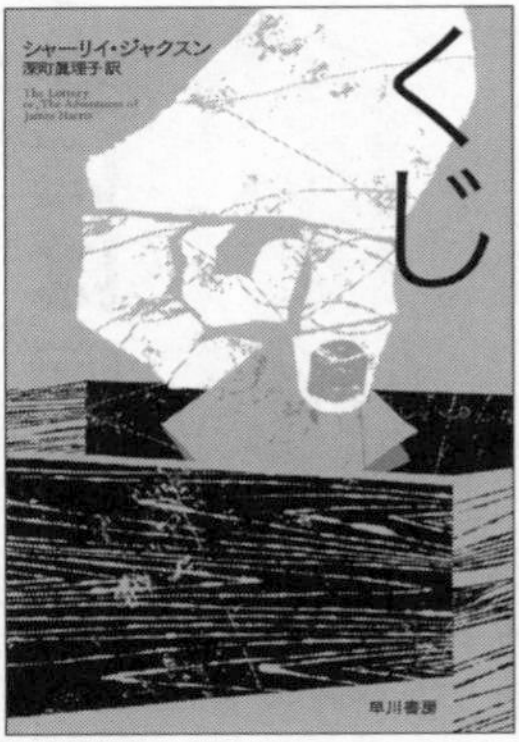

毎年恒例のくじ引きのために村の皆々が広場へと集まった。子供たちは笑い、大人たちは静かにほほえむ。この行事の目的を知りながら……。発表当時から絶大な反響を呼び、今なお読者に衝撃を与える表題作をふくむ二十二篇を収録。日々の営みに隠された黒い感情を、鬼才ジャクスンが容赦なく描いた珠玉の短篇集。

幻の女〔新訳版〕

Phantom Lady

ウイリアム・アイリッシュ
黒原敏行訳

妻と喧嘩し、街をさまよっていた男は、
奇妙な帽子をかぶった見ず知らずの女に
出会う。彼はその女を誘って食事をし、
ショーを観てから別れた。帰宅後、男を
待っていたのは、絞殺された妻の死体と
刑事たちだった！　唯一の目撃者〝幻の
女〟はいったいどこに？　新訳で贈るサ
スペンスの不朽の名作。解説／池上冬樹

I Q

ジョー・イデ IQ
熊谷千寿訳

〔アンソニー賞／シェイマス賞／マカヴィティ賞受賞作〕ＬＡに住む青年〝ＩＱ〟は無認可の探偵。ある事情で大金が必要になり、腐れ縁のドッドソンから仕事を引き受ける。それは著名ラッパーの命を狙う「巨犬遣いの殺し屋」を見つけ出せという奇妙な依頼だった！　ミステリ賞を数多く獲得した鮮烈なデビュー作

IQ 2

Righteous

ジョー・イデ
熊谷千寿訳

亡き兄の恋人だった女性から、高利貸しに追われる妹ジャニーンを助けてほしいと頼まれた探偵〝IQ〟。腐れ縁のドッドソンを伴い、彼女が住むラスベガスに赴くが、事態は予想よりも深刻だった。ジャニーンは中国系ギャングの個人情報に手を出し、命を狙われていたのだ。待望のシリーズ第二作。解説／丸屋九兵衛

ハヤカワ文庫

ロング・グッドバイ

The Long Goodbye

レイモンド・チャンドラー

村上春樹訳

私立探偵フィリップ・マーロウは、億万長者の娘シルヴィアの夫テリー・レノックスと知り合う。あり余る富に囲まれていながら、男はどこか暗い陰を宿していた。何度か会って杯を重ねるうち、互いに友情を覚えはじめた二人。しかし、やがてレノックスは妻殺しの容疑をかけられ自殺を遂げてしまう。その裏には哀しくも奥深い真相が隠されていた。新時代の『長いお別れ』が文庫で登場

さよなら、愛しい人

Farewell, My Lovely

レイモンド・チャンドラー
村上春樹訳

刑務所から出所したばかりの大男、へら鹿マロイは、八年前に別れた恋人ヴェルマを探しに黒人街の酒場にやってきた。しかしそこで激情に駆られ殺人を犯してしまう。偶然、現場に居合わせた私立探偵のマーロウは、行方をくらましたマロイと女を探して夜の酒場をさまよう。狂おしいほど一途な愛を待ち受ける哀しい結末とは？　名作『さらば愛しき女よ』を村上春樹が新訳した話題作。

訳者略歴　同志社大学文学部英文科卒，英米文学翻訳家　訳書『フォールアウト』パレツキー，『オリエント急行の殺人』クリスティー，『街への鍵』レンデル，『妻の沈黙』ハリスン（以上早川書房刊）他多数

HM=Hayakawa Mystery
SF=Science Fiction
JA=Japanese Author
NV=Novel
NF=Nonfiction
FT=Fantasy

クロス・ボーダー
〔下〕

〈HM(104)-29〉

二〇二一年九月 二十 日　印刷
二〇二一年九月二十五日　発行

（定価はカバーに表示してあります）

著者　サラ・パレツキー
訳者　山《やま》本《もと》やよい
発行者　早川　浩
発行所　株式会社　早川書房

郵便番号　一〇一 - 〇〇四六
東京都千代田区神田多町二ノ二
電話　〇三 - 三二五二 - 三一一一
振替　〇〇一六〇 - 三 - 四七七九九
https://www.hayakawa-online.co.jp

乱丁・落丁本は小社制作部宛お送り下さい。
送料小社負担にてお取りかえいたします。

印刷・株式会社亨有堂印刷所　製本・株式会社明光社
Printed and bound in Japan
ISBN978-4-15-075379-5 C0197

本書は活字が大きく読みやすい〈トールサイズ〉です。